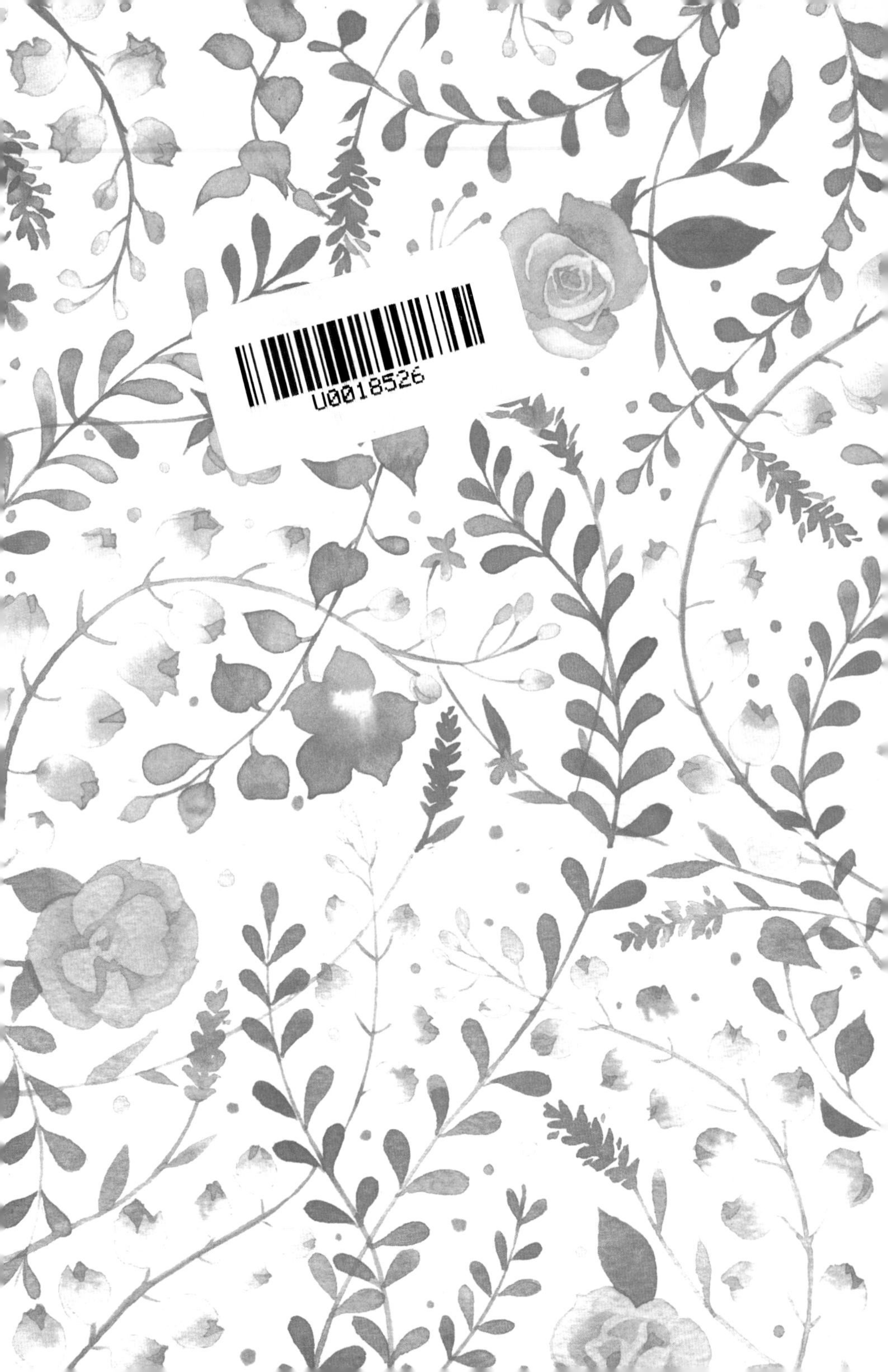

愛上傲嬌老師 1

撒空空—著

好讀出版

愛上傲嬌老師 ❶

目次

Lesson One

集合，是要去的

當室友甲打電話來時，悠然正裹著厚棉被，齜著大門牙，咧著血盆大嘴，一臉菜色，油光滿面，雙眼綠幽幽地瞅著電腦螢幕。

室友甲如是說：「悠然，妳來不來集合？全班都到齊了，就差妳一個。」悠然掐指一算，這天正好是週日晚上，全年級集合的時間。接著，她斬釘截鐵地回答：「不去。」原因很簡單，她正等待著偷竊好友的冬蟲夏草。室友甲曉之以情動之以理：「今天是新任輔導員上任，妳不給給面子？」「如果他問起，就說我面目黑紫，口噴鮮血，全身抽搐，病入膏肓，命不久矣。」悠然的眼睛自始至終沒有離開過電腦螢幕。比起那些調鬧鐘半夜起床就爲了偷根牧草的人，悠然覺得自己並不算對網路遊戲太走火入魔。「好，我隨機應變。」室友甲說完便掛上了電話。通話時間正好五十八秒。我的地盤我作主，我的話費我珍惜。將手機往床上一甩，悠然繼續盯著螢幕。

頁面上，「陳蘋果」的花園裡，方格子草地上那些長得活像蜘蛛腳、令人不愉快的冬蟲夏草已經成熟，悠然只等待著最後的十秒鐘。十，九，八，七，六，五，四，三，二，一，偷！悠然用她那靈巧的爪子，狠命地點擊著滑鼠，瞬間，十株冬蟲夏草進了她的倉庫。人是種很奇怪的動物，隨便偷個虛擬物品，都能比強吻普京、拿鞋砸小布希、抽走沙柯吉的隱形增高鞋墊還要激動。偷完之後，悠然退出，她繼續偷。畢竟，上次陳蘋果將悠然辛辛苦苦種了二十多天的八棵人參給偷了個精光，她今天的還擊也在情理之中。

悠然不覺得自己是個惡毒的人。高中時，有個女生暗中整了她幾次，悠然也只是詛咒那女生的胸部小一個罩杯，只是一個罩杯；當然，那女生當時擁有的，是A罩杯。後來，悠然的詛咒成功，那女生減肥過度，胸前只剩下幾根排骨。

偷竊完畢，悠然的肚子也開始有了動靜——沒吃晚飯，餓了。悠然就讀的大學所在位置不錯，出校門便是鬧區，到處都是餐廳和超市，根本不用擔心食物問題。換好衣服，悠然步出校門，直衝最近的大型超市，進入之後，再直衝速食麵區域。對悠然這種五穀不分的學生而言，速食麵是上帝恩賜的禮物。但對於麵條，悠然有陣子卻是避之不及。

事情很簡單，也挺複雜。剛進入大學那陣子，悠然和大多數女生一樣，都覺得這階段的任務便是談一場澀澀的或者色色的戀愛。心思一活動，桃花就四散。在他們心理系和體育系的聯誼會上，悠然和一名壯壯的體育男看對了眼。兩人每天發一百則簡訊，忠心地支持了電信公司永不止歇的坑錢活動。三萬則簡訊之後，體育男決定向悠然表白了。地點就選在學校附近新開的自助火鍋店，當時兩人尚是小孩心性，還懂得叫害羞的那個東西，於是便低頭猛吃，不談風月。

悠然那時正在週期性的減肥中，當吃到八分飽時，她倏地意識到如果繼續沉默下去，身上那多出來的三斤肉將會永遠駐留。於是，悠然鼓起勇氣，採用迂迴戰術，故意問道：「你今天找我出來，是有什麼事嗎？」後來的後來，悠然無數次地想，如果不是她挑選的這個抬頭時機不對，那麼，或許她和體育男會鴛鴦雙雙飛，夫妻把家還，鸞鳳和鳴，鶼鰈情深也未可知。

誰知道當她抬頭的時候，體育男正撈起火鍋中的麵條，呼哧呼哧地吸食著。聽見悠然的問話，體育男心跳加速，動作慌亂，立即從中間咬斷麵條，將含在嘴裡的那一半快速吸入食道，誰知速度過快，用力過猛，麵條竟從鼻子裡噴了出來，於是白色的、軟塌塌的細狀物體從體育男的右邊鼻孔緩緩流出。不幸的麵條，不幸的體育男。那個場景，成為悠然後來一整年的噩夢原始材料。悠然記得，在那一刻，餐廳安靜極了，隔了許久，「啪嗒」一聲，麵條終於從鼻孔落在桌面上。隨後，體育男擤擤鼻子，回答了悠然先前的問話：「我是想問妳……願意做我的女朋友嗎？」

周圍的朋友都說悠然是個很怪異的人，她的大腦有一塊區域總處於真空狀態。她年年數學考第一，卻在買柿子時，嫌棄老闆所出的「一個三十元」價格太貴，主動還價為「三個一百元」；她會在兩百公尺賽跑的最後衝刺階段忽然轉身，雙手合攏，對著背後的同學做出網路遊戲中主角發功的姿勢，大吼一聲「衝擊波」，讓後面一大片同學當場被雷得昏厥，而她則如願以償第一個跑到終點。但即使是如此怪異的悠然，看著桌上那根無辜的、似乎還沾染著可疑液體的麵條，還是無法答應體育男的要求。三萬則簡訊的往返沒有任何結果。

但這件事還有後續事件。體育男有個乾姐姐，是體育系的大姐大，知道體育男被悠然拒絕之後，替自己的弟弟抱不平，並鼓動體育系的學生對悠然以及她所在的心理系不滿，伺機報復。正好，過沒多久便是某某盃足球比賽，好死不死，體育系和心理系撞在了一起。大姐大是裁判，吹起了黑哨，完全偏心幫自己的系，心理系的氣憤不過，便爭論了起來。十九、二十歲的孩子，個個荷爾蒙過剩，三句兩句的便動起手來。結果不必多言，體育系學生的個子不是白長的，沒多久，心理系的男生便被揍得叫爹叫媽。

心理系的女生看不過，本著減肥的念頭，也紛紛衝上去不顧自身安危，準備救自家男同胞於水火之中；畢竟，系上這些男生倘若有個三長兩短，以後誰來幫她們跑腿呢？體育男吃痛，舉拳準備回身一揮，但看見襲擊自己的是女生，便生生忍下氣，又將怒火撒在可憐的心理男身上。睹此情狀，心理女有恃無恐，紛紛拿出尖利指甲狠抓體育男的脖子，而體育男的拳頭則變得更硬，全一股腦兒往心理男身上的要害打。因此，足球場上出現了詭異的一幕——正中央是一群抱頭哀號的心理男，外圈是一群舉拳痛揍他們的體育男，再外圈則是用幽靈鬼爪偷襲體育男的心理女，這場混戰一直持續到兩院的院長到場。雖然此一集體違紀事件情狀惡劣，但法不責眾，沒見大過小過落在誰的頭上。所以說，打架還是要打群架。

收回思緒，悠然終於看見自己苦苦尋找的番茄牛腩口味速食麵，而且只剩下最後一包——運氣啊。悠然一個凌波微步，閃過去，握住了那包速食麵。與此同時，有隻手從另一個方向伸來，也同時握住了那最後一包番茄牛腩口味速食麵。

悠然抬頭，看見了那個和自己搶速食麵的男人——個子挺高，因爲他擋住了悠然面前的燈光；模樣挺俊，因爲鼻子是鼻子，眼睛是眼睛，沒有鼻子長成眼睛，也沒有眼睛長成鼻子；年紀挺輕，因爲看上去比悠然大不了幾歲；內心不善良，因爲他戴著的那副眼鏡，乃是平光。悠然一向認爲，沒事戴副平光眼鏡，非奸即盜。在悠然打量著男人的同時，那男人也在打量悠然，只不過由於那是副平光眼鏡，悠然看不清他的眼睛，唯一的動靜，就是一道白色的、鋥鋥拔亮的光從眼鏡左下角向右上角滑過，最終在鏡架上匯聚成一點，發出「叮」的一聲輕響。

來者不善，悠然的心中只有這麼一個念頭，於是，她很識趣地將手移開，準備不戰而退。而當悠然這麼做的同時，那男人也貌似紳士風度地將手移開；貌似，只是貌似。既然男人也放棄了，那悠然也不客氣，當即將剛縮回的手又伸了出去，巧的是，那男人也做了和悠然同樣的動作。因此，兩人的手又再次匯聚在速食麵上。肚子一餓，悠然的脾氣就見長，所以這次，她下定決心不放手。而那男人，似乎也和她一樣的想法。一男一女，就這麼僵持著，他倆中間是一包不侍二夫的烈女牌速食麵。悠然開始用眼神殺那男人，一刀一刀，但男人卻像一堆安靜的棉花，無論悠然的眼神如何凌厲，仍舊不動不搖，安然接招。一輛輛購物推車從他們身旁經過，一道道探究的目光投注在他們身上，兩人依舊僵持著。很久很久很久很久很久之後，久到悠然的腳已經痠麻時，一道響聲將兩人解凍──「咕」，悠然的肚子不合時宜地發出了這樣的聲響，在兩人敵對的靜謐環境中猶如巨雷一道。

然後，悠然眼見那道白色的、鋥鋥拔亮的光又從男人眼鏡的右上角向左下角滑過，同樣在鏡架上匯聚成一點，發出「叮」的一聲輕響。這次的白光，只剩百分之五十的不善良情緒。接著，男人放開了手，轉身，離開。悠然站在原地，拿著那包速食麵，一張臉漲得通紅。此刻的悠然非常希望自己有一根針，因爲這樣她便能將臉戳破，讓裡面的血「嗖」的一聲飆向那平光眼鏡男，讓他半死致殘。

大學剛入學時，發生在體育男身上的「麵條──鼻孔」事件過後，悠然對談戀愛這件事也就淡了下來。心思一封閉，漫天桃花全謝。這兩年來，悠然大多數的時間便是在宿舍上網，聊ＱＱ，打網遊，過著腐爛而普遍的大學生活。沒有花前月下，毫無風花雪月，倒也自得其樂、逍遙自在。

泡在網路上，日子便過得飛一般快，轉眼，又一週過去了；也就是說，又要集合了。悠然對於學院每週必須集合的這項規定非常反感，因爲很多時候，輔導員和班主任根本就沒有什麼話好講，只是清點一下人數，囑咐大家要乖要聽話，要和諧相處，也就完了。上次聽室友回來報告，說新任輔導員是口帥的鍋，可能因爲新來乍到，並沒有點名，於是悠然毫髮未損過了關。這麼一來，悠然的膽子就大了起來，她決定，這週也不去集合了。

悠然繼續在網路上奮戰，沒多久，室友回來了，告訴她一個好消息──輔導員這次也沒有點名。悠然一個開心，肚子又餓了，還是老方法，她決定去超市買速食麵。悠然是個樂天派，她認爲同樣的厄運不會發生兩次，所以她沒有把上個星期天晚上的事放在心上。事實證明，她錯了，在速食麵專區，悠然見到了那個厄運。戴著平光眼鏡的男人，他又出現了。不幸的是，這次他比悠然快一步，已經先行站在番茄牛腩口味速食麵貨架前。幸運的是，今天的番茄牛腩口味還剩下十多包。於是，悠然鬆了口氣，但那口氣還沒鬆得舒暢，悠然的心又提了起來。因爲，那個平光眼鏡男發現了她。

在那瞬間，時間開始凝固。悠然清楚地看見，一片白光從男人眼鏡的左邊掃向了右邊，同樣，又是「叮」的一聲，最後的最後，男人的嘴角上揚了些許，不易察覺的弧度成爲最內斂的精光，揪住了悠然的心。接下來，男人將那剩下的十多包番茄牛腩速食麵……全部……搬上了自己的購物推車，當即，揚長而去。悠然站在原地，一股蕭瑟冷風從背後颳過……颼颼的冷。

沒了喜愛口味的速食麵，悠然只能買些洋芋片、餅乾，接著排隊付帳。週末的晚上，購物人潮很多，一顆顆人頭將悠然的眼睛都晃得花了，等回過神來時，她赫然發現，排在自己前面的正是那個平光眼鏡男。錯不了，他的購物推車裡，十多包番茄牛腩口味速食麵正整整齊齊地擺放著。悠然對外界刺激的反應是比較慢的，朋友猛地從背後拍肩嚇唬她，悠然得隔上三十秒才會「啊」一聲。對於剛才那男人的所作所爲，悠然要到此時才眞切地感覺到憤怒。因此，她決定小小報復一下這個男人。

閉眼，深呼吸，吐氣，悠然以不可思議的速度飛快越過男人，重重抓了一把排在男人前面那位中年婦女的屁股。在抓的一剎那，手心的觸感讓悠然深刻體會到，往自由經濟開放道路走去的社會主義竟是如此優越，人民的物質生活水準還眞不是一般的好。抓完感慨完之後，悠然迅速收回手，此刻，中年婦女的背部已有了濃濃的殺氣。二分之一秒後，悠然聽見了清脆的巴掌聲，看見了男人的臉偏斜四十五度，還目睹了那副非奸即盜的平光眼鏡如何呈拋物線狀落在地面上。悠然的心「咯噔」了一下。後果，似乎，比她想像中嚴重了許多，眞的是……許多。

在周圍人們探究好奇的目光中，男人蹲下高高的身子，慢悠悠地撿起自己的眼鏡，單手戴了上去。要到這時悠然才發現，這男人的手是很漂亮的，像白玉一般，卻不會太娘，整齊乾淨，指尖泛著一點優雅的光。將這一連串動作做完之後，男人緩緩地偏過頭看向了悠然。即使是在碎髮的遮掩下，悠然依舊看見一片白光從男人眼鏡的右邊掃向了左邊，同樣，又是「叮」的一聲，但這次的聲音中……帶著肅殺。事件的結果便是，悠然逃也似地跑回了宿舍，並發誓再也不去那間超市，再也不買番茄牛腩口味速食麵，再也不要遇見那個男人。

腐爛的大學生活繼續著。悠然猛地掐指一算，新學期已經過去四週了，換言之，她已經缺席了四次學院集合。雖然次次都是平安過關，但這週，悠然決定不再存僥倖心理。去的時候，時間尚早，悠然便和室友找了個座位坐下，開始胡吹亂聊。

悠然問：「爲什麼今天大家都穿得這麼漂亮？」室友說：「我告訴過妳的，因爲新任輔導員是口很帥的鍋，純潔的同學們想吸引他，不純潔的同學們想勾引他。」悠然問：「眞的有這麼帥？」

室友說：「妳自己看看就知道了。喏，他來了。」悠然轉頭，看見從教室門口進來一個男人——個子挺高，模樣挺俊，年紀挺輕，戴著一副平光眼鏡。正是……那個在超市和悠然搶速食麵的男人，悠然的背後有無數道驚雷閃電劃破天際！

這就是屈雲教給她的第一課——集合，是要去的。

Lesson Two

梁子，是不能隨便結的

悠然不喜歡輕易放棄，她認爲，事情沒到最後一刻總是有努力的必要。因此，在看見那個仇家居然是自家學院的輔導員之後，很快地，悠然從震驚中恢復過來，開始安慰自己：「只要別讓那男人看見，不就得了！」畢竟，輔導員平日雜事繁多，哪裡認得清整個年級的人呢？於是，悠然將臉埋在桌面上，開始裝死屍。

事情似乎按照她所設想的方向發展著。平光眼鏡男，又名輔導員，他講了些不重要的雜事，囑咐他們要好好通過英語檢定考試，好好考中文考試，好好通過電腦能力檢定測試，諸如此類。客觀地說，這男人言語簡明、乾脆俐落，不像其他輔導員，一句話能翻來覆去講一個小時。幾分鐘後，事情講完，男人開始拿出點名簿一一點名。悠然大大鬆口氣，還好還好，今天有來，實是上天有助啊，否則被那男人給關切上，還不知有什麼腥風血雨在等待著自己。正慶幸到一半，那男人的一句話讓悠然的冷汗有如噴泉般從每個毛孔飆出——「最後，我來念一下大家上個月的出席情況。」男人拿著點名簿走下講臺，朝悠然的方向而來。

「第一週，李悠然無故缺席。」男人在悠然的座位旁邊停下。

「第二週，李悠然無故缺席。」男人隻手在悠然的桌面上狀似無意地輕敲著。

「第三週，李悠然無故缺席。」喀噠、喀噠，男人白玉般的手指不急不緩，閒適逸趣。

「第四週……無故缺席者，李悠然。」他最後的那個「然」字，可謂意蘊悠長。悠然緩緩地抬頭，與那男人對視。男人居高臨下地看著她，說了他們認識以來的第一句話：「重新介紹一下，我是妳的輔導員，我叫屈雲。」

即使被眼鏡遮掩著，男人的一雙眸子也是少有的深邃幽黑。高挺的鼻梁，像是入雲的山巒，帶著一抹高不可攀。那唇，厚薄適中，唇瓣呈現出水潤的光澤，下面流動的淨是幽魅。即使不笑時，那嘴角也一直在抿著，像深深的漩渦，吸引著所有的微小與巨大。這是悠然第一次覺得有必要看清面前的男人，因爲在那時，她便有種預感——「今後，他們之間的日子，還長著呢。」

那次的集合，是悠然一生中最丟臉的時刻。在那名叫屈雲的男人陷害下，她受到了全年級的矚目，丟臉……丟大了。那一刻，悠然做出了個決定——等會兒出去扯段布料，在這男人的屋子前面靜悄悄地懸梁自盡。但，悠然並不是個死腦筋，凡事想開，也就好了。也就是說，布料自然是沒有扯的，人命也是沒有出的。悠然平靜下來之後客觀地想，應該是她自己不對在先，害得屈雲被人扇了耳光，那麼，他在大庭廣眾之下讓自己難堪，報復她一下，也是情有可原的。這麼想之後，悠然也就釋懷了。血債已經血償，悠然認為，她和屈雲之間應該是兩兩辨清，再不相欠。可惜，這只是她一人的想法。

按照慣例，開學後第六週是選擇選修課程的時間，不知為何，學校每學期每一門的選修課人數總有限制，再加上是網路報名，動作稍慢些，立馬就沒了名額。但這學期運氣還好，悠然的閨中密友幫她搶到了一個位置，上課時間是週二晚上八點。雖說是閨密，該君卻是男性；雖說是男性，該君卻是名白白嫩嫩、水水滑滑、秀氣可人的小偽娘一枚，用悠然的原話來形容，就是「我都比你有男子氣概」。因為是事實，這位名叫葉紅的小閨密也沒興趣反駁，反而欣然接受。

週二下午沒課，悠然便從中午一直睡到晚上七點，這才懶洋洋地隨便套件衣服就去教室上選修課。到的時候，葉小密已經替她占了個位置，悠然坐下，看看離上課還有二十多分鐘，便埋頭繼續睡。正夢得不知今夕是何年的時候，葉小密開始捅她手臂：「要上課了。」悠然揉揉眼睛，伸伸懶腰，打打哈欠，接著混沌地問道：「一直都忘記問了，你選的什麼課啊？」「大學生心理健康性教育。」葉小密的回答中帶著那麼一點沾沾自喜，續道，「這門課好熱門，才剛放上網路幾分鐘就爆滿了，要不是我手腳快，嘿嘿嘿嘿嘿……」悠然倒覺得這門課開得沒什麼建設性，畢竟，現在只要在宿舍裡把門一關，看一小時的A片，那男女之事還能有什麼不會的，何必每週巴巴地來上兩個小時的課呢？

正準備繼續睡，嘈雜的教室忽然安靜了下來，這種情形只有一個可能性——老師駕到。悠然抬起她那雙倦意濛濛的眼睛，瞇縫著看向講臺。這麼一看，兩顆眼珠子差點鼓了出來。那老師，正是屈雲！雖然悠然認爲和他的恩怨已經兩清，但看見這男人，心中總有些不愉快。因此，悠然下意識將身子縮了縮，努力避免自己被屈雲發現。屈雲上臺，簡單介紹了一下自己之後，便開始上課。悠然將半個身子縮在桌子底下，本想就保持這樣的姿勢將這節課睡過去，但身邊的那些竊竊私語卻讓她無法安睡。那些窸窸窣窣的聲音，無非也就是誇獎屈雲的那副臭皮囊。悠然睜開一隻眼，瞅了瞅講臺上的屈雲。說起來，皮相是不錯，不過裝在裡面的東西，可就不敢恭維了。

課講到一半，屈雲開始拿出點名冊，說是要點人起來回答問題。悠然看得很清楚，屈雲的眼睛只是故作姿態地往冊子上一瞄，接著……「李悠然！」屈雲抬頭，往悠然坐的方向看去，一雙幽黑沉靜的眸子牢牢攫住了她。悠然非常不解，爲什麼屈雲這死男人每次都這麼清楚她坐在哪裡。沒辦法，課堂之上老師最大，悠然只能硬著頭皮站起。但這並不是屈雲要的，他說：「請這位同學站到講臺上來。」在悠然看來，此刻的講臺無異龍潭虎穴，只因有屈雲這隻沉默的獸在那裡。但是，悠然沒有別的選擇，只能一步步來到了獸的身邊。獸微笑著，露出白森森的牙，優雅的光在上面流溢而過：「請妳轉過身，面向講臺。」悠然的冷汗開始順著額角滑下，涼絲絲的，她膽顫心驚地依言照做。

接著，獸開始以她爲人體模型進行講解：「男女的臀部是不同的，一般來說，女性的臀部形態豐厚圓滑，兩側髂骨後方上脊的交角爲九十度；男性臀部較小，呈正方形，稜角突出……臀部的豐滿與否，是古代美女的重要條件之一，女性的臀部不僅僅是性感問題，更重要的是和生育相關。俗話說，屁股大，好生養……而幫我們做示範的這位李悠然同學，絕對是想早日抱孫子的眾家婆婆心中首選媳婦……」屈雲的講解繼續著，臺下的同學竊笑著，悠然的每根神經都被難堪填滿著。要到這時，她才知道自己和屈雲之間的帳要完結，還早得很。也是到了這一刻，悠然才知道自己惹了不該惹的人。

這就是屈雲教給她的第二課——梁子，是不能隨便結的。

報復，是無止盡的

借了高利貸，就要還利息，悠然認爲這是很合理的事情，因此，她對屈雲的再次報復感到理解。畢竟，被人在大庭廣眾之下扇了個耳光，那是對肉體和心靈的雙重傷害。既然如此，屈雲再報復她一次，也在悠然可接受的範圍之中。不幸的是……報復不只一次。之後每一次上選修課時，悠然鐵定會被揪住，成爲這門課的專屬人體模特兒，在裝著各年級各科系學生的偌大階梯教室講臺前，赤裸裸地被屈雲調侃，遭受著靈與肉的煎熬。從那之後，悠然成了全校名人，走在校園的路上總會引起陣陣竊竊私語，而私語的內容則是：「大屁股……小平胸……好可悲。」悠然認爲，自己身體的每個部分雖然都不出色，但組合在一起還算標準，可是在屈雲的別有用意之下，她的身材成了徹底的犧牲品。

在屈雲如此高壓的對待下，悠然開始變得不對勁了。室友半夜起來，時常發現她面對著牆壁，眼裡淨是幽幽綠光，像中邪般拿刀劃著屈雲照片上的臉，劃著劃著還會猛然站起，直愣愣地拿著小刀準備衝去找屈雲拚命。室友嚇到不行，只能每晚睡覺前把小刀藏起來。誰知夢遊中的悠然找不到小刀，居然直接拿了把掃帚跑到走廊，恰好和被內急憋醒出來上廁所的同學撞個滿懷，引發一陣尖聲怪叫。第二天，女三舍就開始流傳前一晚哈利波特騎著掃帚在走廊出現，氤氳了無數少女的春心。那個星期最流行的事情，就是半夜搬張小板凳到走廊上一邊嗑瓜子，一邊等待誤闖女生宿舍的小哈利。受牽連的不只是和悠然同住的女生，還有她身邊的葉小密。人家葉小密不過是實事求是地誇了句屈雲長得帥，當即就被已經走火入魔兼具喪心病狂的悠然推入花叢中，摔得嬌淚滿腮。從那之後，爲了自己的生命財產安全著想，所有的人都不敢在悠然面前提起「屈雲」這個名字或「眼鏡」這個名詞。

地球沿著地軸不停轉啊轉啊轉了許多圈後，悠然終於神志清醒了些，而這時，正好趕上一年一度的運動會。學院宣布，但凡參加這次運動會的人，無論是否得到名次，在評選獎學金時都會加分。因爲這一政策的關係，全體學生無不熱情高漲、爭先恐後地報名。悠然是個喜歡錢的好孩子，也隨眾一起行動，可是速度不夠快，她去的時候，只剩下傳說中那慘無人道的女子八百公尺賽跑名額。看著悠然緊皺的眉頭，體育組組長安慰道：「沒關係啦，又不要求妳拿名次，隨便走走就好。」悠然一聽，也有理，於是遞交了報名表。

這次的運動會恰逢學校建校五十週年，因此辦得格外隆重。環場一圈走得人腦袋都要冒青煙，接著是校長的三十分鐘講話，嗆你個嗆你個嗆那個嗆後，又是某某主任講話，咚你個咚你個咚那個咚後，又是某某組長講話，撞你個撞你個撞那個撞……一早就被拉起的悠然此刻已是昏昏欲睡，那上下眼皮就像雷峰塔前的白娘子和許仙，死命地想要匯聚。正在這時，悠然忽然感覺到一股熟悉的、略略有些寒冷的氣息從她右側襲來，浸潤了她大半個身子。悠然一個激靈，下意識抬頭，看見了一道鋥光拔亮的白光，屈……雲。悠然的全身開始戒備，呼吸也自動調整爲三十秒一次。臺上那不知姓名的大人物正在滔滔不絕、激情萬丈地追憶著學校的光榮歷史，而臺下的悠然體內則是小宇宙亂竄。擊，防，還是逃？悠然在自己的選項欄位中不斷移動著游標。最後的最後，是屈雲先出招：「聽說妳參加了女子八百公尺賽跑？」聲音不疾不徐，和「今天天氣眞好」的語氣如出一轍。要過了許久，悠然才意識到他是在和自己說話。悠然停頓了十秒鐘，這才不卑不亢地回答道：「是，又怎樣？」悠然的右耳邊傳來一聲輕笑，她並沒有拿眼睛去偷瞄屈雲，但眼前還是浮現他嘴角的那個小小漩渦。接著，屈雲不動聲色地離開。仔細算起來，這是他們之間第一次眞眞正正的對話。自始至終，兩人的眼睛都看著臺上的人，周圍沒有任何人察覺他倆的一場暗戰已經完成。硝煙漫天，卻毫無聲息。

也不知是爲了特意考驗大家還怎麼的，運動會這幾天，氣溫陡然升高，即使坐在陰涼處，也是悶熱不堪。偶爾有風吹來，卻像一塊厚重的紗布蒙住人的皮膚，每個毛孔都浸滿了汗珠，沉膩膩的，不痛快。悠然左手拿著冰淇淋，右手拿著小扇子，照舊熱得冒煙。不只是熱，悠然還很煩躁。因爲在她底下一級階梯坐著的，就是那即使地球上的生物都滅亡、也依舊毫髮無損的神祕生物——

屈雲。悠然的班主任最近一直在讀博士班，忙得不可開交，因此便將他們這個班託給輔導員屈雲照顧。煩躁，悠然只要看見屈雲的髮絲就感到煩躁。悠然不喜歡鑽牛角尖，所以她只好將目光投向運動場，想轉移注意力。

像灑了開水般滾燙的運動場上正在舉行男女鉛球比賽，一名虎背熊腰的女生略一提氣，便輕鬆地將鉛球扔上天際，化為一枚璀璨的黑星。悠然咬一口冰淇淋——佩服。而那邊一細長型的日韓版男生，則顫巍巍地舉起那顆對他而言有如千斤頂的鉛球，用盡全力正準備丟出去，但舉在半空中時，卻聽「喀嚓」一聲，他那細豆芽似的手腕脫臼了。悠然重重搖著扇子——同情。此時，先前贏得比賽的那位女金剛立即撲在日韓版男生的洗衣板胸膛上，一把鼻涕一把眼淚地大喊著「我的君，你不可以丟下我」的臺詞。悠然哽咽——果然是蘿蔔青菜，各有所愛。

好不容易將思想移開些許，那煩躁自動找上門了。屈雲轉過頭來，叫了悠然的名字：「礦泉水快沒了，麻煩妳去幫忙買一箱吧。」悠然語氣中塞滿了戒備：「為什麼……是我？」屈雲微微一笑，眼鏡上又是「叮」的一聲，白光閃過：「因為……只剩下妳比較閒一點。」悠然無言反駁——因為校草即將在男子一百公尺賽跑中出場，所有女同學都跑去賽道邊占位置；因為校花即將在女子一百公尺蛙泳中出場，所有男同學都擠到游泳池邊流著口水觀望；看來看去，確實只有悠然比較閒一點。一滴黃豆般大小的汗珠，就這麼順著悠然的下巴滴落在地。一箱礦泉水，她哪裡抬得動？悠然一向認為，倘若有人推你下井，那就將他一起拉下去。於是，她閉闔了一下眼睛，睜開，道：

「我一個弱質女流，能力有限，請輔導員和我一起去搬吧。」屈雲張口，吐出兩個字：「不行。」悠然瞇縫起眼睛：「爲什麼？」屈雲慢悠悠地退回樹蔭之下，以無名指撫了撫額前碎髮，用很自然的語氣說道：「因爲，我怕被曬黑。」看著屈雲嘴角的漩渦，悠然死咬牙關：「巧得很，我也怕被曬黑，所以，您還是另找他人吧。」陽光穿過樹葉，在屈雲的臉龐投下碎碎的金，他緩緩開口：「積極爲班級服務，在獎學金評定時，可以加兩分，反之……後果，是挺嚴重的。」

悠然一向認爲罪不及父母子女，但在這一刻，她非常非常想問候一下屈雲的祖先們。獎學金，許多張鈔票在悠然面前不停地飛舞著，誘惑著。電視劇裡的經典臺詞是「和錢作對的人是傻子」，悠然不是傻子，她不想和錢作對，所以她選擇了屈從。當然，悠然之所以會這麼輕易答應，還因爲她看見了一個人，那就是他們這個年級最強壯的男生——大熊。這孩子上輩子絕對是項羽哥哥那種等級的人，猿臂狼腰，肌肉發達，別說是一箱礦泉水，就是一箱悠然大概也能抬起來。現在的問題是，悠然和他不太熟，就這麼跑去要別人幫忙實在太顯突兀了。關鍵時刻，還是葉小密一拍自家的小胸膛，嬌聲細語地說道：「我去！」悠然問：「你和他很熟嗎？」葉小密捋捋頭髮，一雙杏眼微蕩：「其實，我早就看出他對我心懷不軌。」想不到大黑熊也好這一味，悠然在微訝之中看著葉小密搖搖擺擺地走過去，跟大熊同學對了幾句話。只見大熊同學精神一振，三步併兩步地走過來，言簡意賅地對悠然說了一個字：「走！」離開運動場時，悠然似乎又聽見背後傳來「叮」的一聲，少頃，便蒸發在炙熱的陽光下。

接下來的一秒鐘，悠然就被抓到了學校的超市，交錢，拿貨，走人。大熊的飯不是白吃的，身材不是白長的，只見他輕輕鬆鬆地將一整箱礦泉水扛在右肩上，大跨步往回走。超市離運動場還是有很長一段距離的，悠然覺得兩人就這麼沉默著，挺尷尬的，猶豫許久，終於忍不住問道：「嗯，謝謝你啊。」大熊這麼回答：「別客氣，但請提醒妳那位朋友，答應過我的事要守信。」悠然一整顆心突然長滿了耳朵——這句話也太有歧義了，難不成，小密答應要向大熊貢獻自己的第一次？

悠然有著天底下女人都有的八卦因子，她顫抖著喉嚨問道：「他答應了你什麼？」大熊隻手將右肩上的紙箱放在左肩上，同時說道：「他答應我，今後都不會在我面前出現。雖然這麼說很過分，但是，我實在受不了他那種娘娘腔。」悠然望天，深呼吸，繼續沉默。走到半途，遇到了大熊班上的同學，同學劈里啪啦像倒豆子般說了一大篇話，大意是——「班主任有急事找大熊，要他立馬回去。」這對悠然而言無異晴天霹靂，沒有了大熊，她會死得很慘，很慘。但遇事冷靜，是悠然的一大優點，此刻，她回憶起蒸發在炙熱陽光下那道「叮」的聲響，並向大熊的同學問了一個很關鍵的問題：「我們的輔導員，現在是不是在你們班主任那邊？」答案是肯定的。看著大熊遠去的背影，看著地上那箱沉甸甸的礦泉水，悠然對屈雲的恨意更上了一層樓。

大太陽底下，搬著一箱沉甸甸的礦泉水，悠然汗如雨下，熱得昏眩。然而就在這狼狽的當下，悠然眞眞切切地感受到「禍不單行」這句成語。體育系的一行人正有說有笑地迎面走來，爲首的正是當初差點和悠然兩隻蝴蝶翩翩飛的體育男，還有那位高權重的大姐大。這也算是現實版「冤家路窘」的最好詮釋吧。雖然沒照鏡子，但悠然還是知道自己搬礦泉水的模樣是非常不淑女的。於是，她將箱子放在地上，轉過頭去，裝作看風景。可是，她低估了體育系對心理系的仇恨。體育系一行人在她身邊停下。「我說師妹啊，妳這是剛去蒸過三溫暖烤箱嗎？」大姐大的語氣自然是不善良的。這句話實在不好笑，但此刻的悠然是他們眼中共同的敵人，因此體育系的人全都哄笑起來。而那位差點就成為悠然人生中第二位男朋友的體育男並沒有站出來，而是做了和她一樣的舉動——轉頭，看風景。這地方是不能待的了，悠然暗暗歎口氣，接著，眉頭一皺，小宇宙爆發，將整箱礦泉水提起，趕赴運動場。「師妹啊，小心別把妳的腰給扭著了！」大姐大繼續調侃著，照例引發一陣哄笑。悠然從小便是貪生怕死的人，此刻審時度勢，明白就憑自己，很可能連大姐大的身都近不了，於是她當做沒聽見，大跨步提著整箱礦泉水趕回去。

一路上，汗珠像下雨般灑下，滋潤了無數土地。當回到體育場時，悠然的背脊都已濕透，整個人只剩一口氣，要上不上，要下不下，她躺倒在臺階上，閉目大口喘氣。沒一會兒，有道人形陰影遮住了她的面龐，然後，便是屈雲的聲音：「累了？」悠然睜眼，看見了抱手居高臨下看著自己的屈雲。他很高，這是悠然的第一個感覺，從她的角度看去，屈雲的髮梢邊染滿金黃，而那些晃動的枝葉則成為他的背景。那清秀眉目染滿綠意，悠然不得不承認，他是個帥哥。但，再怎麼帥，仇人還是仇人。悠然用最後的力氣站起，搖晃一下身體，努力地與屈雲平視。這並不是件難事，畢竟悠然腳下還有二十公分高的臺階，身高不夠，臺階來湊。至此，悠然的氣場強大了那麼些許，她正視著屈雲，輕聲道：「不累……我不累。」兩人的臉龐離得很近，屈雲清楚看見悠然鼻尖上晶瑩的、小巧的汗珠，正慢悠悠滴落而下。汗珠落地的同時，屈雲嘴角的漩渦深了、暗了：「很好……那麼，我們繼續吧。」

戰爭的號角，依舊在響著。和屈雲相識的第一天，悠然就知道他是個卑鄙陰險的人，但用十個腳趾頭加十根手指頭也想不到，屈雲的卑鄙陰險已經到了全新境界。而當她意識到這一點時，已經面臨失去半條命的危險——第二天上午，女子八百公尺賽跑開始前，屈雲將悠然所屬學院的院長、副院長，以及一大堆相干不相干的人，全都請來觀看這場比賽。班上的同學更是誇張，居然提前做了大紅橫幅布條爲悠然加油。一切的一切，讓悠然深刻體會到什麼叫做人心險惡。看著能融化橡膠跑道的陽光，悠然開始發暈，原本她只是想慢悠悠地將這八百公尺逛完，但是現在看來已經騎虎難下。因爲院長一邊喝著龍井，一邊下著命令：「李悠然同學，我們學院在歷屆運動會上什麼項目的獎項都拿過，唯獨就差這女子八百公尺賽跑。希望，就寄託在妳身上了。」悠然的腿開始發抖，看院長這陣仗，自己唯有跑前三名才對得起國家對得起人民，否則只有切腹自殺才能謝罪了。

換好跑鞋，喝了口水，悠然像赴刑場般朝集合點走去。這麼長的跑道，要跑整整三圈，悠然的喉嚨開始發緊。領取號碼，在起跑線前集合，槍聲一響，悠然立馬撒開四蹄，拚了命似地往前跑。跑完一圈還覺得沒什麼，但第二圈跑到中途，悠然的腳便像灌上了鉛，每抬起一次，都要用盡全身的氣力。額上的汗水像珠簾般往下洶湧而落，滴入悠然的眼裡，刺得眼球都紅了。但是，學院的院長在看著她，整個學院的人在看著她，更重要的是，屈雲也在看著她。悠然不想服輸，所以她咬碎銀牙，拚命地往前跑。心臟，像是要爆炸開來；喉嚨，像是要乾裂開來，那種滋味是世間最大的痛苦。而這一切都是屈雲給予她的，悠然記得很清楚，很清楚。終於，到了最後一百公尺，那是衝刺的黃金路程，但是經過前面的七百公尺，所有人的力氣已經耗盡。身邊那嘈雜的叫喊聲、加油聲都被體內劇烈的心跳聲所掩蓋，悠然閉上眼，不顧一切地往前衝。早死早超生。悠然將她一腔的恨意化做動力，最終以第一名的成績來到了終點。

一放鬆，身體就自然而然垮了下來，悠然腳一軟，仆倒在地。此刻，悠然的腳不再是自己的，手不再是自己的，就連思想也不再是自己的。幾個室友忙跑來將她扶起，像拖死屍般拖到一旁躺著。正慢慢進入混沌狀態時，臉頰忽然有了一片冰涼，悠然睜眼，看見屈雲正拿著一瓶冰凍礦泉水貼上她的臉頰。此刻的悠然很想一躍而起，咬下他的幾口肉，但可惜的是……她連呼吸的力氣都快沒了。屈雲問：「怎麼樣，現在，還是不累嗎？」悠然雖然沒了說話的力氣，但依舊搖搖頭，弧度是堅定的。搖完頭後，悠然閉目休息，讓所有恩怨情仇暫時封閉。

由於幾日來的勞累，加上上午的八百公尺賽跑酷刑，到了晚間，悠然的頭開始發暈、疼痛，身體也軟綿無力。昏迷中的悠然，隱隱約約感覺到室友們焦急地交談著，接著是打電話的聲音。晃悠悠地不知過了多久，一隻冰涼滑膩的手撫在她的額頭上。悠然下意識地將臉靠近那隻手，想尋求更多的冰涼，但那隻手很快就離開了，取而代之的是一個懷抱。悠然感覺自己被人抱起，那懷抱……

說實話，不太舒服，硬邦邦的。悠然努力睜開千斤重的眼皮，看見了一張俊顏。剛開始只覺得有些熟悉，定睛一看發現原來是屈雲，只不過，少了那副平光眼鏡——沒穿馬甲，差點不認識了。屈雲抱著她走出女三舍，氣不喘心不跳的，超輕鬆：「盯著我做什麼？」悠然的腦子還是晃悠悠的：「你……真的是屈雲？」屈雲繼續大跨步往前走，回應著：「如假包換！」得到肯定的回答，悠然嘴角上揚，起了悠長笑意：「那麼，我就可以放心地……吐了。」接下來，悠然略一偏頭，「哇」的一聲將一肚子濁物吐在屈雲身上。再接下來，悠然掛著滿意的笑容沉沉昏睡過去。不過她感覺得到，在那瞬間，屈雲的懷抱，更僵硬了。報仇之後，悠然睡得香甜無比，一覺……睡到病好。

就像所有人預料的那樣，悠然睜眼，看見的便是死敵屈雲。他正坐在床邊的椅子上，右腳橫搭在左腳的膝蓋之上，手擱在木質扶手上「喀噠、喀噠」地敲動著。那玉質般的手，在陽光之下略略有些透明，似乎能感覺到新鮮的血液在裡面流動。「你……」悠然瞇縫起眼睛，適應著自他背後穿透而來的陽光，「爲什麼沒戴眼鏡？」問完之後，悠然忽然覺得以這句話做爲醒來後第一個問題，確實有些怪異。但屈雲卻乾乾脆脆地回答了她：「昨晚接到電話，說妳生病，時間太緊迫，來不及戴。」聞言，悠然抬頭，摸了摸自己的額頭。正常溫度，沒發燒，看來並非幻覺。屈雲問：「聽了我剛才的話，感動嗎？」悠然如實作答：「感動，但只有百分之一。」屈雲冷問：「其餘的呢？」悠然冷哼：「是毛骨悚然。」

屈雲發出一道輕不可聞的聲響，悠然分不清是笑還是其他情緒，她只看見他將手往扶手上一用力，接著，整個身子輕鬆地從椅子中脫出，慢慢地走向悠然。悠然的身體自動向後退去，就像人看見毒蛇時會有的自然防禦表現，可惜，背緊靠著床頭的她已無路可退，只能眼睜睜看著屈雲來到床邊，眼睜睜看著他彎下身子，眼睜睜看著他將雙手鎖在自己的身側。而這時，悠然忽然發現了屈雲戴平光眼鏡的原因，因爲，他那雙眼睛和爲人師表的形象非常不相符——一雙眼睛清雅細長，尾端略微向上，像一泓清水靜幽幽地流淌，但河道的弧度卻是妖豔。眼睛的四周染著桃花，不經意的一瞥便是一次勾魂，一次攝魄。他，像是一隻妖，染著仙氣的妖；或者是一位仙，誤墜阿修羅地獄、肩部染滿暗黑花朵的仙。即使此刻他的目光平靜如水，但悠然的心還是不由自主顫動了一下。屈雲將臉一寸寸地朝悠然靠近，直到兩人的鼻尖就要相觸才停下。「我對妳的擔心，是眞的。」屈雲那湧動著無數魅惑血液的唇，開啓了，「因爲，如果妳的小命沒了，那我還能玩什麼？」原，來，如，此。

悠然移開眼睛，輕聲道：「我口渴了。」遊戲暫停，屈雲也恢復了爲人師表的模樣，將床頭櫃邊的礦泉水遞給悠然。悠然慢悠悠地喝著，慢悠悠地問道：「怎麼只有你一個人，其他同學呢？」屈雲道：「因爲今天上午有兩節課，我就讓她們先回去上課。不過現在已經中午了，如果妳人緣夠好的話，她們現在也該來了。」礦泉水在悠然的喉嚨中「咕嚕咕嚕」地滾動著，她的眼神逐漸染上了狡黠。門外傳來一陣腳步聲，越來越近。屈雲看出了她眼中的色彩：「妳好像有話要對我說。」悠然回答：「我想說的是，她們來了。」屈雲微眯著眼，如此一來，眸子的弧度更爲誘人：「妳要說的，應該不是這個吧。」悠然笑而不答，只是一雙笑眼和一隻微笑的貓更相似了。就在那陣腳步聲已然走到病房門口時，悠然將瓶子移開，噘嘴，巧用氣力，一大口水就這麼直直地噴灑在屈雲的……第三點上。男人的第三點全濕，是不雅的，因為這樣的情況蘊藏了太多不純潔的意念。而當悠然的三個室友走進病房時，看見的，就是這樣的屈雲。悠然則已用被子蓋住自己全身，睡相無辜而純淨。這一場翻身戰，悠然打得特別響亮。

地球又沿著地軸不停轉啊轉啊轉啊轉，轉眼，便是期末。要到這時，大家才意識到自己是學生，個個拿著老師勾畫的複習資料埋頭苦背。而今年悠然有些擔心，由於課程安排的關係，期末居然要考六科，而且全部都是閉卷考。算算時間，已經來不及好好念書，悠然精力有限，非常沒志氣地決定鋌而走險，放棄死背「思想」這門課，轉而作弊。不作弊的學生不是完整的學生，悠然從小到大作弊次數數不勝數，已經總結了十分豐富的經驗，臨場作弊的心理素質也異常強大。

忽焉，「思想」考試來到，悠然在規定的位置坐下，和她的名字一樣，悠閒自然地將手放進口袋，掏出了一張密密麻麻寫滿重點的紙片，鬆手，紙片像長了眼睛似地飄到她腳底下。悠然抬腳輕輕一踩，固定住紙片，略一低頭，雖是蠅頭小楷，但悠然那雙平均視力二點零的眼睛可是將紙上的每個字都看得清清楚楚。悠然就靠著這種天賦安然度過了許多次驚險的考試，而這次她認為自己也能有驚無險地度過。但是悠然忘記了，打從她遇見屈雲的那天起，很多事情就不一樣了。屈雲，也是這次考試的其中一位監考老師。而讓悠然痛苦的是，他就站在她的旁邊，就這麼一直站著。悠然無法做任何小動作，只能將紙條嚴嚴實實地壓在鞋子之下。屈雲看不見紙片，同樣的，悠然也看不見紙片。可想而知，悠然被當掉了。別的學院都是假期裡才會通知成績，但悠然的學院每次都是提前通知被當的學生，目的是爲了讓他們的假期充滿悔恨和痛苦，好在下一學期彌補罪過。悠然看著學院布告板上自己的名字被黑粗的毛筆寫著，還有那華麗麗的四十二分，當即無地自容，轉身低頭潛逃。剛這麼一轉，鼻尖撞到了一副胸膛……硬邦邦的胸膛，不用說，是屬於屈雲的。她抬頭，見屈雲笑得一臉意味深長：「回去好好休息，咱們，下學期繼續吧。」看著他的笑容，悠然的牙齒有些癢，她非常想……咬死他。但吃人是犯法的，悠然長歎口氣，繼續像遊魂般低頭遊回了宿舍，收拾東西，回家。

這便是屈雲教給她的第三課——報復，是無止盡的。

Lesson Four

事情，偶爾，也是會有轉機的

帶著期末考的慘痛記憶，悠然回家去度暑假。其實，悠然的家也就在她所讀大學的隔壁城市，火車只要搭一個小時便到，挺近的。在家千日好，悠然回家之後，好吃好睡好玩，將考試不及格的悲傷沖淡了些許。但回家才一個星期，屁股還沒坐熱，悠然的媽媽白苓無意間在午飯時說了一句話：「明天沒事的話，就和媽媽一起去接機吧，承遠要回來了。」悠然低下頭，看著碗中的飯粒，一顆顆飽滿圓潤，看久了，就成爲密密麻麻的一片。筷子在白飯中翻攪了一陣，悠然道：「我朋友的爸媽出去旅遊，她一個人住家裡害怕，要我去陪她……媽，妳就自己去接好了。」白苓歎口氣，好似自言自語地說道：「我記得，你們小時候是很好的。」悠然繼續低頭數米粒，小時候……那時候，一切都是很好的。

既然古承遠要回來，那悠然必定是要走的，並且，是有多遠就走多遠。於是，悠然扛起背包，當天下午就回到學校所在的城市。本來是想隨便找個同學投奔一下，誰知熟稔的同學都出去旅行了，悠然只能落得個流落街頭的下場。在旅館住了三天，悠然的錢包就差不多見底了。這下子，悠然可犯了難，聽說古承遠還在自家住著，她暫時還不能回去，但再這麼下去，她可是要餓死街頭了。接著猶豫了兩天，悠然身上的錢全花乾淨了，這下可是眞眞正正的山窮水盡。爲了節約，悠然來到超市，準備買三包速食麵，度過三天。當然，還是老規矩，悠然直奔番茄牛腩口味的貨架。就在她的手伸向速食麵的同時，另一隻手也做了同樣的動作。手指修長，不會太娘，整潔優雅，似暗暗發光的白玉質地。悠然驚嚇得眉毛差點飛上了天，她慢悠悠地抬頭，看見了那個熟得不能再熟的仇人，屈……雲。冤家，果然是路窄的，悠然暗暗叫聲苦。放假中的屈雲沒有戴那副遮掩妖孽的平光眼鏡，穿衣風格也變得休閒，通俗地說，就是變得更帥了。此刻的他正以一雙清媚的眸子看著悠然，上上下下左左右右，隔了一會兒，問了悠然一個非常難回答的問題：「妳放假沒回家？」

不是沒回家，而是又從家裡來了——這就是問題的答案，但悠然沒有回答屈雲，她不想讓他看見自己的狼狽。但偏偏事不隨人願，在這樣一個重要關頭，悠然的肚子再次背叛了她。咕嚕咕嚕咕嚕。這一次，悠然的臉只有微微的紅，畢竟又不是第一次在屈雲面前丟臉了。屈雲陳述了事實：「妳餓了。」悠然沒有否認的餘地：「……是。」雖然悠然和屈雲交惡，但她也不得不承認屈雲是個很聰明的人，可是聽見屈雲接下來說的話時，悠然還是暗暗吃了一驚。屈雲一邊選購著速食麵，一邊漫不經心地問道：「我猜，妳是無家可歸了？」悠然道：「我猜……你是惡魔。」屈雲道：「妳是惡魔的學生。」悠然保持著最後陣地：「是嗎？可惜我從來沒承認過。」屈雲的側面是漂亮的，睫毛很長，讓人生出想撫摸的意味。此刻，他忽然轉過頭來，道：「妳好像沒叫過我老師……來，叫聲聽聽。」悠然輕蔑地一瞥：「你殺了我吧。」屈雲自然沒有殺她，只是說了句：「叫了，我就請妳吃飯。」悠然明白，生命只有一次，於是她幾乎沒有考慮地就叫出了聲：「老師我要吃火鍋。」屈雲微笑，微笑，一雙清媚眸子增添了些許細長，他將手插入悠然的髮中，不動聲色地撥動著：「乖。」

悠然唾棄此刻的自己，但在尊嚴和肚子之間，她毅然決然地選擇了後者。在上演了一齣不鹹不淡的師生情緣之後，悠然拉著屈雲來到火鍋店。因爲是吃屈雲的，悠然自是拿著菜單狂點猛叫，等菜上來之後又低頭狠吃囫吞，直到肚子瀕臨漲裂才停下筷子。屈雲問：「說老實話，幾天沒吃東西了？」悠然實話實說：「二十六個小時。」屈雲將一塊嫩牛肉放進悠然的油碟裡：「妳現在的狀況是挺慘的。」悠然將牛肉夾起，放在一旁：「過獎了。」這斯文野獸給的東西，還是注意些好。屈雲問：「照現在的情況看來，妳應該沒有地方住？」悠然隨便地應了一聲：「聰明。」應了之後，悠然忽然抬起頭來，直勾勾地看著屈雲，問道，「你該不會是想……要我跟你一起住吧。」屈雲開出條件：「如果妳肯爲妳上學期做的那些事情道歉，我免費提供妳住宿。」悠然道：「上學期是我被你整吧。」屈雲眸光如水，輕飄飄地往悠然身上一蒙：「可是，我整妳也是要耗費一定精氣神的。」悠然確認著屈雲的意思：「也就是說，我要爲自己沒有主動去撞牆，而是勞煩您伸手來推而道歉？」屈雲微笑：「悟性很高，爲師還算欣慰。」悠然的眼睛開始四處移動，尋找著每一個可以充當凶器的東西。屈雲提議：「要不然，去看過我住的地方再決定？」如果是上學期的悠然，她會端起整個油鍋從屈雲頭上倒下去，但現在，她深吸口氣，同意了這個提議。

屈雲的房子就在學校附近，兩人吃飽了，便決定步行回家，散步助消化。兩人並肩而行，雖然氣氛是另類的，但仍有許多行人誤認他們是情侶，很多女人看著悠然的目光無不充滿了羨慕。雖然是仇人，但悠然還是實話實說，不吝嗇地誇獎屈雲：「我發覺，你這種外型似乎還挺受女人歡迎的。」而屈雲的回答是：「其實，同樣也受男人歡迎。」悠然鄙夷：「你的語氣很欠揍，做人還是謙虛一點比較好。」屈雲道：「我只是陳述事實。」悠然又開始了八卦生涯：「你怎麼知道自己受男人歡迎？難不成，你是那一掛的人？還是說，你曾經被很多男人當成獵物？他們成功了嗎？你的角色通常是1號還是0號？」屈雲的語氣略帶威脅：「再問下去，我提供住宿的條件就不會是『道歉』這麼簡單了。」悠然繼續說著：「看你的表情，一定是了。」「我和妳的約定，取消了。」屈雲說完，加快了腳步，準備甩掉悠然。悠然死也不肯放棄這張住宿票和飯票，趕緊追上去，但腳沒人家的長，跑得氣差點喘不過來，最後只能撲上去拖住屈雲的手臂。屈雲低頭，冷覷她一眼：「放開。」悠然揚起頭，微張開嘴，發出了這樣的聲音：「……喵。」這聲貓叫之後，屈雲臉上的冰漸漸融化，他伸手摸入悠然的髮間：「真乖。」悠然的臉上在笑，但一顆受盡屈辱的心卻在不斷滴答著鮮血。今晚，她要一口口將屈雲的肉咬下來，把他給吃了！

見悠然擺明了貓咪姿態，屈雲滿意了，兩人繼續往前走。走到校門附近時，悠然的手機忽然響起，仔細一看，號碼是白苓的。這些天，為了躲那個不想見到的人，只要是陌生來電悠然一律不接，但自家媽媽的電話，讓她失去了戒心。悠然接起電話，盡量用輕鬆的語氣報告著：「媽，我很好，別擔心，我正和……一個朋友在一起。不過，可能還要再幾天才能回來。」電話那端一直沉默著。悠然喚了一聲：「媽？」「是我……還記得嗎？」那邊傳來的是一道男聲，帶著微微的磁性。一如既往，他每句話的開頭，語氣都有些重，像是有些不耐煩，但最後的那個音卻陡然圓潤起來，帶著令人舒適的柔和，這樣的轉變像個謎，讓人的心上下起伏，落不到底。這麼在乎一件事時，感情已經深了。那聲音，熟悉得陌生，陌生到悠然像被某隻利爪抓破了皮，驚恐得想馬上掛斷電話。

但當悠然的手剛觸到紅色按鈕時，那一頭的聲音制止了她：「我只想問幾句話。」畢竟不是眞正和他面對面，悠然支撐得久了些：「好，你問。」古承遠問著：「妳是在躲我嗎？」悠然撒了謊：「……沒。」古承遠又問：「那麼，爲什麼我回來的前一天妳偏偏就走了？」這次悠然沒有撒謊，但她選擇了沉默。古承遠問：「其實，妳就躲在家裡附近，是嗎？」悠然終於可以誠實地回答這個問題：「沒有，我在大學這邊。」古承遠問：「現在？」悠然並沒有聽出古承遠聲音中的某種味道，她回答：「對。」古承遠一句句地深入著：「是住在學校裡？」「你問這個做什麼？」悠然忽然警惕了起來，根據她對古承遠的瞭解，他的任何一句話都不會是毫無目的。

悠然不用費力去想，因爲下一秒鐘她就看見了那個目的——有輛車，正停在大學門口，而車裡坐著一個男人。男人大概和屈雲同樣的年紀，側面的輪廓帶著英氣，嘴唇的弧度是堅硬的性感。不經意地一瞥，眼裡竟是陰鷙，但再定睛注視，所見的卻又是溫柔的蔓草，波波浮動。他來了這裡，古承遠早就來了這裡，剛才，他是在套自己的話，悠然瞬間明白了這點。和以前一樣，她永遠也猜不透他下一步會做些什麼。悠然能做的只有逃，她想不顧一切地拉著自己的飯票兼住宿票屈雲跑離校門，但是轉過頭來，她發現屈雲在看著自己。屈雲問：「妳認識他？」「他」自然是指古承遠。悠然從屈雲的話中聽出了一個重要資訊：「你也認識他？」「我和古承遠是同一所大學的校友，雖然沒什麼來往，但他是學校的風雲人物。」屈雲的聲音淡淡的，像一碗粥，沒有桂圓，沒有蓮子，沒有紅棗，只是一碗淡淡的粥。屈雲又問：「那妳呢？妳和他是什麼關係？」悠然用腳踢了踢腳下的小石子，道：「他……是我哥。」屈雲好奇：「親哥哥？」悠然抬頭，陽光刺目：「同母異父的哥哥。」

古承遠並沒有發現他們，悠然安全地回到了屈雲的家中。等屈雲打開大門，悠然將腦袋從他手臂底下伸出去，迫不及待地往裡面張望。屈雲的家是樓中樓，挺大的，足足有好幾十坪，精緻裝修，優雅大氣，以黑白灰爲主色。這屋子是位在城市黃金地帶的高樓大廈住宅，可謂寸土寸金，悠然算了算，估算這裡的一平方公尺房價足夠她吃一年。悠然回憶起自己和同學們常年居住的那個蝸牛殼宿舍，不禁對這酒肉臭的朱門產生了……莫名的欽羨，還有黑暗的小心機。她決定，死都不能放棄這個好地方。

屈雲在柔軟的沙發坐下，將身體擺成舒適的姿勢：「房子已經看了，現在就是妳自己決定是不是要向我道歉了。」悠然也在他對面的沙發坐下，翹著個二郎腿，化身爲街頭的痞子，道：「我決定在這裡住下，但就是不道歉，你又能奈我何？」話音落後的下一秒，悠然就被屈雲提著領子丟出了門外。悠然拚命敲打著大門：「你怎麼可以如此無情地拋棄我！」悠然的聲音自然是故意放大的，本意是爲了引出旁邊的鄰居，讓他們誤會屈雲有負於自己，務求對他造成無形而巨大的社會壓力，迫使屈雲不得不接受自己。只可惜，現代社會人情冷漠，悠然的聲音已經足夠穿透牆壁，但周圍的鄰居一點動靜也沒有。倒是屈雲重新開了門，做了一次讓步：「每天學一次貓叫，我就讓妳住一天。」見悠然一臉悲憤，屈雲不再勉強，再次將門關上。但門外卻傳來一聲慘烈的、像被剝皮似的貓叫。屈雲打開門：「雖然和我想要的不一樣，但今天就算了……進來吧。」悠然低頭走進屋子，準備朝樓上臥室衝去，之後躲在房裡獨自舔舐傷口，但屈雲伸手攔在她面前：「妳幹什麼？」悠然老實回答：「去我的房間。」屈雲道：「這裡沒有『妳的房間』。」「那我睡哪裡？」悠然緊張，難不成剛才那聲老貓叫是白費了？屈雲睬了她一眼，接著，上樓，一分鐘後，下樓，手裡拿著枕頭和被子，並將這些東西扔在沙發上。「你要我睡這裡！」悠然睜大了眼，雖然沙發很軟，但畢竟不是床，再說，正常男人不是應該有風度地讓出房間嗎？只可惜，屈雲不是正常男人，他點頭：「是的。」想起上學期這個男人修理自己的手段，悠然不得不承認，屈雲沒有讓她睡廁所已經算夠好了。

屈雲問：「晚上想吃什麼？」悠然忙回答：「清蒸大蝦，紅燒肉！」心中暗喜，自己受到的屈辱還是有價值的。接下來，屈雲遞給她兩張鈔票，還有一個環保購物袋：「去吧。」悠然想確定屈雲的意思：「你，要我去買？」屈雲給了悠然一個她無法反駁的答案：「因爲是妳想吃。」人在屋簷下，不得不低頭，悠然只能拿著東西再去了趟超市。正是盛夏，空氣悶熱得像要讓人窒息，悠然提著大包小包從超市回到屈雲的家，已是汗流浹背，熱得發暈。屈雲看了眼購物袋裡的東西，點點頭，又下達了一道命令：「那麼，就麻煩妳了……廚房在那邊。」此刻的悠然整個人像浸泡在汗水中，連聲音都是虛浮的：「你該不會……是想要我做飯吧？先說好，我做飯是無能的。」「沒關係，我已經替妳準備了詳盡的食譜，祝好運。」說完，屈雲提著悠然的領子，將她扔進了廚房。沒辦法，她只能硬著頭皮一步步照著食譜做飯。可是，兩個小時後——「妳是想告訴我，這些東西，就是妳口中的清蒸大蝦和紅燒肉？」屈雲用筷子翻動著盤中那些看不出顏色的屍體，搖搖頭：「這蝦還有這豬，在九泉之下，也不會原諒妳。」滿臉油煙的悠然也是滿肚子委屈：「我已經說過自己做飯無能了，是你非要我做的！」屈雲將袖子捲到手肘，露出白玉般的手臂，揮一揮：「算了，我來吧，妳出去吧。」悠然轉身，眼角劃過一絲狡黠。悠然沒怎麼做過家事，但也不至於做得這麼狼狽，之所以這麼做，不過是想讓屈雲展示一下他的手藝。雖然討厭屈雲，可是悠然認爲像他這種一臉聰明相的男人，做飯手藝應該是不錯的。但悠然再次想錯了，沒多久，廚房便持續傳來碗碟破碎聲、油鍋轟然起火聲，還有菜刀落地聲。但自始至終，屈雲沒有發出一點聲響。一分鐘後，廚房門打開，屈雲從裡面緩步走出，姿勢依舊優雅，臉龐仍然俊逸，但悠然清楚看見了他背後的光景——

滿目瘡痍的廚房。屈雲將袖子放下，比雲還淡比風還輕地說道：「稍稍出了點意外。」悠然跑到廚房門口，不可置信地看著那像是遭遇過謀殺的犯罪現場，好半天才得出結論：「……你也不會做飯。」屈雲淡淡回道：「我有說過我會嗎？」

雖然買東西的錢是屈雲給的，但這些食材卻都是悠然自己親手提回來的，有感情了：「算我服了你，我去看看裡面還能不能解救出些什麼。」屈雲道：「不要進去。」悠然一邊問，一邊邁出了腳步：「為什麼？」隨之而來的是一股劇痛，從腳掌上傳來。破碎碗碟的碎片，生生插入了悠然的腳掌。「因為，妳的腳下有碎片。」在悠然滿臉的淚眼滂沱中，屈雲將她扶起，讓她坐在沙發上。悠然看著從自己腳掌流出的殷紅血液，又懼又恨，開始痛罵屈雲：「你是故意的！你卑鄙無恥下流！你不是好人！你……」瞬間，悠然的話被屈雲的動作所制止——他單膝跪下，很自然地將悠然受傷的腳放在自己膝蓋上，就這麼低著頭細心溫柔地為她包紮起傷口。悠然驚嚇得目瞪口呆。

這就是屈雲教給她的第四課——事情，偶爾也是會有轉機的。

Lesson Five

斯德哥爾摩症候群是可怕的

悠然也不明白自己的心理，雖然屈雲曾經像對付死敵那樣用秋風掃落葉般的無情惡整了自己，但當他像王子那樣跪下來、將她的腳丫放在自己膝蓋上那一瞬間，悠然便徹底原諒了他。或許，每個女人心中都有著童話情結；又或許，悠然是患上了那傳說中威力巨大、遇佛殺佛的斯德哥爾摩症候群。悠然努力地追究自己這種心理根源，以至於她……失眠了。

失眠的悠然躺在沙發上，吹著空調，蓋著薄被，滿腦子想著的，都是下午屈雲垂頭認眞爲自己敷藥的樣子。從她的角度望去，屈雲的眼裡多了一層少見的柔情，像冰山上的火，黑夜中的星，岩石縫隙中流過的涓涓清泉；因爲少，帶來的震撼更加明顯。悠然上一回這麼滿心滿眼地想著一件事，是在高中軍訓課時，那時整整一個月，她沒有沾冰淇淋，於是乎，做夢都夢見那軟綿甜美的滋味。想到這，悠然忽然從沙發上猛地坐起……難道，她之所以這麼想著屈雲，是因爲她想將他一口吃掉？悠然開始唾棄自己，一定是思春過度，產生了可怕的錯覺。「妳在夢遊嗎？」黑暗中，屈雲的聲音在她身邊響起。悠然轉過頭去，發現不知何時屈雲已經來到沙發邊站著，一雙眼睛暗閃著流光。悠然道：「根據我們離各自床的距離看來，夢遊的人是你才對吧。」「解釋一下，我是來給妳送東西的。」屈雲一邊說，一邊拿出袖珍星空投影儀放在玻璃茶几上，按下開關，頓時，黑暗的客廳出現了璀璨的星光，細小的光暈在天花板上、牆壁上移動著，將這個夜晚變得夢幻。屈雲問：「好看嗎？」悠然看得出了神：「嗯。」心中像被柔柔碧波推了一下，沒想到……屈雲也會這麼浪漫。但接下來，屈雲的話差點讓悠然倒地：「以前我養的那隻貓，特別喜歡這個東西。」貓，又見貓。悠然問：「那，那隻貓呢？」屈雲慢悠悠轉過頭來，看著悠然，緩緩地說：「有一次飼料吃太多，消化不好，撐死了。」說完，眼中淨是一種懷念，「妳和牠，真的挺像的。」悠然：「……」屈雲就這麼走上樓去，剩下五味雜陳咬著被單的悠然，原來，是把她當過世的貓啊。

再五味雜陳，這覺還是要睡的，悠然在夢中上天入海，穿雲墜霧，忽然看見前面有一白衣飄飄的少俠站在山巔。她一個激動，剛想撲上去自我介紹一番，卻不幸踩上一香蕉皮，連嚎都來不及嚎一聲，就這麼朝著無底山澗墜去。腳猛地一蹬，醒了，悠然被嚇得滿頭大汗，一半原因是爲了那掉下山崖的噩夢情節，另一半原因則是因爲……少俠的側面居然和屈雲一模一樣。悠然徹底明白，這次，她對屈雲的感情，要比當年那一個月沒吃到冰淇淋要複雜得多。人是不能思考的，這會兒，悠然額頭上的汗都還來不及擦拭一下，屈雲便從樓上下來了。他穿著一件黑色的絲質睡衣，看似寬鬆悠閒，但有些部位還是很自然地貼緊皮膚，輕鬆勾勒出他那緊緻完美的肌肉。悠然吞了口唾沫，感覺有那麼點熱。屈雲問：「睡醒了？」悠然點頭，腦子還有些濛濛的。又聽見一道命令，「那麼，就去買早飯吧。」這次悠然沒有反抗，沒有嘀咕，甚至沒有皺一下額頭，她快速換好衣服，接過屈雲遞給自己的錢，開門就往外衝。畢竟，她確實需要遠離屈雲幾分鐘，好好想一想。

人是遠離了，但直到買好早餐走在回家的路上，悠然仍然沒想出什麼，因為，她根本就不知道該想什麼。悠然覺得奇怪，昨天之前，她體內那股恨不得咬死屈雲的狠勁到哪裡去了？為什麼就在這短短一段時間內，她對屈雲的感情就有了翻天覆地的變化？難道說，自己真的患上了那令人聞風喪膽、見之飆尿的斯德哥爾摩症候群？想到這，悠然不禁打個寒顫。大條，事情有些大條。可是老天爺和她的想法相反，祂認為事情不夠大條，於是，祂下起了傾盆大雨。這雨可是毫無徵兆的，才幾秒鐘時間，黃豆大的雨滴就開始砸在地上，悠然趕緊撒開四肢，護住眼睛，往前狂奔，奔著奔著，她奔不動了。前方，屈雲撐著一把傘，就這麼朝她快步走來。悠然像中了定身法，頓時定在原地，看著屈雲將傘罩在自己頭頂，遮住了那漫天的雨。「這下，妳可是名副其實的腦子進了水。」屈雲一邊調侃，一邊接過悠然手上的早餐，輕輕摟過她的肩膀，帶著她往家裡走。此刻的悠然，腦子確實像進了水，晃晃悠悠的。她覺得這個情景實在很熟悉，彷彿前生發生的往事，難道，自己和屈雲真的是瓊瑤奶奶所說的緣定三生？想到這，悠然的一顆心跳了起來，咕咚咕咚的，可歡騰了。但走沒幾步，她幡然省悟，原來自己是把剛才那幕和《新白娘子傳奇》中白素貞送傘給許仙的情節弄混了，還奶奶個緣定三生呢。

雨實在是太大，就算有傘，回到家時，兩人還是淋得像落湯雞。悠然坐在地板上，脫下鞋子，翻轉過來，倒出裡面的水。無意間抬頭，她看見沙發邊的屈雲做了一個動作，就是這個動作，導致了她和他的緣分，或者是，猿糞——悠然清楚地看著屈雲雙手交叉，拉著T恤的下襬，同時往上一撩。隨著T恤的失守，屈雲的身材逐漸暴露在悠然眼前。雖然從一開始她便意識到屈雲有副好身材架子，但那都是隔著衣服猜想，像現在這般親眼目睹還是頭一次，因此，那種震撼更大了。屈雲的胸膛有著緊實的肌肉，並不是壯男的驃悍粗獷，而是一種細緻溫潤的強壯，那種安全感，帶著一種華麗。接著向下，是他那纖細性感的腰肢，讓所有女人都想將自己的雙腿盤在上面，化身爲蛇，纏住他。他結實平坦的腹部有著男性特有的黑色毛髮，蜿蜒向下，順著人類慾望的道路延伸，那裡隱藏著伊甸園的罪惡之果，那裡是一口無底的墨井，漩渦是華貴的黑色。而悠然，就是在這種黑色慾望之中迷失了自我。以前的她，恨不得一口咬死屈雲，而現在的她，恨不得一口將屈雲吞入腹中。屈雲脫下上衣的時間是很短的，但就在這短短的時間之中，悠然決定了一件大事。

「你有女朋友嗎？」悠然問。聞言，屈雲轉頭看著悠然，眼中有道暗暗的光：「沒有。」悠然道：「好巧。我也沒男朋友。」屈雲眼中的光，更暗了：「所以呢？」但所有的亮與璀璨，都是從至深的黑暗之中誕生的。「那個……」悠然擰著鞋帶上的水，說出了一句非常復古的話，「既然這樣，乾脆我們倆來交往吧。」說完之後，悠然覺得房子裡似乎頓時安靜了下來，空氣不再流動，時間不再走動，在過了一個小時那麼長久的時間，她聽見了屈雲的回話：「好。」悠然抬頭，看向牆上的鐘——秒針，只走了四分之一圈。恐怕到這輩子過完的那天，悠然也不明白，爲什麼自己要提出這樣的建議；更不明白的是，爲什麼提出這樣的建議之後，自己居然沒有一點後悔的感情。唯一的解釋，只能是那可怕的精神病，是斯德哥爾摩症候群，讓她愛上了這個以折磨她、侮辱她、鄙視她、調戲她爲樂的男人。

戀愛關係確定後，兩人坐在沙發上，看著電視……一直看，看了整整兩個小時。其間，沒有一個人開口。悠然的腦子亂成了一鍋粥，雖然長這麼大，但戀愛的經驗卻是少之又少。第一次……就別提了，可以用往事不堪回首來總結，沒什麼借鑒的必要；第二次，便是和那體育男，這段感情的經驗教訓就是，不要在對方吃麵條時問什麼問題。搜腸刮肚的，也就這麼一點點了。而關於戀愛的那些甜蜜製造，悠然一點也沒學會，所以，她只能窩在沙發上，沉默。仔細想想，有些不對來著，她是因爲戀愛經驗不足而導致現在的冷場，但屈雲又爲什麼不主動？難道也是因爲戀愛經驗不足？悠然否定了這個猜想，雖然屈雲個性不好，但是模樣擺在那，在今天這個男色時代，肯定會有許多像她這種飛蛾撲火的女生撲上去。難不成，是他對自己沒興趣？悠然頽然，果然前人說得對，太過主動，男人就不珍惜了……正在一陣胡思亂想，屈雲忽然開口：「想去看電影嗎？」對於這個提議，悠然自是點頭，外加大鬆口氣。

兩人隨即來到了電影院，最近沒什麼大片上映，只好重播以前的電影，而她們去的時候，剛好在上映《無極》。中午時分，電影院裡只有稀稀疏疏幾個人，悠然和屈雲隨便找了個位置坐下。悠然一向覺得，世間的很多事情到最後都不會朝著預定方向發展。電影就是一個例子，很多號稱爆笑型的片子拍出來卻讓人昏昏欲睡，很多號稱哲學型的片子拍出來卻讓人捧腹大笑，比如說《無極》。雖然已經看了三遍，但悠然還是一邊將爆米花往嘴裡塞，一邊笑得稀里嘩啦的。故事進展到一半，妖豔的小謝和傾城的柏芝在那大金籠中的一場對手戲讓悠然回過神來。看著銀幕上兩人的曖昧，悠然開始心猿意馬了……話說，電影院，可是牽手親吻的好地點。但偷眼看了看屈雲，人家沒有任何反應，眸子是妖豔，神情卻是正經。算了，悠然暗暗歎口氣，自己連「我們交往吧」這種話都說得出來，還裝什麼矜持呢？於是，在黑暗之中，悠然將手從爆米花紙盒伸出來，開始朝屈雲的手靠近。一公分，一公分，一公分，悠然小心翼翼又緊張兮兮，難怪人家說談戀愛也是很耗體力的。好不容易靠近目標了，悠然的眼睛賊賊地一睇，下一步，就是將自己的柔荑放入屈雲溫暖的手掌心中。就在悠然的獸慾即將得逞之際，眼角竟瞥見屈雲的手也有了動靜，彷彿像要主動和悠然進行會師。可惜不是，屈雲抬手的目的是爲了拍開悠然的手，而他也確實這麼做了。「痛！」悠然收縮回手，一臉怨婦形象，「爲什麼，爲什麼你要這麼對待我？」屈雲看著銀幕，平靜地說道：「先把妳爪子上的奶油擦掉再說。」悠然：「……」即使遭到這麼大的打擊，悠然依舊想將屈雲給吞進肚子，吃得一乾二淨。

這就是屈雲教給她的第五課——斯德哥爾摩症候群，是可怕的。

Lesson Six

吃醋，是必須的

悠然坐在階梯上，雙手撐著下巴，看著沙發上專注看書的屈雲，眼神濃得像蜜。帥，果真是帥哥。悠然的口水流得嘩嘩的，這麼帥的鍋，今後就是她一個人的了。想到這裡，悠然仰起頭，開始大笑。但這笑，總是有些不純粹的。

悠然不是個心裡喜歡藏事情的人，所以她直接問了：「屈雲！」「嗯？」屈雲的眉毛向上抬了抬，但眼睛還是盯著書看。悠然一點一點地開始撥開繭：「你以前有過女朋友嗎？」屈雲是個爽快的人，同時也是個不肯吃虧的人：「有過。妳呢？有過男朋友嗎？」「算是有過吧。」悠然回答得有些艱難，頓了頓，又問道，「欸，我們就這麼談戀愛了？怎麼總覺得我們之間少了些什麼。」屈雲有些敷衍：「有嗎？」悠然問：「欸，你對於我是你女朋友的事實，高興嗎？」屈雲依舊答得不鹹不淡：「還可以。」悠然忍不住了，「蹬蹬蹬」跑下樓去，奪過屈雲手中的書，捧住他的臉，質問道：「說實話，爲什麼你要答應和我在一起？」悠然水漾的眸中映著屈雲平靜的臉，屈雲遲疑地答：「因爲……妳像貓。」聞言，悠然頓時嚇得蹭蹭蹭倒退三步，縮在牆角，道：「難道說……你喜歡人獸？」屈雲嘴角微勾：「妳認爲我是人？」悠然緩緩地點點頭，沒有錯，他是獸來著。

就在悠然若有所思的當兒，屈雲冷不防拋出了一個問題：「妳的實習作業做了沒？」悠然賊笑：「你不是我男朋友嗎？乾脆代勞吧。」屈雲冷笑：「我還是妳老師呢……下學期開學時不交，就拿妳的腦袋來換。」悠然倒沒有被這威脅給嚇到，她想到了另一件事情：「那個……現在看來，我們倆和楊過小龍女有異曲同工之妙啊。」屈雲抬頭，看著她，目光一片清澄遼遠，像是大漠中的天，良久，他說道：「看在我們剛交往的分上，就不打擊妳了。」悠然又想到一件應該擔憂的事情：「你說，我們如果被學校發現，是不是會死成乾屍來著？……欸，我們的事情還是暫時保密吧，你說呢？」屈雲點頭：「好，但是……妳在幹什麼？」「看你，用含情脈脈的眼神。」悠然回答得再誠實不過。屈雲輕吸口氣，接著起身。悠然拽住他的衣角：「你去哪裡？」屈雲居高臨下地看著她，最終吐出一句話：「上大……怎麼，有興趣一起來嗎？」悠然扭著衣角，臉龐暗暗映出緋紅，小聲道：「這麼快就坦誠相見？怪不好意思的……不過既然你誠心邀請，我還是來小看一下吧。」屈雲：「……」

悠然就這麼在屈雲的屋子裡住了下來，兩人都是做飯白癡，只能每頓都叫外賣或者到餐館去吃，悠然營養過剩，胖了三斤，不過念在已經找到長期飯票的分上，她絲毫沒有危機意識。在此期間，悠然一直將手機關機，也不知究竟有誰找過自己。過了大約一個星期，悠然估摸她要躲的那個人已經離開了，便打開手機。果然，簡訊提示有許多通未接來電，而古承遠的號碼只出現了一通。不用多打，一通便能看清所有的事情；永遠都是這樣，他從來不做多餘的事。而剩下的，就是母親白苓的號碼，悠然正準備打過去，母親大人便打來了。白苓的語氣中沒有任何責備，只淡淡說道：「你哥走了，回來吧。」掛上電話，悠然長歎口氣。屈雲問：「怎麼了？」悠然道：「我要回去了。」「哦。」屈雲就說這麼一個字母，發音太短，悠然聽不眞切他話裡的含義。她十分不滿：「你怎麼就對我這個女朋友沒什麼依依不捨的感情呢？」屈雲回答：「距離產生美。」悠然給屈雲做了名詞解釋：「無情無義。」屈雲抬抬眉毛，不置可否。悠然抿住嘴，忽然像貓一樣，將屈雲撲倒在沙發上。屈雲問：「妳做什麼？」悠然看著他的眸子，指腹開始發癢，非常想順著那細魅的線條遊走：「其實，我以前是很討厭你的。」屈雲微笑：「是嗎?眞沒看出來。」悠然伸手扯住他的嘴角，嚴肅地說道：「但是現在，我對你的感情不同了，我是認眞的……屈雲，你呢？」悠然就這麼趴在屈雲的胸膛上，兩人的身體異常緊密，她甚至感覺得到，他睫毛眨動時產生的風撲在自己的面頰上，就像小小的柔軟的絨毛。屈雲沒有說話，他只是慢慢地抬起頭，將唇靠近悠然的唇。空氣似乎頓時靜謐下來，只剩廚房鐵鍋中熬的銀耳正撲哧撲哧冒著小泡，黏糊糊的，有些甜，有些濁。

就在兩片柔軟即將觸在一起時，悠然伸出巴掌，推開了屈雲的臉頰。

屈雲轉過頭來，揚揚眉：「我以爲，妳想要接吻來著。」悠然輕哼一聲：「接吻之前應該先進行牽手。沒文化，眞可怕，鄙視你。」說完之後，悠然重重壓了一下屈雲的胸膛，借力起身，拿起自己的背包，瀟灑地往肩上一扛，道：「你女朋友我就先走了，有事電話聯繫。」接著，悠然大跨步豪邁地離開，但剛打開門，便聽見背後的屈雲喚了自己的名字：「悠然。」別說，聲音還挺溫柔的。悠然激動了，總算逼出這男人的眞情了。她充滿期望地轉頭，柔聲道：「什麼？」如果此刻屈雲要她留下，悠然想，自己是絕對會願意的。然而，屈雲微笑，微笑，再微笑：「記住，實習作業，開學的時候，是一定要交的。」悠然：「……」

白苓沒有騙悠然，古承遠確實已經離開。而白苓對悠然的出走也沒過多的詢問，便讓她進了房裡休息。悠然躺在床上，看著天花板，上面沒有了星空投影儀的光，還挺不習慣的。想到這，悠然忍不住打電話給屈雲：「你猜我是誰？」可惜屈雲對這種小孩子遊戲沒興趣，乾脆道：「不認識。」悠然也不生氣，繼續問道：「你現在在幹什麼呢？」屈雲道：「接妳電話。」悠然窮追不捨：「想我了沒？」屈雲道：「妳才離開不過兩小時。」一連三個問題，都沒有得到滿意的答覆，甚至是滿意的態度，悠然的熱情也瞬間消失大半。她沉沉地喊了一聲：「屈雲。」對方簡答：「嗯？」悠然輕聲問：「我們是男女朋友嗎？」屈雲反問：「妳說呢？」這個答案讓悠然沉默了。話筒中沒有了悠然的說話，只剩下空氣流動的聲響，咻咻溜溜的，聽著不太舒服。屈雲感覺到悠然的不對勁：「怎麼了？」「沒事，剛才太累，在打盹，那我改天再給你電話吧。」悠然用這句話結束了這場對話。

放下電話後，悠然不斷地在床上翻滾著，一不小心，滾到了地上，疼得內傷，幾乎就要到想哭的地步。正在這時，葉小密打來電話：「親愛的，想我沒有？」看看人家小密，這才像是正宗男友，悠然只能怨自己遇人不淑，或者是愛人不淑。小密嗅出了異常：「聽聲音，妳很不對勁啊。」悠然坦白：「我有人要了。」葉小密對悠然的男友非常感興趣：「是誰？居然有這麼大的勇氣，請讓我膜拜一個先。」因爲害怕小密大嘴巴，悠然覺得暫時還不能將事情告訴他，只說：「朋友介紹的，你不認識。」但葉小密的興趣，第一是八卦，第二是八卦，第三是第一和第二的綜合：「有人要妳是好事，但聽妳的聲音卻不對，肯定是遇上什麼煩惱了。來來來，告訴我事情始末，讓我這個旁觀者好好分析分析。」悠然歎口氣：「這次戀情是我向他表白的。」葉小密在話筒另一端搖著頭：「大忌！」悠然的心尖尖跳了一下：「不用說得這麼嚴重吧。」葉小密問：「我問妳，在你們交往期間，是不是妳說話比較多？」悠然點點頭：「是。」葉小密再問：「他是不是對妳不冷不熱？」悠然再點頭：「是。」葉小密最後問：「他是不是從來沒說過『我愛妳』？」悠然的心被這幾個問題戳得顫顫的：「……是，但這說明什麼？」葉小密講話一向不留情面：「這說明妳對他而言根本就是可有可無，他身邊，多妳一個不多，少妳一個不少。既然妳都主動告白了，那他肯定是不要白不要，先撿個免費女朋友來煮飯洗衣服再說。」聞言，悠然的心嗖嗖地涼，良久，她問道：「那……我該怎麼辦？」葉小密唯恐天下不亂：「分了分了，這種男朋友，要來沒用。七月本來就是分手的季節啊。」悠然察覺到了不對勁：「等等……你是不是最近失戀了，所以也想要我陪你？」葉小密開始打著哈哈：「怎麼可能，呵呵呵呵。」悠然知道，雖然小密動機不純，但他的話也不無道理，在和屈雲的交往中，自己確實是投入感情比較多的一方。小密道：「人生苦短，看在朋友一場的分上，快出來陪我旅遊散心。」悠然認爲自己和屈雲之間的問題，的確需要時間好好考慮一下該怎麼解決，所以，她當即答應了這個提議。反正屈雲大概也不會找自己，悠然便沒通知他，拿起行李，就這麼出門了。

但悠然沒想到，小密要帶自己去的，居然是華山。悠然可不是令狐沖，看著那山，腳就開始打顫，說什麼也不敢爬。沒辦法，葉小密只能帶著她在山腳下的旅館住了兩天，將就悠然培養情緒。可是培養了兩天，悠然要嘛上網，要嘛拿著手機看著螢幕發呆。葉小密決定下毒藥了：「在等他打來？」「沒有。」悠然口是心非，這兩天，她一直盼著屈雲能主動打電話來，可是從頭到尾，人家鳥都沒鳥自己。葉小密問：「開始恨他了吧。」「嗯。」悠然實話實說，這次算是因愛生恨了。葉小密道：「我有個辦法，可以讓他在乎妳。」悠然抬抬眼皮：「什麼？」葉小密正經道：「在華山半山腰處大吼一聲他的名字，然後再往下跳。」悠然睜大眼睛：「然後呢？」葉小密繼續煞有介事：「我會在一旁將這個過程拍攝下來給他看，讓他永遠記得有個女人因爲他而嗝屁了……怎麼樣？」因爲一向知道身邊這人是損友，悠然倒沒怎麼生氣，但心裡不由得冒出一個想念：「倘若自己真的掉下去了，不知道屈雲會不會傷心來著。」

下一秒，葉小密將背包遞給悠然，決意拉著她往山上爬：「走了，走了，爬完山我們再商量去哪裡玩。」悠然垂著頭，無精打采地走著，在山道上走沒幾步，前面的葉小密忽然停下腳步，悠然沒剎住車，臉直直撞上了他的屁股。悠然揉著鼻子：「你信不信，我直接把你咬下一塊肉來？」葉小密縮了一下屁股：「妳信不信，我看見了一個對妳來說比噩夢還要噩夢的人？」悠然疑惑，伸長脖子，越過小密的身體，往前面一瞧。不得了，前面的山道上，站著一個男人，正是悠然的現任男友——屈雲輔導員。悠然將腦袋縮回小密的屁股後面，使勁地揉著眼睛，幻覺，一定是幻覺。葉小密發話了：「悠然，提醒一句，我有想要放屁的感覺了。」天大地大，比不過臭氣的威力大，悠然立即從小密的背後蹦了出來。這麼一蹦，目標完全暴露，而悠然也將屈雲看得清晰了些。屈雲身著運動裝扮，沒了眼鏡，揹著個大包，典型的爬山裝束，在青山的映襯下，臉更嫩了。

悠然是個色女，這麼一眼，就完全原諒了屈雲之前的冷漠，也沒多想，氣喘吁吁地快步走到他身邊，問道：「好巧，你怎麼也來了這裡？」屈雲的眸子盛著綠意白雲，頗有閒適山水的意味，但那看著悠然的眼神平靜得有些過了，以至於悠然有種被釘在原地的感覺。悠然受不住，忍不住問道：「怎麼這麼看著我？」「實習作業做了嗎？」在這樣一個毓秀鍾靈之地，屈雲最先問的卻是這樣的問題。悠然有些愣：「還沒。」屈雲一刀刺入：「那爲什麼還有閒心和閒人在這裡遊山玩水？」悠然察覺到屈雲的語氣和往常相比，似乎有了不易察覺的刺，但究竟是哪裡不對，悠然還是有些恍神，所以，她只能繼續最先的問題：「那個，你爲什麼會來這裡？」屈雲抬抬眼皮，看了看後面的小密：「那麼，你爲什麼會和他來這裡？」悠然並沒有蠢到家，她從這句話裡聞到了自己最愛吃的酸辣粉那種味道。屈雲，似乎，好像，也許，可能，吃醋了。喔耶！悠然在背後伸出了兩根勝利的手指頭。

悠然正想張口說個「我」字，屈雲又緊接著問道：「還有，為什麼手機關機？」為了以示清白，悠然將手機奉上：「沒有啊？」屈雲擺弄了一下，立即查明了事情真相：「欠費停話了都不知道嗎？」難怪這幾天連一則電話簡訊都沒有，原來是被停話了。至於為什麼沒收到停話通知的簡訊，悠然沒有興趣追究，她有興趣的是這一點：「你是怎麼知道我在這裡的？」屈雲回答：「從家長聯絡簿上查到妳家電話號碼，打過去後，妳媽媽告訴我的。」悠然好奇：「你是怎麼介紹自己的？」屈雲道：「實話實說。」悠然開始拉扯著衣角，小臉紅紅的：「我媽知道你是我男朋友後，有什麼反應？」屈雲道：「我沒告訴伯母我是妳男朋友。」悠然有了不好的預感：「那你是怎麼說的？」「我說自己是妳的輔導員，想要通知妳上學期考試被當，以及下學期補考的事情。對了，提醒一句，最好在這裡多玩一會兒，等伯母發完火再回去吧……妳在想什麼？」悠然道：「我在想，把你推下山之後，該怎麼偽造你自殺的現場。」屈雲完全不受威脅：「放棄吧，妳做不到的。」悠然不得不承認，屈雲說的是事實——再怎麼樣，悠然也得先把他吃了再殺。「那個男的是誰，我記得以前在學校時碰見妳好幾次，身邊都站著他。」屈雲這問話像蠶絲做成的網，看似很輕，但觸在皮膚上，涼涼的，在不經意間便拉緊。悠然稍稍踮起腳尖，雙手揪住屈雲那被綠意映得嫩了幾分的臉頰，笑道：「男朋友，你吃醋了。」這麼一捏，手感還眞好，差點掐出水來。

兩人正在這邊玩著戀愛遊戲，忽然覺得有骨骼抖動的聲響。回身一看，發現葉小密正臉色慘白地站在他們背後，好不容易才吐出幾個字：「師生……戀，亂，亂，倫。」說完之後，葉小密的臉更白了，因爲他看見悠然的牙齒，屈雲的嘴角，同時閃過一道冷得瘆人的光。他們一個像是要抓人的黑貓，一個像是要吃人的野獸。小密靈敏的第六感告訴他，這兩人的下一步就是要殺人滅口，毀屍滅跡。於是，只聽得一聲慘叫，一個纖細的少年連滾帶爬，從山路上奔了下去。屈雲望著葉小密倉皇的背影，道：「以後，少和他在一起。」悠然解釋：「他是我的好朋友。」屈雲平靜地說：「我明白，但，他是男的，而我，是妳的男朋友。」悠然反問：「所以呢？」屈雲冷冷地說：「至少，不要在我每次碰見妳時，他都在妳身邊。」悠然抱怨：「你好霸道。」屈雲不痛不癢：「謝謝誇獎。」悠然將背包往上提了提，皺眉道：「你這個人還真是挺奇怪的，一會兒對我這麼冷漠，一會兒又這麼喜歡吃醋。」屈雲糾正：「我不是吃醋，我只是不想自己的東西被別人染指。」悠然鎮定地反駁：「我不是你的東西。」屈雲挑起眉毛，弧度帶著一點點危險。但接下來，悠然側過臉，低下頭，扭著衣角，小聲道：「人家……是你的人。」屈雲：「……」

反正都已經到這兒來了，悠然和屈雲兩人還是決定爬完華山。但這山可不怎麼好爬，陡峭得就像在攀岩，而且還是沒繫繩的那種。雖然悠然曾經拿過女子八百公尺賽跑第一名的好成績，但體力實在是不行，爬了一個小時，腳開始打顫，手開始發抖。屈雲道：「算了，我們下去吧。」悠然抬頭往上一看……實在太高，把脖子給扭了，她坐在地上，拿出礦泉水猛灌：「不行不行，好不容易才爬到這裡，哪裡能放棄呢？我看，咱們離成功不遠了。」這時，一對情侶從他們身邊經過，女的揉著腳，嬌滴滴地對男朋友道：「我累了，揹我。」那男的不敢違抗，當即蹲下身子讓女朋友趴在自己的背上，接著以蝸牛般的速度開始繼續向上。悠然用羨慕的眼神看著那對男女走遠，接著清清嗓子，模仿嬌滴滴的聲音道：「我也累了。」屈雲轉過頭，用清湯豆腐般的語氣說：「我是不可能揹妳上去的。」悠然失望透頂：「爲什麼？」屈雲給出了個理由：「因爲那樣太危險。」「藉口。」悠然小聲嘀咕著，明明剛才那對情侶就這麼做了，也沒見出什麼事。爲了賭氣，當休息夠了重新上路之後，悠然奮力往前衝，想將屈雲遠遠拋在後面，但無論她的腳步多快，屈雲總是保持著一定距離跟著她。爬著爬著，悠然忽然發現前面有一群遊人圍了一圈，上前一看，發現中央躺著剛才那對甜蜜情侶。此刻，他們躺在地上，表情痛苦。「這種地方自己走都已經累得夠嗆，哪裡還能揹人？這些倒楣孩子，總是不知天高地厚，看，一不小心跌下來了吧。」悠然從一位遊客口中得知了事情的原委。原來，屈雲的理由還是站得住腳的。但悠然的小孩子心性犯了，也不好意思認錯，只能硬著頭皮繼續往上爬。將全部力量用盡之後，悠然終於不再逞強，蹲在地上，大口大口喘氣。屈雲從後面不急不緩地跟了上來，雖然和悠然爬了同樣的路程，但他卻臉不紅氣不喘，甚至連薄汗也沒見一滴。

屈雲的腳在悠然眼前站定：「跑不動了？」這次悠然並沒有賭氣，她實在是走不動了：「你自己走吧。」屈雲什麼也沒說，只是取下悠然的包包，揹在自己胸前，接著握住她的手，順勢將她拉了起來。於是，屈雲就這麼拽著悠然繼續向山上爬。這麼一來，悠然瞬間輕鬆了許多。輕鬆之後，悠然又開始不安分了：「屈雲。」屈雲淡定：「嗯？」悠然頑皮地說：「你這樣前後都揹著包包，眞像一隻烏龜。」屈雲淡定依舊：「如果妳不想被推下山的話，就不要再說話了。」悠然拉拉他的手：「欸，你知不知道我們現在進行到哪裡了？」屈雲問：「哪裡？」悠然偷笑：「牽手啊，其實我知道，你是故意的，看上去是關心我，實際上就是爲了偷吃我豆腐。」屈雲答：「……妳想太多了，眞的。」悠然繼續偷笑：「不要因爲我識破了你的不良用心而不好意思。對了，你想不想知道我們牽手之後的下一步是什麼？」屈雲冷冷地說：「我可以說不想知道嗎？」悠然裝嬌嗔：「不要這麼口是心非，我們的下一步，就是你嚮往已久的嘴碰嘴了。」屈雲：「……」悠然繼續：「你高興嗎，高興就嗯一聲，不高興就保持沉默。」屈雲：「……」悠然還在繼續：「看你，都高興得說不出話來了。」屈雲：「……」

經歷悠然無敵轟炸了好幾個小時之後，兩人終於來到鯉魚脊上。悠然以前從圖片上看見的鯉魚脊，那可是驚險萬分，人在上面，像螻蟻似的，感覺彷彿風一吹，就會撲簌簌地往下掉落。但這一次，悠然自己親身在上面走著，卻不覺得怎麼危險。但悠然知道，倘若此刻有架直升機在上空將自己攀爬的照片拍下來，事後她看了，也鐵定是腳軟手抖。就如同她當初一個衝動對屈雲說出「我們交往吧」這句話，事後，悠然也對自己這個舉動感到千分詫異。但如果再選擇一次，她還是會爬鯉魚脊，還是會對屈雲提出交往。可見，談戀愛和爬華山一樣，是不見棺材不落淚。

在朝陽峰上，悠然和屈雲停下，這裡是觀賞日出的好地點，可惜的是，此刻是下午，只有日落。悠然看著遠處那蒼翠和碎白交織的山巒，看著天頂那些說不出顏色的雲霞，不知爲何，一股氣在心中匯聚，膨脹。她無法控制，只能將手放在嘴巴兩邊，對著遠方大喊道：「某個大混蛋……我喜歡你！」雲霞漸漸濃烈，那顏色灑下，屈雲的眸子內有了淡淡色彩的湧動。喊完之後，悠然轉過頭，鎮定地說道：「我說的大混蛋就是你。」屈雲的嘴角動了動，似乎……是在微笑：「我知道。」悠然問：「那你就沒什麼回應嗎？」屈雲問：「妳想要我怎麼回應？」悠然眼神灼灼，盛滿期待：「就像我剛才做的那樣。」可是屈雲一句話便將悠然眼中的火光給澆滅：「我做不到。」悠然轉過身子，適時地掩飾心中的失望，故作輕鬆地說：「不行，虧大了，我要收回剛才的話。」正當她準備對著天空喊出「某個大混蛋，我恨你」的時候，悠然的身子被轉了過來，就像偶像劇演的那樣，在那一刻，屈雲吻了她。悠然已經記不大清楚當時的具體情景，唯一的印象，就是屈雲唇舌間那股巧克力味道。黑巧克力，不甜，有種回味的澀。「可惡，」悠然想，「連巧克力都自己獨吞，也不給我一塊，沒義氣。」

氣也生完了，山也爬完了，手也牽過了，吻也接過了，屈雲決定送悠然到火車站，打發她回家。雖然悠然的腳步移動得能讓蝸牛升起強烈的自豪感，可是驗票口還是到了。屈雲將背包遞給悠然：「去吧，當心點。」悠然一臉哀怨：「你把我吃乾抹淨就想趕我走？」屈雲扯了扯悠然的馬尾，力氣不大，而嘴角則是一抹玩味的笑：「等我眞正將妳吃乾抹淨的那天，妳連說話的力氣都沒有。」悠然側過臉，背著身子，將手撐在牆上，沉默。屈雲問：「妳在幹什麼？」悠然故作鎮定：「我在想像你將我吃乾抹淨的那天。」屈雲看見，悠然的嘴角赫然有著唾液在醞釀。此刻，開始驗票，屈雲催促悠然去排隊。悠然不滿了，用手環住屈雲的腰際：「難道你就真的沒有話要告訴我嗎？」屈雲很不給悠然面子：「確實沒有。」千不該萬不該被屈雲的這副好皮囊給蒙了心啊，悠然長歎口氣，揹著落寞的背包排隊上前驗票。屈雲為她買的票位置不錯，靠窗。悠然坐下，無聊地看著火車開動。實在是沒事，正要戴上耳機，卻聽見手機響了。盤古開天地以來，這次螢幕上顯示的居然是屈雲的名字。悠然接起，只聽屈雲在那邊問道：「剛才，有句話我忘記告訴妳了。」這語氣，這情景，這劇情讓悠然的一顆心成了油鍋中的功夫牛肉花，開得燦爛。難道是「我愛妳」，或者是「其實，我捨不得妳走」，更或者是「我就在妳的背後」；悠然展開聯想，不管是擴散的，還是聚集的。她的聲音帶著期待的微顫：「什麼話？」屈雲平靜以答：「下學期集合的時間是八月二十八日晚上七點，要點名，不要遲到了。」悠然：「……」雖然氣得七竅生煙，但悠然已經認命，誰要她自己交上這樣的男友呢？

回家之後，悠然接到了一個電話，是古承遠打來的。那天的情景是，悠然正坐在沙發上，一邊啃蘋果，一邊看她的《瑞麗》雜誌。家裡電話響了，便習慣性地接起，可是那端卻是她一直在躲避的古承遠。古承遠問：「回來了？」「嗯。」悠然繼續咀嚼著清脆的果肉，只是蘋果的味道已有些辨別不清。古承遠囑咐著，照例，尾音是那種濃濃的溫柔：「以後別這樣離家出走，很危險。」

悠然沉默許久，久到手中的果肉都已經變成褐色，才緩緩說道：「那麼，你就不要來了。」古承遠笑了，只是溫度有些些的涼：「那裡，也是我的家，妳忘記了嗎？」悠然張嘴，「喀嚓」一聲咬下了果肉：「我總覺得，你並不是這樣想的。」時間久了，果肉有了別樣的味道，就和世間的事情一樣。古承遠那一端還是沉默著。悠然發問：「你究竟想怎麼樣？」古承遠把問題踢回來：「我想要什麼，妳很清楚吧。」悠然將蘋果放下：「你眞正要的是什麼，我確實不知道。」隔了許久，古承遠終於說道：「悠然，妳變了。」悠然問：「變好還是變壞？」古承遠道：「對我來說，是不好的。」悠然道：「但對我李悠然來說，卻是好的。」古承遠道：「好不好，要過很久才能知道。」李悠然道：「我覺得，很多事情，一開始就應該知道對錯。」兩人就這麼說著啞謎，誰都懂對方的意思，或者……誰都不懂對方的意思。悠然準備掛上電話：「我看電視去了。」但放下話筒的那一瞬間，悠然清晰聽見了古承遠的聲音：「妳眞的認爲自己逃得了？」掛上電話，悠然縮在沙發裡，很久都沒有起身。

太陽日出日落，日落又日出，偶爾偷懶躲個幾天，接著，就到了八月下旬。悠然決定提前去學校，順便檢查一下屈雲的家，看他是不是窩藏有其他女人。不過想也知道，這不太可能。倒不是相信屈雲的人品，只是，像他這樣的臭脾氣，又有多少女人能受得了呢？就這樣，悠然拖著旅行箱，重返劇情發生地。

要提前返校的事情，悠然並沒有透露一個字，因此當她下火車時，看見站在面前的屈雲，實在是驚詫萬分。當時屈雲背靠著欄杆，穿著格子襯衫，一雙眸子沒有遮攔，就這麼在陽光之下綻放著特有的淡雅妖魅。悠然問：「你怎麼會在這裡？」屈雲回答：「因爲妳在這裡。」悠然覺得不可思議，難不成屈雲是神仙：「我的意思是，你怎麼知道我在這裡？」屈雲道：「妳告訴我的。」悠然皺眉：「我沒有啊。」屈雲答疑：「昨晚通電話的時候，妳的聲音裡透露著一股不正常。」就因爲這個，他就知道自己的心事？悠然搖搖頭，屈雲不愧是屈雲。

「餓了吧，吃飯去。」屈雲接過她的行李，攔了輛計程車，直奔學校。將東西放好之後，屈雲準備帶悠然去吃飯。悠然眼睛一晃，正好看見那間自助火鍋店，便提議去那裡面吃。但隔了幾秒鐘，悠然猛地憶起那裡發生過一件對自己而言不堪回首的往事。她本來想攔阻，但才剛下火車沒多久，腦子一時轉不過來，話語無能，只能被屈雲帶進了裡面。不知是巧還是不幸，屈雲居然就拿了麵條。即使是帥哥，但當麵條從鼻孔流出來時，還是大煞風景。爲了避免這一慘劇再度發生，在吃飯過程中，悠然一直沉默，並時不時偷眼覷著屈雲。在連續這樣十分鐘後，屈雲放下筷子：「爲什麼妳總是這樣看著我？」悠然一個不小心，說出了心裡的擔心：「我怕麵條從你的鼻孔裡……鑽出來。」屈雲慢悠悠地說道：「我發現……幾天不見，妳的智商又下降到一個新的層次了。」悠然急急解釋：「別不相信，眞的曾經有人將麵條從鼻孔裡噴出來。就是因爲這樣，我才沒和他在一起，我可不希望你也因爲這件事而出局。」屈雲的聲音輕而飄逸，緩緩地在嘴中咀嚼著：「沒和他在一起？」悠然心中警鈴大作，趕緊低頭，繼續吃飯。不過還好，屈雲就重複了這麼一句，接著便繼續享受美食。睹此情狀，悠然暗暗鬆了一口氣。

飯吃完了，反正回學校也沒事做，悠然決定跟著去屈雲家。在回去的路上，悠然順便買了些冰淇淋。也不知是太陽太大還怎麼的，屈雲居然很紳士地幫悠然提著零食袋；雖然零食袋很輕，但屈雲的這個體貼動作還是讓悠然非常開心。回家之後，屈雲要悠然到客廳休息，自己則去廚房將買回的冰淇淋放進冰箱。悠然自然沒有閒著，馬上跑到屈雲的臥室四處尋找其他女人的痕跡。屈雲似乎有些潔癖，房子打掃得非常乾淨，連一根頭髮也看不見，更不用提其他什麼女人的痕跡。但悠然不肯空手而歸，於是，她打開衣櫃，找到放內衣的地方。「妳在幹什麼？」屈雲出現在臥室門口，雙手交握在胸前。悠然慢慢地轉過頭來，笑得像個採花大盜：「原來，你喜歡穿四角內褲。」屈雲：「……」爲了保護自己僅存的隱私，屈雲提著悠然的領子，將她拉下了樓。

沒事幹，只能看電視，悠然窩在沙發上胡亂按著遙控器。不經意間，她聽見了屈雲的問話：「那個和妳在自助火鍋店吃飯的男人，是我們學校的嗎？」「對啊。」悠然連轉了好幾臺，都在播那讓人無語凝咽的《歡天喜地七仙女》。那些個天庭上的仙女，個個畫著五顏六色的眼影，穿著缺布料的衣裳，跟悠然心中的仙女形象有很大的差距。怪不得，現在的女大學生像小姐，小姐像女大學生，原來現在連仙女都像女妖，女妖像仙女。屈雲繼續問：「當時你們是在約會？」悠然的注意力迅速回轉過來：「嗯……我說，你問這個做什麼？」屈雲抬起眼睛，眼神帶著一種輕揚的銳利：「妳把現任男友，帶去以前和別的男人約會過的地方……我可以這麼理解嗎？」好像，觸到地雷了，悠然一個激靈，立馬跳起，岔開話題：「那個……我去廚房找零食。」只要堵上了嘴，自己就不能再回答什麼了，這就是悠然的如意算盤。

拿著兩盒冰淇淋回來，悠然趕緊打開，舀起一大勺就往嘴中塞。但是，舌頭品嘗到的，卻是無敵的鹹味。悠然連蹦帶跳跑到洗手間，將嘴中的異味冰淇淋吐出，這才反應過來，是被屈雲陷害了，立馬奔到他面前興師問罪：「你爲什麼要這樣對我？」悠然的問話是瓊瑤式的。屈雲將手中的報紙翻了一頁，紙張的聲音染著他的沉鬱：「這是妳做錯事的懲罰。」悠然叫屈：「我也不是故意帶你去那裡的！」屈雲這麼回答：「那麼，我也不是故意往妳冰淇淋中撒鹽的。」悠然氣得牙癢癢，猛地撲上去，咬住屈雲的肩膀。雖然生氣，但面對尤物時，還是抱持著愛惜心理，並沒有下重口。可是屈雲居然不領情，以迅雷不及旋風之勢，反咬了悠然的手臂，而且力氣還挺重的。悠然氣得眼睛發亮：「你混蛋！」屈雲將報紙整理好，放在玻璃茶几下方，姿態閒適優雅：「做錯事就該接受懲罰。下次如果再敢這樣，就不只是讓妳吃鹹味冰淇淋這麼簡單了。」悠然不服氣：「你敢做什麼？難不成，你還敢把我給吃了！」屈雲看著悠然，良久，嘴角展開一抹壞和不善以及調戲混合的笑：「妳想得美。」悠然：「……」

這就是屈雲教給她的第六課——吃醋，是必須的。

小弟弟，是不能調戲的

Lesson Seven

屈雲說中了悠然的心事——她確實，是想被他吃，或者吃了他。但被人家當事人這麼一說，悠然總要避些嫌疑，因此當天晚上，悠然跑回學校宿舍，非常純潔地自己睡覺。這麼一睡，就睡到了開學時間，二十八日的晚上，悠然準時和同學來到階梯教室坐著，乖乖地集合，看著屈雲走進教室。這一次，悠然完全不覺得煩悶無聊，因爲站在講臺上的那個男人，是自己的。這是個祕密，帶著禁忌的味道，有一種幽幽的香。悠然雙手撐著臉頰，眼睛像是兩千瓦的日光燈，霍亮霍亮的。旁邊的同學坐不住了：「悠然，經過一個暑假，妳對輔導員的仇恨更深了？」悠然的心跳了一下：「何以見得？」同學說出原因：「妳盯著輔導員的眼神，好像是要把人家活活吞下去、還不吐骨頭那種。」悠然打著哈哈岔開話題：「用刀子割比較文明。」險，實在是險，悠然決定以後在公眾場合要克制自己的慾望。

晚上回到寢室，大家一個暑假沒見面，自然是非常想念，照例開起了臥談會。四個女生，兩千隻鴨子，差點將屋頂掀翻，話題從藝人明星的戀情，聊到誰的大腿成功瘦了一公分，最後出了一個小型爆炸新聞——教育系的一名大二女生和自己的班主任相戀，並且發展到珠胎暗結的地步，而更重要的是，那名班主任是已婚人士。家中的夫人知道後，不吵不鬧，暗中收集證據，轉移財產，主動提出離婚，將老公趕出家門，沒讓他帶走一根針線。最後的最後，還將前夫和女學生的事蹟告知校方，讓他身敗名裂。聽說那名老師抓住前妻，氣急敗壞地問道：「妳不是答應我，不將這件事捅出來嗎？」前妻看他一眼，淡然道：「你結婚時，還答應我這輩子只看我一個，結果呢？」就這樣，那位老師被學校辭退，而女學生也被勸退，兩人下場淒慘。這則八卦讓悠然冷汗直下。雖然屈雲無妻無子，自己也無夫無女，但兩人畢竟是師生，這種戀愛，總是有些暗黑，如果校方知道了，說不準兩人也是同樣的下場。但是，悠然一回憶起屈雲那張俊顏，理智便被沖淡了。而在她沒有留意眾姐妹的這一小段時間，話題已經改變，但討論的中心人物卻是悠然最熟悉不過的屈雲。

「你們發現沒，輔導員好像又帥了。」「就是，好像更有男人味了。」「真想扒開他的襯衫，看看那胸肌的形狀。」——「喀嚓！」

「……欸，什麼聲音？」「好像是悠然在嗑瓜子。」「其實，我更想扒下的，是輔導員的褲子。」——「喀嚓！」

「悠然，妳嗑瓜子怎麼這麼用力啊，小心把牙齒給磕破了……對了，其實我不僅想扒他的褲子，更想和他圈圈叉叉來著呢！」「我也是，咱們說定了，以後妳們倆一個負責扒襯衫，一個負責扒褲子，我就第一個上。」「憑什麼啊，我要第一個。」「欸，當我不存在啊！」「好好好，國際慣例，猜拳決定。」──「喀嚓！」

「悠然，妳是在嗑瓜子還是在啃木頭啊，怎麼聲音聽著這麼嚇人？」悠然沒有做聲，而是用牙齒咬著自己的被子，鬱悶萬分。這些個色女，居然當著她的面討論怎麼強她的男人，悠然的高血壓都差點氣出來了。但在他倆隱密的關係之下，悠然連阻止她們意淫的立場都沒有，實在是悲劇。就因爲這樣，悠然發誓，自己一定要搶在她們之前扒下屈雲的襯衫和褲子，並上了他。

第二天，當屈雲見到悠然時，很自然地便從她的眼中發現了不正常的東西：「妳似乎有著某種打算。」屈雲坐在沙發上，兩隻長腿相互交疊，右手輕揑著鼻梁，頭微低，額前髮絲和睫毛有了一瞬間的重合；黑色與黑色，流溢了他整個內在和全身。而他平放在沙發上的左手，則握著那副平光眼鏡的鏡架腳。即使不是良辰，也算得上是美景，爲了這個原因，悠然說了實話：「我打算吃了你。」聞言，屈雲抬起了薄薄的眼瞼，那眸子宛若一泓流水起了微弱變化，如清溪之中飄散的幾縷桃李花瓣，淨顯淡雅豔色。接著，他忽然傾斜身子，伸出白玉般的手，挑起了悠然的下巴。悠然不自覺地閉上了眼睛……來了，來了，第二次的接吻來了。可是仔細一感受，悠然覺得屈雲的動作有些不對，他並非溫柔地挑起自己的下巴，而是略顯用力地將自己的嘴揑成○型，悠然的一口白牙就這麼暴露無遺。接下來，屈雲說了這樣的話：「牙都沒長齊，還想著要吃人。」悠然石化般愣坐了三分鐘，之後面無表情地從沙發上站起，朝廚房走去。屈雲問：「幹什麼？」悠然回答：「拿菜刀……剁了你。」屈雲一派悠閒：「別白費力氣，在知道妳要來之前，我就已經把菜刀藏起來了。」悠然：「……」習慣，有時候是個很好的東西，就像現在，悠然習慣了屈雲的打擊，也就不覺得怎樣了。

開學後，表面看來，生活還是和以前沒什麼兩樣，但私底下，卻是暗流湧動。比如說悠然吧，就因爲陷入了不可曝光的戀情之中，每天必須絞盡腦汁思考究竟該和屈雲去哪裡約會才浪漫，才安全。不過，由於熱戀會分泌大量荷爾蒙，這樣的困擾在悠然品嘗起來，也是種甜蜜。驕陽肆虐了好幾個月之後，天氣終於涼爽了些許。這日，屈雲帶著悠然來到城外郊區度假村喝茶賞風景。屈雲坐在藤椅上，兩隻長腿還是照例交疊著，一派閒適優雅，而他的手則捧起紫砂小茶杯，慢慢啜飲著。他閉著眼睛，在夕陽的光照下，薄薄的眼瞼有種透明的質感，彷彿能看見幽幽的細小的血管，以及裡面湧動的帶著情緒的血液。那唇，輕觸在紫砂茶杯上，柔軟若花瓣。

少頃，屈雲放下茶杯，輕聲道：「我帶妳來這兒，是看風景的。」在他這麼說的同時，對面的悠然則雙手捧腮，充滿愛意地看著屈雲：「你更好看。」悠然這麼回答。屈雲道：「很多時候，我都有想把妳掐死的慾望。」悠然道：「很多時候，我都有想把你拖上床的慾望。」屈雲認爲，跟一個腦筋不太清楚的人說話沒什麼意思，因此他選擇緘默。悠然則更加明目張膽地用眼神肆虐著屈雲的臉龐，最後，忍不住伸出手撫上他的鼻子。屈雲的鼻梁臨近山根處，有一個小小的突起，手指觸上去，會感受到一種微微的悸動。可是屈雲似乎不喜歡這種類似戲耍的碰觸，他抓住悠然的手，問道：「做什麼。」悠然道：「別這麼小氣，摸一下就好。」屈雲道：「這種親密的動作，被認識的人看見，不太好。」悠然的腦子開始轉繞著許多彎：「有什麼不好？你的意思該不會是認爲和我在一起很丟臉吧。」

屈雲不接招：「最初不是妳認爲，我們的關係需要保密的嗎？」悠然將頭弱弱地低下，哀怨地道：「可是這裡根本就不會有認識我們的人。我明白了，你一定是嫌棄我了。」屈雲早已習慣悠然的戲劇細胞，他重新端起茶，悠悠說道：「放心，就算要嫌棄，也得等吃到之後再嫌棄。」悠然哼哼一笑：「你以爲這麼說了之後，我就會不再覬覦你的肉體了？死了這條心吧，我一定要玷污你清白。」屈雲抬起頭，歎口氣：「我記得剛認識妳那時候，妳明明沒有這麼開放的。」悠然給出一個非常合乎情理的答案：「因爲，那時候你又不是我男人，我幹嘛對你開放？」屈雲問：「也就是說，現在的妳，才是眞實的妳？」悠然點頭，連猶都不猶豫一下：「是的。」屈雲忽然沒有任何預兆地趨近身子，聲音帶著一點邪邪的味道：「既然這樣，那麼我們就在這裡住一晚，而且只開一間房……怎麼樣？」說完之後，屈雲就這麼看著悠然，那眼神彷彿去過阿修羅道中浸染一番似的。他在等待著悠然的回答。悠然沉默了許久許久許久，最後，在夕陽的餘暉下，她終於不負眾望地說道：「我看，依我們倆的體力，還是連續住個三晚吧。」這次，換屈雲沉默了許久許久許久。

房間自然沒有開，兩人當晚就回去了。悠然提出想去屈雲家休息，但屋主不同意，因爲以學校爲中心的半徑三公里之內，都是危險區域。於是乎，話題又重新回到了先前的內容上。悠然繼續哀怨：「你還說不是嫌棄我？」屈雲淡淡解釋：「是妳說，不想被人知道我們在交往的。」悠然痛數男友的絕情：「那爲什麼你連反對都不反對一下，就同意了這個提議？其他男人一般對這種提議都是強烈反對的。」屈雲的聲音又開始輕了許多，這是他某種情緒迸發的先兆：「其他男人？能夠舉一下例子嗎？」可是悠然接下來的話，卻將他的那種情緒徹底扼殺在搖籃裡：「電視劇上的大部分男人。」屈雲正經道：「……以後來我家，不准再看電視了。」悠然的脖子，低成委屈的弧度：「反正，你就是不喜歡別人知道我們倆在一起。」屈雲停下腳步，悠然也跟著停下。屈雲提議：「既然妳不喜歡這樣，那我們就乾脆把關係公開吧。」悠然慢慢睜大眼：「眞的？你眞的願意？」屈雲握住悠然的手，平視前方：「免得被某些人說我還不如電視劇中的男人。那麼，就從現在開始公開吧。」

悠然先是不解，但接下來，當順著屈雲的目光看去時，她就瞭解了——前方，是悠然同寢室的兩個好友姐妹。就在她們的視線看向這邊的前一秒，悠然沒有任何猶豫，用平生最大的力氣將屈雲撞進了路邊的綠化草叢中。接著，悠然若無其事地跑上前去，和室友們相聚，再若無其事地和她們回了學校。第二天，悠然去學院拿資料，在辦公室碰見屈雲時，悠然看見他漂亮的額頭上有了一處青紫。旁邊有位老師問道：「喲，屈老師，這是怎麼了？」屈雲輕飄飄地看了悠然一眼，再輕飄飄地說道：「被一隻貓給絆倒，撞在石頭上。」一旁老師關心著：「眞的假的，沒什麼事吧。」屈雲道：「我沒事……但貓有事。」一旁老師問著：「那隻貓怎麼了？」話說到這，屈雲的嘴角劃出了一道尖銳：「那隻貓，一定會被我剝皮去骨，死無葬身之地。」說完之後，整間辦公室開始出現了來自西伯利亞的冷氣流，嗖嗖嗖的。而悠然，已經是牙關打顫，骨頭咯吱了。那天之後，悠然決定躲著屈雲幾天，原因很簡單——她不想成爲一隻被剝皮的貓。

這一開學，就是大三了，因爲悠然沒有心思考研究所，因此這個大三對她而言，應該是繼續吃喝玩樂的好時光。但事實卻不是這樣。悠然在剛入校時，曾經因爲無聊而參加了學校的戲劇社，但熱情很快消逝，從此就沒怎麼參加過那個社團的活動。但這一年開學，戲劇社的元老們都升上了大四，奔入找工作的行列，於是不得不將戲劇社社長的職位交出來。按照不成文的規矩，只能由大三生來接此重任。而大三的社員共有五個人，其中一個因爲對戲劇太癡狂而休學，現今成爲精神科的常客；其中一位政治細胞挺高，忙於參加黨的培訓，急著發光發熱，沒有時間參與這類無意義的活動；另外兩位則因爲戲劇而戀愛，因爲戀愛而交惡，因爲交惡而發誓再也不進戲劇社；出於以上種種種種種種原因，悠然成了戲劇社社長的唯一人選。本來，悠然這種懶人是不會參與這些事的，但剛好學院爲了鼓勵學生多多參與社團活動，豐富課外生活，便祭出「凡是擔任社團的社長，便可在學期末的獎學金評比，多加兩分」的政策。可想而知，視錢如命的悠然自然不肯丟棄這兩分，也就是說，她答應了。當前任戲劇社社長將活動場地鑰匙交給悠然時，眸中那種委屈與無可奈何的神色讓悠然怪不舒服的，活像是將一個清白大閨女交給自己玷污似的。雖然事實確實如此，再怎麼捨不得，還是要交的。因此，這學期的悠然，除了成爲屈雲的女朋友，又多了一個戲劇社社長的頭銜。

但……那兩分確實不好得，悠然在隔天便得出了這樣的結論——秋老虎終於來了，曬在人手臂上像塗抹了辣椒似的，熱辣辣的。在這種天氣底下，悠然卻必須在中午時分的大太陽底下坐著。新生入學，無限的激情，無窮的熱血，這是多好的免費勞力外加搖錢樹，所以每個社團都拚盡全力想盡可能招到最多的新生。因此這一個星期，操場上的每個社團都擺起了桌子，等待魚兒上鉤。只要有貌似新生的人走過來，他們便馬上衝上去，用比秋老虎還厲害的熱情道：「同學，加入我們ＸＸ社團吧，讓我們為您的生活添姿彩！」那陣勢，不知情的人還以為誤入直銷事業總部了。這樣的工作，體力消耗很大，因此每個社團的人都會輪班坐陣。悠然本以為這種小事是用不著自己這個社長出頭的，但是她錯了，她不但被安排了輪班，而且還被安排在中午。黑暗，實在是太黑暗了。悠然一邊趴在桌子上，一邊拿扇子有氣無力地扇動著。可是，那桌子，那風，都像被煮過似的，燙人。悠然實在忍不住了，大吼一聲：「為什麼要安排我出場！」旁邊的小蝦米滿頭黑線：「社長，出場的那種是小姐。」悠然：「哦，那我們就是坐檯。」小蝦米：「……」為了避免吐血，小蝦米自動跑去買冰淇淋，悠然則將頭擺在桌子上，閉目養神。

正昏昏欲睡時，忽然有人大力地拍了一下桌子。悠然抬頭，看見了一位青春少男。說實話，長得不錯，五官端正俊秀，運動型的，穿著籃球背心，皮膚是健康的小麥色，眉毛很黑很粗，像是倔強的鳥，想要掙脫束縛。少男道：「我是來報名的。」悠然仰望著這名看起來青春洋溢的大一新生，喃喃道：「你是小新？」龍翔皺眉：「我姓龍。」悠然很肯定：「不，你是小新。」龍翔非常不耐煩：「哪個小新？」悠然淡定說道：「蠟筆小新。」龍翔：「……」在吐血三升之後，龍翔深呼吸一口，接著重複了自己的來意：「我是來報名的。」「好，先填表吧。」悠然遞給龍翔一張表，接著耐不住困意，繼續趴著養神。

悠然剛要入睡，又被龍翔一陣拍桌給吵醒：「起來，我填好了！」態度囂張，語氣不耐。悠然拿出自己的頭銜，想讓這位成年英俊版的小新對自己客氣點：「我是戲劇社的社長。」但是沒什麼效果。因爲龍翔豎起了兩道濃眉，用一貫不耐煩的口氣道：「我管妳是誰！神經病，花癡！」其實，悠然也時常被屈雲罵心智有問題，但那是被自家男友罵，悠然覺得毫髮無傷。可是現在而今眼下，居然被一個乳臭未乾的小孩罵，悠然覺得丟臉丟大了，因此，她說了下面的話：「小新，我們不會讓你進戲劇社的。」龍翔的眉毛再度豎起，黑色的瞳眸中有了暗紅的火：「爲什麼？」悠然看著龍翔那搶鏡的眉毛，緩緩說道：「因爲，因爲我們戲劇社已經有咆哮馬（景濤）哥哥這種類型的演員了。」龍翔隔了三秒鐘才反應過來悠然這句話的意思，而反應過來之後，他便徹底成功地轉型成咆哮馬：「臭女人！」龍翔那本來很漂亮的鼻孔瞬間變得圓潤，居然在某一刻能裝得下兩顆鋼珠。接著，他雙手握住桌子的邊緣，毫不費力地將桌子往悠然的方向一掀。悠然躲閃不及，就這麼跌在地上，屁股著地。接著，龍翔將報名表放在桌上，轉身，離開。但走沒幾步，背後傳來悠然的聲音：「等等！」龍翔回頭，看見剛從地上站起的悠然，手中正拿著自己的報名表。

龍翔的眉毛又有了飛天的趨勢：「妳想幹什麼？」悠然沒有說話，只是動作很輕地將那張報名表給撕了。這麼一來，龍翔的眉毛徹底飛天了；再下一刻，便被牙買加飛人閃電波特上了身，迅速衝向悠然。那股濃濃的殺氣，就連在學校超市買冰淇淋的小蝦米也感受到了。當時，周圍其他社團的人都看見龍翔渾身像有一團光波，聚集著強大的力量，所到之處都有無數碎石飛裂。當然，因著不能長他人志氣滅自己威風的原則，悠然對此刻龍翔的形容應該是──「一個屎殼郎推著一團屎，朝著自己滾來。」但不管是衝擊波還是屎殼郎，龍翔最終還是來到了悠然面前。他那濃黑的眉毛底下，是一雙黑中帶著暗紅的眼睛，活像木炭中的火星，那是極高的溫度，極大的憤怒。他的手朝悠然伸去，準備將她再次推倒。但龍翔的手在靠近悠然肩膀一公分前的地方停了下來，因為，有另一隻手抓住了他。如果手就能代表一個人，那麼這隻手便可稱得上是傾國傾城，修長乾淨，質地如玉，卻無絲毫柔弱，反而每根手指間都蘊藏著力量，一種黑得低調、沉默優雅的力量。全部的人都轉過頭來，看向那隻手的主人──正午時分的陽光，在此人鏡片上環繞了一圈，這就是屈雲的出場。

悠然仰頭，看著護在自己面前的屈雲，他的背影如金剛般高大。在那一刻，悠然終於向自己證明了當初之所以選屈雲做男友，絕不只是單單看中了他的外貌，而是欣賞他那股男子氣概──她，李悠然絕對不是個膚淺的女人！龍翔也是個常幹架的，他那靈敏的第六感告訴自己，面前這個在炙熱陽光下沒有一絲汗水、眼神淡靜至深沉的男人，不是好惹的。龍翔全身起了警戒之氣：「怎麼，想英雄救美？」但屈雲的回答卻出乎他的意料：「不。」龍翔一直沒有放鬆警惕：「那你幹嘛阻止我？」屈雲微笑：「因為，這個女人應該由我來解決。」說完之後，屈雲轉過身來，看著尚不知事情已發生一百八十度轉變的地下女友，伸出手，往她額頭上重重一點。「咚」的一聲，悠然倒地，不起。屈雲轉過身來，一邊拿出紙巾擦拭自己的手，一邊漫不經心對著那目瞪口呆的龍翔道：「同學，仇我已經幫你報了，而戲劇社你也可以加入，天色不早，請回吧。」龍翔一向不是個好對付的人，但在屈雲面前，他總覺得自己還差那麼一點火候。反正那女人也得到了教訓，龍翔順著臺階下來，輕哼一聲，離開了。而此刻，躺在地面的悠然，終於明白了一個自己非常不願意承認的事實——她，果眞是膚淺的、只看男人外貌的女人來著。

「爲什麼要這樣對我？」當天晚上，悠然一腳踹開屈雲家的門，怒氣中帶著哀怨，質問出這句話。但是……客廳沒人。廚房裡傳來屈雲的聲音，不慌不忙，少有情緒起伏：「我在這裡。」悠然奔到廚房，重新問道：「爲什麼要這樣對我？」屈雲閒閒地泡著咖啡：「我怎麼對妳了？」悠然吐出的每個字都浸染著血淚：「你居然對我實行家暴，你不是男人！」屈雲品嘗了一口咖啡，喉結因吞嚥動作而性感地滾動：「在我看來，那件事並不是妳想像的這樣。」悠然倚靠在流理臺上，看著他，帶著那麼點怒氣：「我洗耳恭聽！」「我只是，不希望自己的東西被別人碰。」屈雲背靠著櫥櫃，闔眼，身著白色寬鬆的T恤，廚房柔柔的燈光替那鎖骨打上一層陰影，隱藏著低調的性感，引發了無傷大雅的肉慾。悠然問：「所以，你就親自動手扁了我？」屈雲坦誠：「可以這麼說。」悠然歎口氣：「聽見這種話，我眞不知道是該開心還是難過。」屈雲勸道：「還是選擇開心吧，畢竟以後難過的日子還有很多呢。」悠然忿恨不平：「我想，你之所以這麼做，是爲了報復上次我將你推到草叢裡、害你額頭被撞傷的事情吧，你這個睚眥必報的小人。」屈雲道：「那晚，妳將我推進草叢裡，我可不只被撞傷了額頭。」悠然好奇：「那，還發生了什麼事情？」屈雲將手上的東西放下，那杯碟碰撞的聲響，有點涼。

悠然看著屈雲向她走來，在她面前停下，伸出右手撫摸她的臉頰。悠然覺得，屈雲這舉動彷彿再也見不到她似的，因而想用手來積聚記憶。他從她的臉頰撫摸到她的額頭，接著是鼻梁，向下則是她的嘴唇。屈雲似乎非常偏愛她的嘴唇，那隻手不停摩挲著上下唇瓣，像恨不得能將手指伸入她的口腔一般。在忍受了屈雲這種怪異的「愛撫」三分鐘之後，悠然終於忍不住，問道：「到底還發生了什麼事情啊？」屈雲將額頭與悠然的額頭相抵，這是個親密的姿勢，兩人的眼睛離得更近了──雖然，悠然開始不自覺地變成鬥雞眼，而同時，屈雲的手還繼續在悠然的唇上游移。

悠然看出了屈雲的不對勁，心中猛地起了一個念頭：「難道說，難道說在那草叢裡忽然出現一個猛男，然後你就……菊花不保了！」除了這一點，悠然再也想不出更嚴重的事情。幸好，屈雲否認了這個猜想：「不是的。」悠然問：「那究竟發生了什麼事？」雖然屈雲的手指很漂亮，但總在她嘴邊玩耍實在是不雅啊。屈雲微笑著說道：「在妳將我推入草叢之後，我的額頭撞到了石頭，而我的右手，沒錯，就是現在這隻正在撫摸妳的右手，摸到了狗的排泄物，通俗一點說，就是狗屎。」悠然覺得自己錯了，大錯特錯，這才應該是世界上最慘的事情。此刻，她寧願那夜屈雲的菊花不保。強忍住噁心，悠然臉色慘白地爆出三個字：「算你狠。」接著便打算落荒而逃。但屈雲將她叫住：「還有，以後少和今天中午那個小子講話。」悠然道：「他只是個師弟。」屈雲重新端起咖啡，像紳士般的姿勢，但言語卻不怎麼紳士：「小弟弟，也是不能調戲的。」悠然抬頭，望著天花板，忍住噴血的慾望，接著，摔門離開。

這就是屈雲教給她的第七課——小弟弟，是不能調戲的。

Lesson Eight 情敵，是必備的

葉小密道：「知道嗎？妳長得很像肉包子。」悠然問，眼中暗藏殺機：「你是說，我變胖了？」如果小密敢點頭，後果將會很嚴重。所幸小密並沒有這麼做：「不，我的意思是，屈雲像條狼狗……妳被他咬得夠慘。」悠然很想反駁，但是回憶了一下，自從認識屈雲之後，自己確實已經變成一個任他捏圓捏扁的醬肉包子了。

小密故作姿態地歎息：「同學，妳眞的很危險。」悠然將雪糕放入口中，稍稍用力，巧克力的殼就這麼破了：「同學，你眞的很喜歡挑撥離間。」小密苦口婆心：「我是關心妳，不忍心看妳入地獄。妳難道就不覺得完全失去了自己嗎？」悠然的話中沒什麼底氣：「還好。」小密繼續：「難道妳不覺得每次和屈雲作對，結局都是輸嗎？」悠然雖然吃著雪糕，卻被逼問得額上冒出了薄汗：「也許……我脾氣比較好。」小密拋出最毒的鶴頂紅：「難道妳不覺得，對於他的過去，妳一無所知嗎？」悠然覺得，手中的雪糕一定是太冰，凍得她的舌頭都品嘗不出味道了：「他的過去，很清

白，很清白……很清白。」小密開始擠眉弄眼：「眞的？難不成，妳驗過貨了？」悠然終於將雪糕吃完，從口中掏出了小木棍：「我和他，暫時還很清白，很清白……很清白。」小密揣度聖意：「聽妳的語氣，彷彿對暫時清白這個事實感到不滿。」悠然很誠實：「是的。」小密抓住這點不放：「既然這樣，那妳怎麼知道他的過去很清白呢？」悠然道：「提醒你一句，有把很尖很利的刀，現在正放在我背後。」小密唾棄：「果眞是個重色輕友的傢伙。」悠然幽幽地看著小密：「彼此彼此，某人爲了買東西討男友喜歡，不也是騙了我一個月的生活費嗎？」

小密恢復了嚴肅：「爲了報答妳這份恩情，我冒著被屈雲追殺的危險，也要告訴妳一個重要情報。注意聽好了，前天，我看見你家屈雲和一個女人在星巴克咖啡館裡頭，從他們倆互看的眼神中，我可以肯定……他們的關係不正常。」星巴克，那萬惡的資本主義濃縮精華物。悠然質問：「那女人是什麼樣子的？和我比誰漂亮一點，誰有氣質一點？」小密用同情的目光看了看自己的好友：「眞的要我說？」悠然理智地制止了好友：「算了。」說完之後，悠然在房間裡背著手踱來踱去。小密眼冒精光，唯恐天下不亂：「妳有什麼打算？」悠然沒有辜負他的希望，在踱步了幾圈之後，終於做出一個重大決定：「我要去逼他說實話。」小密在悠然走出房門那一刻，囑咐道：「看在我知情急速通報的分上，千萬不要告訴屈雲說是我告訴妳的。」悠然許諾：「放心吧，我死都不會供出你的。」

「葉紅告訴我，說你和一個女人在那裝氣質的星巴克裡面親密地喝咖啡？是不是有這回事！」

悠然踹開屈雲家的大門，直接出賣了友人。屈雲半躺在沙發上，腿上放著筆電，正在備課：「葉紅，就是我告訴妳少和他來往的那個男人嗎？」悠然問：「小密是不是男人並不重要，重要的是，你究竟有沒有像他說的那樣，和那個女人去星巴克？」屈雲反問：「如果這是事實呢？妳會怎麼做？」悠然恨恨道：「我會詛咒你！上次要你陪我去吃路邊攤的麻辣小麵你都推三阻四的，現在居然和一個美女去星巴克，你身爲人師，怎麼就不支持一下國產飲食，反而替侵略過我們的資本主義國家增加收入？」屈雲淡淡說道：「糾正一點，我並不是討厭吃麻辣小麵，而是不喜歡和妳吃小麵。」悠然感覺受到了不公正待遇：「爲什麼？」屈雲手指不停，繼續打字：「因爲妳吃麵時，總是喜歡吸麵條，然後那湯會濺得我一臉。」悠然快步走到屈雲面前，強行蓋上了筆電：「不要岔開話題！給我說清楚，小密說的是不是事實？你有沒有和一個女人舉止親密，如果有，那個女人姓甚名誰，家住何地，和你發展到哪一步了？如果沒有，爲什麼小密要冤枉你，請你自行做個深入的原因分析。」

屈雲抬起頭，看向悠然，像在看一個無理取鬧的孩子，良久，他將手伸到女友的耳垂上，重重一捏：「在回答妳的問題之前，妳必須先回答我一個問題。」悠然問：「什麼？」屈雲好整以暇地問：「實習作業做了嗎？」悠然挺起胸膛：「做了，而且已經交了。」屈雲從一旁的資料夾中拿出一張紙，念道：「是這份嗎？——幫鄰居家撿報紙，扶老奶奶過馬路，在家做家務。」念完之後，屈雲抬頭，「其他同學都是自己找外面的公司進行暑期實習，相比之下……我真想知道，妳怎麼會有勇氣把這個交上來。」悠然繼續挺胸：「我認爲自己做的事情，是很平易近人的。」屈雲冷答：「麻煩不要亂用成語。」悠然死豬不怕開水燙：「反正我已經做了。」屈雲的話中帶著威脅：「這種實習作業我是不會收的。提醒妳一句，這次的作業也會計算在必修學分中，對畢業是有一定影響的。」悠然聳聳肩：「既然這麼重要，那就麻煩你幫我搞定一下好了。」屈雲道：「自力更生，豐衣足食。」悠然問：「什麼意思？」屈雲打開筆電，繼續備他的課：「意思就是，我是不會幫妳的。」悠然搖動著他的手臂：「屈雲，你是我男友啊。」屈雲不爲所動：「我還是妳老師。」悠然輕輕地將大T恤拉開，露出半邊香肩，再將眼睛魅惑地一瞇，紅舌環繞嘴唇一圈：「好，老師……想潛規則一下我嗎？」屈雲：「……」答案自然是——不想。而悠然三兩下就被屈雲糊弄得忘記了來意，根本沒來得及再問那個罪惡星巴克女人和咖啡的事情，就被推出了大門外。實習作業果然還是被打了回來，悠然纏了屈雲幾次，甚至放話要凌辱他的身心，可是屈雲完全沒有反應，根本就不幫她。現在想做任何補救的勞動也來不及了，悠然著急到一個不行，還好母親白苓知道了這件事，要她放心，說會找熟人幫忙搞定。聞言，悠然的一顆心才算是放下了。放下之後，回想起屈雲的無情，悠然決定要給他點顏色瞧瞧，便按捺住自己的衝動，好幾天都不和他聯繫。

無事一身輕，悠然又開始了睡覺吃飯、吃飯睡覺的生涯，短短幾天，長了不少斤脂膘。這天中午，同寢室的三個姐妹都出去逛街，悠然沒事做，便鑽進被窩，睡覺。迷迷糊糊之中，手機響了，悠然接起。誰都猜得到，打來的就是屈雲本尊。屈雲問：「在幹什麼？」悠然答：「詛咒你。」

屈雲問：「肚子詛咒得餓了嗎？」悠然問：「餓得前胸貼後背了，但是，難不成你還會管我的死活？」屈雲道：「妳不是說過，妳是我的人，既然這樣，我就必須管妳。」悠然問：「那我前幾天要你幫忙搞定實習作業，為什麼你像是被強暴似的，死都不幹！」屈雲緩緩道：「因為那件事情，我在暑假期間就提醒過妳很多次，可是妳完全沒放在心上；引申而言，也就是說妳對我所有的話都不在乎；再想得深一些，就表示妳對我這個人不在乎……妳認為，我不該給妳一點教訓嗎？」悠然歎氣：「是是是，你怎麼說都有理。」屈雲問：「那麼，妳的作業搞定了嗎？」悠然道：「我媽昨天就搞定了，大概這兩天就會快遞過來。」屈雲總結：「我希望妳能從中得到教訓。」悠然鎮定地對著手機道：「屈雲，給我去死。」詛咒完畢之後，悠然丟開手機，重新開始蒙頭大睡。但沒睡多久，手機又響了，是個陌生的號碼，在被子裡迷迷糊糊地接起，裡面那個陌生的聲音說自己是快遞，要悠然現在到宿舍門口拿包裹。悠然猜測是媽媽寄來的實習證明文件，不敢得罪快遞叔叔，趕緊衣服換也沒換地穿著睡衣就奔下了樓。可是，悠然沒有看見快遞，她看見的是自己最不想見到的人——古承遠。

穿著西裝，身材高挺，輪廓硬朗，眼神在陰鷙與溫柔之間徘徊。看見他，悠然彷彿看見了多年前的記憶，頓時雙腳被釘在地板上。「好久不見。」古承遠站在她面前，雙手插在褲袋之中。他給了她一個笑，但是那笑的溫度是不明的，讓悠然一陣冷一陣熱。古承遠說著又往前走了一步：「怎麼，不認識我了？」腳步邁得不大，但悠然還是被嚇得夠嗆，全身猛地一抽，看樣子很想快點逃開。就連悠然也覺得自己這舉動實在反應過大，於是她故作鎮定地摸了摸額頭，道：「欸，你怎麼來了？」但一雙眼睛還是低著，不敢抬頭。古承遠問：「我可以說，妳是明知故問嗎？」悠然不作答，默認，眼睛看著地上，地上是他們兩人的鞋子，還有積聚的一灘水，亮閃閃的。古承遠問：「我們進去說，可以嗎？」他的聲音總帶有強勢的意味，硬硬的，但是和悠然在一起時，他的語氣到最後，會軟許多；就好像猛地意識到，悠然對他而言是不同的。或者，悠然想，這只是自己的一廂情願。可是，都不太重要了。

悠然知道古承遠的性格，她不可能阻止他，因此在宿舍一樓阿姨那裡登記了之後，便帶著古承遠來到自己的寢室。關上門後，悠然一屁股坐在靠門的床上，潛意識裡準備著在出現意外狀況時奪門逃走。這個意圖不出意外地被古承遠看了出來：「妳不用怕，我不會對妳做什麼……至少在這裡。」悠然裝沒聽懂，耍弄著自己的手指甲。古承遠的目光一直停留在悠然身上，良久，他道：「很久沒看見妳穿睡衣的樣子了。」悠然的身子震了震，像是想起些什麼，手指捏動指甲的力氣也大了些，彷彿想將什麼東西刮去似的。古承遠看著悠然，那目光也同樣寒暖不定，悠然感覺到了，但是她只能裝作不曉得。還是古承遠打破了沉默：「很久沒看見妳穿睡衣的樣子了。」這句話的語氣是淡靜的，但在悠然聽來卻是另一番滋味；另一番，只有她能感受、能理解的滋味。悠然問：「你來，有什麼事嗎？」「來給妳送東西的。我託朋友替妳弄到了證明，這次，應該可以過關的。」古承遠拿出一張紙，是實習作業的證明文件，上面已經有某個大型集團蓋好章、簽好了字。

悠然問：「是媽媽要你這麼做的？」古承遠道：「其實，她也是想讓我們之間的關係變得好一點，所以才會要我幫妳的忙，讓我到這裡來見見妳。」「哦……謝謝。」悠然說完，伸出手，捏住紙張的一角，想拿過來。但古承遠並沒有放手，相反，他倏地將悠然的皓腕一抓，下一秒，悠然就被拖進了他的懷裡。悠然情急之下，開始不顧形象地掙扎，可是古承遠俯下身子，在她的耳畔說了一句話：「不用謝，因爲這只是順便……我來這裡的眞正目的，妳應該曉得的。」他這麼一說，悠然反而平靜了下來：「我不曉得……也不想曉得。」古承遠的聲音帶著回憶的溫度，涼意滲透，如柔媚絲線將人的身體網住：「難道，妳忘了那天晚上發生的事情？」悠然的牙齒咬得緊緊的，做不得聲。古承遠輕聲道：「妳忘記不了，我也忘記不了。我們都忘不了。」悠然感覺到耳廓上那涼涼的癢，慢慢地、緩緩地傳達到骨髓之中。悠然說：「你是我哥。」那語氣，更多的像是在說服自己。「是，所以那件事才會讓妳痛苦。」古承遠話音結束的時候，咬住了悠然的耳垂，那是她全身最柔軟的一處。

悠然問：「這就是你的目的嗎？讓我痛苦就是你一直追求的事情。」古承遠眼中出現了一抹笑意：「也不盡然。有時候，我也想讓妳快樂。」悠然閉上眼，深吸口氣，道：「如果你還願意接受我和媽媽的話，那我也願意繼續當你是哥哥。如果……那我們以後還是不見面的好。」她的聲音很輕，卻像動用了全身的力氣。古承遠的聲音中則有種忍不住的笑意，情緒是不善的：「人這輩子，能如願的事情是很少的。」悠然猛地掙脫他，接著打開門，道：「出去。」古承遠沒有違背她的意思，邁步走了出去，但在經過悠然面前時，他停了下來：「有什麼事情，儘管找我……畢竟，我們是有一半血緣關係的兄妹。」等古承遠離開，悠然將門關上，這才發現手腳無力，差點就要跌在地上。接著，悠然像蝸牛一樣慢慢爬到床上，將頭臉蒙上被子，繼續睡。但瞌睡已經離開了，悠然滿腦子回想起的都是以前的事情，那些她以爲自己已經忘記的事情。

不知過了多久，忽然聽見鑰匙開門聲。大概是同寢室的三個好姐妹回來了，如果是平日，悠然會跳起來迎接，但經過剛才古承遠這事件，她沒了心情，便繼續裝睡。可是睡著睡著，悠然察覺有些不對勁——那三個女人就算是半夜三更回來也一定是鬧翻了天，哪裡會像現在這麼安靜呢？難道，是小賊？蒙在被單中的悠然額頭開始冒汗，糟糕，這門已經關了，人也已經進來了，喊救命也來不及了。正在六神無主之際，忽然有隻手放在她的頭部，看樣子是想掀開她的被子。悠然心中一驚，看來這個小賊還想奪走她的清白。不過，悠然暗想，依照她現在蓬頭垢面的模樣，準能把小賊嚇得個尿失禁。於是，悠然在心中數了三下，接著猛然將被子一掀，對著來人做了個前無古人後無來者的鬼臉。這鬼臉做得才叫一個標準，鼻子眼睛嘴巴沒一樣在原位。

屈雲的聲音傳來：「果然像我預料的那樣，幾天不見，智商又下降了。」悠然定睛一看，果不其然，來人不是小賊，是她的親親男友，屈雲輔導員。悠然問：「你是怎麼進來的？」屈雲答：「拿鑰匙開的門。」悠然問：「鑰匙是哪裡來的？」屈雲答：「樓下宿舍阿姨給的。」悠然問：「爲什麼宿舍阿姨會給你這個？」屈雲答：「我告訴她，說我要來突襲你們的寢室，她非常積極地配合了我。」悠然：「……」屈雲問：「問完了嗎？」悠然低頭，使勁地想了想，接著抬頭，道：「讓我想想……暫時，沒有了。」屈雲道：「那麼，現在該我問妳了。剛才爲什麼掛我電話？」悠然解釋：「因爲我怕自己會忍不住問候你的祖宗。」屈雲似乎接受了這個答案，接下來，他道：「還有一個問題。」悠然問：「什麼？」

屈雲問：「聽宿舍阿姨透露，剛才妳這裡似乎來了位客人，並且，還是男性？」屈雲的聲音又出現了那種輕緲，悠然對這種情況很熟悉——他看上去越是沒事，就越危險。悠然回答：「是我哥。」屈雲問：「古承遠？他是來看妳的？」悠然點頭。屈雲道：「看來，他似乎還挺關心妳的。」悠然還是點頭。屈雲說出了自己的看法：「但是看起來，妳對他，卻不是那麼回事？」悠然依舊點頭。屈雲道：「看來，妳並不希望我問關於古承遠的事情。」悠然這次不再沉默了：「說說你眼中的他吧。」屈雲道：「他……是我們學校的風雲人物。」悠然提醒：「這點你上次已經說過了。」屈雲道：「這說明，這就是他給我的全部印象。」悠然道：「你們在大學裡完全沒有交集嗎？在我看來，你當時也應該挺出眾的。」屈雲道：「以前還可以，現在已經完全變成普通人了。」悠然鼓勵道：「怎麼會呢？你現在還是很帥啊。」屈雲輕輕看了悠然一眼，道：「可是……妳這個女朋友拉低了我的整體水準。」「去死啦，給我死得遠遠的！」說完後悠然重新鑽入了被子裡，蒙住腦袋，不想再看見這個死男人。屈雲也不急，只緩緩道：「剛才妳獨獨忘記問一件事……我來究竟是做什麼？」悠然問，聲音因爲隔著被子，嗡嗡的，像是在賭氣：「你來是想做什麼？」

問完之後，屈雲半天沒有聲響，悠然也礙著面子不好再問，但沒多久，她就熬不住了。因爲，竟然有一股香辣的味道穿過被子，直接飄進悠然的鼻子裡。悠然從來都是爲了美食肯犧牲生命的人，倘若出生在抗戰時期，那絕對是用一塊龍鬚糖就可以收買的大漢奸。因此，她沒有多想，直接掀開了被子，她看見，桌上放著兩碗外賣的麻辣小麵。

悠然惑惑地看著屈雲：「什麼意思？」屈雲遞給她一雙筷子：「妳前幾天不是才抱怨我沒有陪妳一起吃小麵？」碗中的小麵香味飄散，紅油亮潤，青菜碧綠，讓人食指大動。雖然是很平民化的食物，但因爲買來它們的是屈雲，悠然頓時覺得這兩碗小麵比金子還珍貴。「趁熱吃吧。」屈雲也在悠然對面坐下，拿起筷子吃了起來。悠然也就不再客氣，呼哧呼哧地大口吃著。香香的辣進入五臟六腑，全身的血肉都彷彿活絡了起來。一邊滿足著口欲，悠然一邊偷眼看著屈雲。那皮膚，那眉眼，那秀鼻，眞是……秀色可餐。這麼一看，悠然就興奮了，興奮之後她就邪惡了，於是，她故意將麵條快速地一吸。不出意外地，湯水就這麼濺在了屈雲的臉上。惡作劇成功，悠然笑得前仰後合，但她的笑容沒能保持多久——屈雲鎭定地站起，鎭定地拿起她那碗麵條，鎭定地走到廁所，往下水道倒去。悠然目瞪口呆。屈雲將空碗放在她面前，說了一句話：「今後，如果再這麼做，就別想再吃小麵。」一秒，兩秒，三秒，當牆上的秒針走了一圈之後，悠然終於復活，猛地朝屈雲撲去，將他壓在床上。

悠然怒目：「你去死！」屈雲問：「妳今天就只會說這句話嗎？」悠然說了另一句話：「我餓

了。」屈雲問：「所以呢？」「所以我要吃你！」說完之後，悠然張開利齒，咬住屈雲的肩膀。肩膀咬了不解氣，繼續咬手臂、咬胸膛，最後咬上了嘴唇。既然都咬了，那就不客氣地吻上。既然嘴在吻，那手也別客氣，順便摸一摸好了。於是發展到最後，悠然的嘴在上面吃著屈雲的豆腐，而她的手則在下面吃著屈雲的豆腐。這次的吃，可不僅僅爲了滿足口腹之欲，還增添了一股恨意的報復，所以悠然下口的地點是很多的。屈雲的襯衫鈕扣一顆顆被解開，那秀美而有男人氣息的胸膛眼看就要露出。襯衫被脫得半裸的美男，任憑誰都會愛上，或者是愛「上」。悠然原本的滿腔怒火，就在眼前的美景裡消失得無影無蹤。目的她已經忘卻，重要的，只是過程，悠然肆意擺弄著面前這具肉體。屈雲道，平靜的聲音中有著警告：「如果妳夠聰明的話，就快從我身上下來。」悠然忙於吃豆腐，眼皮也沒有抬一下：「如果我不呢？」屈雲道，聲音更輕了，或者說，是更危險了：「那麼……我想，妳會後悔的。」但悠然還是沒有警覺，只輕飄飄地應了句：「是嗎？」然後，繼續享用著美食。再然後，她就感覺到一陣天旋地轉，只一秒鐘的時間，她和屈雲的位置就調換了。也就是說，現在是屈雲壓她。悠然正準備直覺地問一句，例如「你想幹嘛？」之類的，但屈雲沒有給她這個機會。

屈雲直接伸手，撕開了她的睡衣。悠然的睡衣上印著的是卡通圖案流氓兔，此刻，流氓兔的臉被分開，成了兩半，而中間，則是白色的內衣。蕾絲的邊，加上小小的蝴蝶結。那是種略帶稚氣的誘惑，但那呼之欲出的渾圓卻帶著致命的成熟女人氣息。而屈雲的唇，直接吻在了那渾圓之間。水潤的唇，白皙的肌膚，相得益彰。在這樣的溫柔之後，屈雲忽然將身子壓下，接著，他們的私密之處接觸了。即使隔著布料，悠然還是感覺得到，那特有的男性的灼熱緊緊抵住了她的柔軟。那種堅硬，讓本來沉浸在玩笑之中的悠然猛地一驚，很突兀的驚慌，就像坐雲霄飛車時，慢慢騰騰地爬到高處，接著猛地往下俯衝那一刻。她的一顆心，浸滿了冷汗。因爲這一刻，屈雲的全身散發出一種極度的危險，他變得像個陌生的男人，有著傷害她的可能性。那灼熱的堅挺，依舊在悠然的下身最敏感、最柔弱之處緊緊地抵著。她的手腳開始發涼，而屈雲的眼睛似乎也是同樣的溫度，即使在那底下有著慾望之火，但也是冷的：「以後，不要隨便撩撥，因爲那後果，是妳無法預見的。」說完之後，屈雲起身，將襯衫的扣子一顆顆繫好，離開。他的背影，他全身的每一個動作，彷彿沒有任何事情發生過。

門「喀噠」一聲打開，又「喀噠」一聲關上。悠然躺在床上，看著寢室的天花板，就這麼一直看著，而胸前依舊保持著屈雲離開時的赤裸。時間像微塵一樣，流逝在地，陽光從純正的金黃到混雜的暖紅，斜射在地面上。在過了三個小時後，悠然的手有了動靜，慢慢地來到胸口那塊被撕裂的布料前。三秒鐘後，空寂的寢室飄蕩著她的一聲自言自語：「……媽的，我今天就不應該穿這件新睡衣，可惜了。」這次的親密事件，讓悠然認識到兩件事。一是被撩撥之後的男人，是野獸；二是屈雲的第三點，品質……很好，真的很好。要到很久之後，悠然才想起，屈雲一直沒有正面回答過那個星巴克女人是否存在。每次她想問，總會被屈雲以各種方式不知不覺地繞開。這樣重複了許多次，悠然終於明白，當屈雲不願回答某個問題時，誰也勉強不了他。但悠然也不是節能省電型號的燈，既然和屈雲正面交鋒沒有勝算，她就選擇其他方式，也就是很老套的方式——跟蹤。

結果，是令悠然滿意的，屈雲下班後一般都是直接回家，沒看見他有什麼花花腸子。更令悠然放心的是，屈雲在學校極受歡迎，是許多單純女生的白馬王子，也是許多不單純女生的春夢對象，但是面對那些或含蓄或大膽的表白，屈雲向來都是拒絕。悠然欣慰地長歎一口氣：「這男人，眞是不枉她那件剛報廢的新睡衣啊！」但總有些人是唯恐天下不亂的，例如悠然的那位小閨密。小密信誓旦旦：「我敢對天發誓，他眞的和那個女人有著不正常的關係。如果有一點半點假話，我就不是男人。」悠然聳聳肩：「我本來就沒當你是男同胞。」小密感到了受傷：「李悠然，妳現在是不相信我了？」悠然不加理會：「我相信你眞的看見屈雲和一個女的在喝咖啡，但我確實不相信他們兩人之間有曖昧，因爲他不是那種一腳踏兩船的人。」小密眼神一飄，聲音略略帶著一點陰陽怪氣：「如果，人家沒有當妳是船呢？」悠然從水果盤中拿出小刀，拔涼拔涼的刀身映著她的獰笑：「夠膽子，就再說一遍。」小密問：「難道不是嗎？你們交往也有一段時間了，他有把妳介紹給朋友和家人嗎？」悠然搖頭：「這能說明什麼？」小密很不客氣地給出一個答案：「這說明，屈，雲，根，本，沒，有，承，認，妳。」悠然覺得小密夠狠，短短十二個字用了十個標點符號。接下來，就是悠然的辯解時間了：「我也沒有把他介紹給我的家人和朋友啊，這是由於我們這段關係不容於世的特殊性所造成的。」

小密糾正：「妳不一樣。」悠然問：「有什麼不一樣？」小密說出自己的看法，同時也是事實：「只要有眼睛的人都看得出來，妳太在乎屈雲了。」悠然沉默，她對事實無法反駁，很久之後才無力地飆出一句話：「多難得才套住個這麼帥的男人，能不在乎嗎？」小密又再說出一個眞理：「妳在乎他，但人家不在乎妳，也是徒勞。」悠然沮喪地坐在凳子上：「那我又有什麼辦法，總不能拿把刀對準他的小雞雞，威脅說『如果不在乎我，就讓你斷根』這種話吧！」小密道：「戀愛嘛，講究的就是技巧和情趣。」悠然道：「上床才是講究技巧和情趣吧。」小密不理會她，繼續說著：「人一般對穩穩屬於自己的東西是不大珍惜的，所以妳一定要營造出有男人要追妳的氣氛，讓屈雲產生危機感，這樣他才會重視妳。」悠然很誠實：「可是我沒有男人追。」小密開始出謀劃策：「沒有男人，就要製造男人。找出一個妳最討厭的人，利用輿論的力量，讓他和妳成爲緋聞男女，從而達到讓屈雲吃醋的目的。」悠然不解：「爲什麼要找最討厭的人呢？這樣難度豈不是增加了？」小密解惑：「上次在華山上，當屈雲誤以爲我是他潛在的情敵時，那種眼神實在是凌厲，我想，如果有人眞敢搶他的女人，那肯定是死無葬身之地。找一個最討厭的人當替死鬼，不是一舉兩得嗎？……李悠然，妳一臉花癡樣是幹嘛？」一臉花癡的李悠然：「我在享受做爲『屈雲女人』的稱號。」小密：「……」

主意商定之後，悠然開始思考誰是自己的仇人，想來想去，只有一個人——上次那個蠟筆小新，龍翔。上回在操場裡的那次大戰，在屈雲的協調之下不太和平地解決了，小新也因此獲得了進入戲劇社的機會。由於不太想看見他，再加上自己對戲劇又沒什麼熱愛，悠然最近對戲劇社的事一點也不關心，所有事情都是交給上次那個小蝦米弟弟去做。而現在，爲了她不可告人的私人祕密，悠然決定要去找小新進行親密接觸了。來到戲劇社後，發現新人不少，悠然頗高興，因爲，免費的大喇叭們數量增加了。小蝦米弟弟似乎對下一屆社長的位置很有野心，因此對悠然這個現任社長百般逢迎，千般討好，悠然十分受用。受用歸受用，來社團的目的還是要達成的，悠然不敢再浪費時間，直接將目光投射在小新身上。當時，所有的新生都在舞臺上排練新劇，個個情緒激昂，一群小瘋子。小新似乎是劇裡的一個重要角色，不可否認，他的演技不錯，站在舞臺上，氣場強大。但時間不是用來浪費的，悠然開始了第一招「眉目傳情」。坐在舞臺前社長專用的座位上，悠然直愣愣地看著小新，活像聚光燈似的，他移動到哪，她的目光就追隨到哪，恐怕美軍最先進的導彈追蹤系統準確性也不過如此。不僅是準確度，還有那熱度；悠然的目光，才叫一個熾熱，弄得舞臺上的演員都高呼要開空調了。做得這麼明顯，旁人自然也就看了出來。有人半開玩笑地問道：「社長，看什麼這麼專注呢？」

眉目傳情既然已經有了一定的成效，悠然便開始進行第二步，那就是「誤導輿論」，讓他人以爲是小新主動。於是悠然故作不在意地問道：「那個新人，是叫龍翔嗎？」她得到了旁人肯定的答覆：「是啊？社長妳認識他？」悠然做作地摸摸頭髮，道：「也不算認識。他最近總說要請我吃飯，還送我花，弄得我怪不好意思的。」旁人耳朵豎起來：「吃飯，送花？社長，龍翔莫非是想追妳？」悠然再做作地抿嘴：「哪有可能啊，我多大，他多大？」旁人勸道：「現在都流行姐弟戀，再說，不就差個一兩歲嗎？」悠然最後做作地擺手：「哎，他也是這麼說的。但是，姐弟戀我還是不能接受……對了，剛才的話，你千萬要保密啊。」旁人忙點點頭，但是悠然知道，只要一個晚上，這個緋聞就會飛揚在校園的上空。事情果然按照悠然預定的方向發展，到了晚上，校園網路論壇上討論得最熱烈的帖子就是關於龍翔要追悠然的事情。但這麼一來，當事人自然也知道了。

第二天，當悠然來到戲劇社時，首先看見的就是小新那張黑臉。對此，悠然早有準備，所以她很鎮定地直接來到了更衣室，而眉毛豎起、準備討個公道的小新自然緊隨其後。但在旁人的目光中，可就變成了龍翔在大庭廣眾之下對悠然窮追不捨，高調求愛；而在更衣室中，卻是另一番情景。龍翔冷眼看著悠然：「老女人，妳發什麼花癡，居然對那些人說我想追妳？」悠然一臉無辜：「我有嗎？沒有吧。」龍翔怒了：「少給我裝了！我不管妳在搞什麼花樣，但是想要我追妳，下輩子都不可能！」「哦。」悠然點點頭，表示知曉了。但這個態度卻不知怎的惹惱了龍翔，他一把提起悠然的衣領，將她推到衣櫃上，那氣力一點也不憐香惜玉，悠然的背痛得差點裂開。與此同時，地上響起了輕微的墜地聲——龍翔的這個粗暴動作，讓悠然衣襟上的鈕扣脫落。龍翔惡狠狠地看著悠然，一字一句地道：「聽清楚了，老女人。我最後重申一句，我很討厭妳，所以，不要在那邊自作多情，」悠然還是點頭：「哦。」龍翔勉強滿意了，便放開她：「出去吧，以後再敢亂說話，別怪我不客氣！」自由之後，悠然靠在衣櫃上，不停地進行深呼吸。龍翔問：「妳在幹嘛？」悠然答：「醞釀情緒。」龍翔沒有了耐心：「醞釀什麼情緒？」於是，悠然給出了最終答案：「被你給輕薄的情緒。」說完，悠然氣沉丹田，對著門外大吼一聲：「不要！」接著，捂住領口，扭頭奔出了更衣室，而且，是在眾目睽睽之下。

那天晚上，校園網路論壇上討論得最熱烈的帖子是——「更衣室中，龍翔慾望爆發，輕薄李悠然未成。」想要誤導輿論，最好的方法就是讓觀眾親眼看見、親耳聽見，所以悠然仍在繼續努力著。在更衣室事件發生之後，小新幾次三番都想在路上堵住悠然，揍她一頓，但悠然早有準備，一直躲在宿舍裡不出來，小新在宿舍外站了幾天，終於消失了。不是累了，也不是消氣了，而是校園網路論壇上又出現了新帖子——「癡情郎龍翔苦守女三舍，感動校園。」躲避了幾天之後，悠然決定使出殺手鐧。經過眾多眼線的報告，悠然得知小新在上場前，總要等到所有的人都走光才會進更衣室換戲服。有古怪，很有古怪。這天，悠然特意埋伏在更衣室中等待龍翔。沒多久，龍翔進來了。沒多久，龍翔脫衣服了。沒多久，龍翔脫褲子了。最後，悠然發現了龍翔的祕密——他四角內褲上印的圖案，就是蠟筆小新。悠然承認，那四角內褲和小新本人眞的很配。但是如果被人知道一向心高氣傲、拽得跟二五八萬似的龍翔居然穿著卡通內褲，那麼他大學四年將會很慘，很慘。就在這時，悠然拿出預藏的數位相機，拍下了這精彩的一幕。龍翔耳朵很尖，一下子就聽見了，馬上警覺地回頭：「是誰？」「是我。」悠然憨厚地笑笑，接著拔腿就往外跑。龍翔趕緊套上衣服，追了出來。

悠然覺得，既然自己是戲劇社社長，還是很有必要在任期內演上一齣戲的，否則，就愧對觀眾了。因此，她跑上了舞臺，而同樣跑上舞臺並抓住她的，是龍翔。龍翔大怒：「還給我！」悠然明白，他完整的話應該是「把那張拍到我穿卡通四角內褲的照片還給我！」在聚光燈下，悠然做作地掙扎著。龍翔睚眥欲裂，拚命地搖晃著悠然的小香肩：「還給我！」悠然將頭扭向一邊，貌似痛苦地搖著頭。龍翔已是怒髮衝冠：「還給我！」此刻，所有的人都停下來，注視著事情的發展。小蝦米弟弟適時出現，問道：「社長，龍翔究竟要妳還什麼？」悠然轉過頭，用幽怨的、文藝女主角特有的無病呻吟表情，對臺下所有人說出比老罈酸菜還酸的三個字：「他的心。」此言一出，所有人都發出「哦」的一聲。「妳！」龍翔緩過氣後，剛想辯解，卻聽見悠然的悄聲警告：「如果不希望照片流傳出去，就保持沉默。」在那一刻，龍翔的喉頭感覺到了腥甜。他的手指，簡直快要將悠然的骨頭捏碎。但龍翔明白，就算眞的捏碎了，在別人眼中也會是他因愛生恨的表現。至此，這段緋聞的眞實度已經達到了百分之九十九。

不出意外的，屈雲也知道了。根據小密的教導，悠然這些天盡量減少和屈雲見面，主要是爲了配合緋聞的發展，同時也可以避免悠然因爲演技不佳而露餡。雖然照著指示做了，但悠然還是心神不定，因爲她不找屈雲，屈雲是絕不會主動找她的。悠然擔心：「你說，會不會弄巧成拙啊？如果他眞的相信謠言，認爲我紅杏出牆，一怒之下不要我了，那該如何是好？」小密恨鐵不成鋼：「李悠然，妳有點骨氣好不好，難道天底下男人都死光了？他不要妳，大不了再找一個。」悠然的眉毛透著倔強：「我就是喜歡他！」小密不解：「我說，妳到底喜歡他什麼啊？」悠然給出了一個簡單而含義豐富的答案：「我喜歡他，因爲……他是屈雲。」小密甘拜下風：「算妳狠。」

雖然悠然沒有跟屈雲聯繫，但兩人還是見面了，就在全校的戲劇比賽上。屈雲是教師代表之一，悠然是戲劇社社長，也算是個學生代表，因此得以有幸和屈雲坐在一起。現場觀眾包括嘉賓席都處在黑暗之中，爲這兩個關係不能曝光的人提供了有力的對話條件。屈雲：「好久不見。」悠然：「最近太忙。」屈雲：「聽說了，確實夠忙碌的。」悠然：「聽說什麼了？」屈雲：「比如，妳和一個小學弟的事情。」悠然心中竊喜，但嘴上還是假模假樣地爲自己辯解著：「你別聽那些人的閒話，都怪最近學校餐廳降價，這些人吃撐了沒事幹。」屈雲：「哦。」這一聲「哦」，可是聽不出任何情緒的，像深秋的夜，靜得讓人摸不著頭腦。接著，屈雲旁邊的位置來了一位老師，兩人這才停下對話。這次的戲劇比賽，每個學院都派出了隊伍參賽，以抽籤決定上臺的順序，壓軸戲自然是戲劇社的演出。他們表演的劇碼是《戀愛的犀牛》，而龍翔則擔綱男主角馬路。雖然是新人，但龍翔一點也不怯場，感情豐富，表演感染人心。屈雲在黑暗中輕聲道：「這孩子，挺眼熟的。」一旁的老師雖然年紀較大，但一顆八卦的心仍舊赤誠誠、血紅紅：「屈老師，這是大一新生，他就是全國連鎖飯店品明居的少東啊，挺出風頭的。但這孩子脾氣不太好，軍訓的時候還和教官幹過架，現在老師們都不敢管他……不過，這個學生倒不是那種無法無天的渾球，除了態度不好，其他也沒什麼。」屈雲道：「看來，他是很熱愛戲劇的。」八卦老師看了看悠然，接著湊近屈雲的耳邊道：「聽說啊……那個，只是聽說，聽說這小子看上了戲劇社的社長李悠然，想追她呢，最近鬧得全校都知道了……這些孩子，眞是不得了。」「哦。」屈雲的第二個「哦」字更靜了，深秋的夜，連月也不見了蹤跡。悠然將桌上擺放的礦泉水蓋子輕輕一扭，放在微笑的嘴邊，飲用。

此刻，《戀愛的犀牛》演出已接近尾聲。在一連串衝突高潮之後，當馬路殺死了圖拉，飾演馬路的龍翔忽然站起身，面對台下觀眾，或者說，是面對悠然道：「這是我能給妳的最後的東西，圖拉的心，和我自己，妳能收留他們嗎？悠然……我親愛的、溫柔的、甜蜜的……悠然。」全場寂靜。這，算是史無前例的當眾表白了。悠然繼續喝著水，嘴角，還是那抹笑。而龍翔的嘴角，則因壓抑的憤怒而起了顫抖。是的，那張他穿著卡通四角內褲的照片，還是很好用的。悠然雖然沒有轉頭，但她還是看見在這靜謐的黑暗中，屈雲的鏡片上再度閃過一道低調的白光。這個計畫是很有效的，因爲當天晚上，悠然便接到屈雲的電話，要她去他家一趟。一路上，悠然一直想像著即將發生的事情。例如，屈雲會捧起她的下巴，眼睛危險地一瞇，道：「那個小子，有我正點嗎？」再例如，屈雲會握住她的手，誠懇地請求道：「悠然，再給我一次機會吧。」再再例如，屈雲會一把扯掉她的衣服，怒吼道：「妳居然敢背叛我，今天，我就要讓妳看清楚，眞正擁有妳的男人是誰！」悠然吸回了口水，想，如果是第三種，那該多好。但是，任何一種情況都沒有發生。

當悠然來到屈雲家時，他說的第一句話就是：「我們分手吧。」悠然像一隻被風乾的松鼠，臉上被拍了一下，那種滋味眞是難以形容。她寧願相信是自己昨晚沒睡好，出現了幻聽：「什麼？」

但不是的，屈雲清晰的聲音再次響起：「我們分手吧。」悠然不敢置信：「你……找我來，就是爲了說這個！」這個男的不是應該怒吼著將她摔在床上，接著撕開衣服，將她強吃了嗎？爲什麼會是這樣的結果？屈雲指指地上的箱子，裡面裝滿了悠然寄放在這裡的漫畫：「今天請妳來，是爲了把這個還給妳。既然我們今後已經沒有關係了，那這個還是請拿回去吧。」連漫畫都要她拿走，看來是眞的到最後了。悠然急問，死也要死個明白：「爲什麼？」屈雲說出了讓他們感情死亡的原因：「因爲從最近發生的事情看來，妳的心似乎已經不在我身上了。」悠然氣憤：「你血口噴人！」屈雲問：「如果不是，那爲什麼妳對龍翔的表白這麼開心？」悠然死咬牙關：「我沒有開心。」屈雲補充罪狀：「今天下午，他當眾向妳表白的時候，妳看著他的眼神還眞只能用熾熱來形容。」悠然叫屈：「我沒有！」那哪裡是熾熱，根本就是奸計得逞後的得意精光嘛。但屈雲根本就不聽她的解釋：「自從龍翔表現出對妳的愛慕之後，妳就很少和我聯絡。由此看來，妳對我已經沒有感情，卻因爲愧疚感而不想和我提出分手，所以一直痛苦著。雖然我捨不得，但事到如今，還不如放妳自由……所以，悠然，抱著妳的漫畫，去尋找龍翔吧。」屈雲提起漫畫箱子，說著，就要放在門外。悠然著了慌，根本來不及運用腦細胞進行思考，便直接交代了罪行：「一切都是小密幫我策劃的，小新對我根本就沒有一毛感情，我是故意要這麼做，讓你認爲他是你的情敵，從而讓你更在乎我一點啊！」話音落後，悠然沉默了，因爲她看見屈雲的眸子裡，於平靜的水中盛放著一絲笑意。

被，套，話，了。那一刻，悠然非常想將自己的腦袋塞進馬桶裡溺死算了。悠然嘴唇顫抖：

「你騙我！」屈雲微笑：「妳似乎搶了我的臺詞。」悠然咬牙：「我恨你！」屈雲依舊微笑：「恨也好，離愛不遠了。」悠然想要發火，但心中那股氣剛上了胃，就嚥了下去，她慢騰騰地來到沙發上，挫敗地坐下：「你就不能表現得在乎我一點嗎？」屈雲將大門關上，挨著悠然坐下：「妳在和我交往之前，就應該知道我是什麼樣性格的人。」悠然斜眼：「你的意思是，是我自己甘心進入你這層地獄的？」屈雲伸手摸了摸悠然的馬尾：「我是指，或者，妳也是有點喜歡這樣無情無義的我的。」她的髮尖刺刺的，後頸上有些小而柔的絨毛，讓人覺得像隻小動物。但小動物也是敏捷的，悠然用了自己慣用的姿勢，一把將屈雲撲在沙發上。屈雲看著躺在自己身上的悠然道：「妳似乎很喜歡玩這招。」悠然伸手捏住了屈雲的鼻子，而屈雲則任由她這麼做著，並沒有阻止，只是改以嘴來呼吸。悠然的姿勢像是在玩，但她的聲音卻帶著一種消沉的認眞：「我並不是時間多才搞這麼多事情……屈雲，難道你還是不明白嗎？」屈雲問，但因爲鼻子被制住，他的聲音嗡嗡的：「明白什麼？」悠然放開了手，轉而蒙住屈雲的眼睛：「明白我對你的在乎，明白你對我的不在乎，明白我需要你的保證。」說實話，她不喜歡屈雲的眼睛，因爲那裡面似乎很少能看見她想要的東西。屈雲的睫毛在悠然的手心裡撲閃了幾下，像是小小的探視的觸角。悠然道：「你應該知道的。」此刻的屈雲，眼睛被蒙住，整個人是安靜的，像入了眠。但很快，他的手按住了悠然的後頸，按住了那些小動物似的絨毛，迫使她的頭低下，迫使她的嘴唇和自己的嘴唇碰觸。

他們，再一次接吻了。這次，倒沒有巧克力的滑膩，而是一股淡淡的茶香。悠然想，這男人，究竟哪一刻才會不吃東西呢？屈雲接吻的技術，怎麼說呢，算不上是花花公子的那種熟練，當然也不至於生澀，而是帶著他特有的味道，帶著一種自信和冷靜，還有讓人著迷且痛恨的神祕。於是，悠然還是很享受的。屈雲的唇離開了悠然的唇，接著向下，來到她的頸脖，每寸肌膚只是親吻一下，就這樣順著悠然的軀體輪廓向下。很多地方，都隔著布料，但悠然似乎還是感覺得到屈雲唇的熱度，感覺得到他體內那隱藏在平靜外表下的情緒。屈雲握緊了悠然的手，那姿勢像是一種桎梏，但悠然的手並沒有反抗的跡象。她只是睜著眼，看著屈雲的腦袋漸漸向下，離開自己的視線。悸動，連成波浪的線條，順著屈雲的動作向悠然襲來，當他的唇來到她的小腹下方時，悠然再也無法忍耐。她的身體開始起了輕微的抖動，夾雜著痛苦和愉悅。而就在這時，屈雲停下了，他的聲音響起：「妳喜歡我嗎？悠然。」悠然點頭，動作很輕，但她確定屈雲一定看見了，因爲她的動作是那麼堅定。

屈雲問：「爲什麼呢？悠然，爲什麼妳要喜歡我？」悠然第二次給出這個答案：「因爲你是屈雲。」屈雲問：「如果我不是屈雲呢？」沉默，一隻飛蛾在燈罩邊晃悠，身體和玻璃發出沉悶的聲響。十秒鐘後，悠然猛地撐起身子，雙手像貓爪般掐住屈雲的臉頰：「難道說，你是懷著不良目的潛入地球、殺了屈雲後剝下他皮膚穿上的外星人！」屈雲將悠然的爪子取下：「別玩了。」悠然跪在沙發上摟住屈雲，雙手在他的頸脖後交握：「那你是什麼意思？」屈雲看入悠然的眼睛：「我是指，也許，我不是你想像中的屈雲，那時候，妳還會喜歡我嗎？」悠然抬起眉毛，帶著一點善意的諷刺：「你是指，你還能變得比現在更壞？」屈雲點頭：「可以這麼說。」悠然的手不安分地撥弄著他的髮梢：「那麼……如果是這樣……我會變得和你一樣壞，這樣，我們就相配了。」屈雲看著她，眼裡像有濃墨在水中揮散。悠然坦白：「其實，我還眞不知道爲什麼喜歡你，甚至，我連自己什麼時候喜歡上你的都不大清楚。」屈雲的笑容帶著英俊的促狹：「難道，不是在我脫下衣服的一剎那就喜歡上了？」悠然搖頭：「或許是，也或許不是。或許，是在那之前就喜歡上了，也或許，是在那之後很久才喜歡上的。」屈雲評價：「妳是我見過自我感情管理最混亂的人。」悠然道：「可是，感情本來就是混亂的。」

屈雲告誡：「別以己度人。以後別再搞這些事情了，多花點時間在正經事上，報考英語六級檢定吧。」悠然一向是能懶就懶，但說到這，她忽然想到一個條件：「學校不是只要求通過四級就好了？如果我考過了六級，你能不能答應我一件事？」屈雲問：「什麼事？」悠然笑得特別開心，腮上的肉鼓鼓的：「到時候再說。只要你答應我，我就肯定能考過六級。」屈雲問：「這麼有自信？」悠然趕緊點頭。屈雲點頭：「那麼，就一言爲定。」悠然正在竊喜，卻聽見屈雲補充道：「但是妳也要答應我，今後不准再爲我樹立情敵，不管是眞情敵，還是假情敵，明白嗎？」悠然喜上眉梢：「你在乎嗎？」屈雲忽然將臉湊近她，俊逸的眉宇中帶著一點遼遠的靜：「是的，很在乎。」悠然的心被歡喜塞滿，她試探地問道：「那麼，你老實回答我，你和我交往以來，身邊是不是只有我一個女人？」屈雲回答得毫不猶豫：「是。」悠然的心中樂開了花，看來這男人就是天生冷淡，所以才會這麼不像一個男朋友，但他的忠誠還是值得信賴的。悠然決定，她一定要加大馬力放射自己的魅力，成功地將屈雲從內到外拿下。

悠然主意才剛打定，屈雲突然問道：「龍翔平時並不是那麼容易妥協的人，妳是怎麼讓他幫妳演這場戲的？」悠然一五一十說出了那張照片的事情。屈雲問：「那張照片還在妳手上嗎？」悠然點頭：「嗯。」屈雲道：「給我。」悠然問：「你想幹什麼？」屈雲道：「好好款待一下我的情敵。」悠然道：「他是假的。」屈雲道：「不論眞假，一律不可原諒。」人在家中的屈雲沒有戴眼鏡，但悠然似乎看見那道精光閃爍依舊。在爲小新默哀了三秒鐘後，悠然毫不猶豫地將照片給了屈雲，畢竟，屈雲對小新恨得越深，代表對她越在乎。這麼看來，情敵這招，還是很有成效的，悠然笑得像個偷腥成功的寡婦。

這就是屈雲教給她的第八課——情敵，是必備的。

Lesson Nine

熟人，是滿世界都有的

據說，人的一生，平均有六年的時間在做夢。悠然雖然才活了小半輩子，但夢也做過無數次了，可是讓她記憶深刻的夢，數量並不多，其中一個，是巧克力色的。

是的，悠然夢見自己來到一個巧克力和糖果的世界，那裡的草是碧綠的糖絲，那裡的花是紅色的糖葫蘆，那裡的河水是白色的巧克力，那裡的土地是黑色的巧克力。喜愛甜食的悠然覺得自己簡直來到了仙境，她放開肚子，開始不停地吃喝起來。所有的東西都是她的最愛，就連空氣也滿是薄荷糖的香氣。那個美夢持續了許久，久到悠然的肚子在睡夢中饑餓，於是她醒了過來。但當意識到自己很可能一輩子再也無法重溫這個夢時，悠然做了最後的努力——她沒有睜眼，她想重新回到那個連凳子都是大白兔奶糖堆成的地方。結果自然無法如願，悠然悶悶不樂地睜開眼。這時，她看見自己的小窗前站著一位少年。悠然當時年紀尚小，眼界很窄，沒怎麼出過門，所以她形容人的相貌，都是以電視劇中的人物爲參照。此刻悠然覺得，面前這個英氣的少年似乎比《白蛇傳》裡，小青她家的張玉堂張公子長得還好看。英氣的少年伸出手，手心裡則是她最愛的巧克力，長方形，分成了許多格子，像是一扇門。少年說：「送給妳。」在那一刻悠然覺得，這個少年似乎比《西遊記》中唐僧騎的小白龍還好看。小白龍接著說道：「我叫古承遠，是妳的哥哥……親哥哥。」悠然用了很大的意志力才將眼睛從巧克力上抬起，看向古承遠。他的外表有一點點不符合年齡的陰沉，但是並無大礙，因爲他看著悠然的眼神是溫柔的，像海中的海藻，慢悠悠地晃動著。古承遠剝開了巧克力的包裝袋，剝開了錫紙，遞在悠然的嘴邊。悠然張開嘴，輕輕地咬下一塊巧克力，不規則的形狀，而古承遠手上的巧克力則留著一個小小的門牙印。巧克力很濃滑，悠然滿足地咧嘴一笑。古承遠發現，自己這個處於換牙期的妹妹缺了一顆小門牙。那一年，悠然六歲。

屈雲的聲音打斷了悠然的回憶：「在想什麼？」悠然道：「想我帶的零食夠不夠。」屈雲提醒：「不過才一個多小時的火車。」悠然解釋：「你又不和我一起回去，我一個人坐車很無聊，只能靠吃東西來打發時間了。」屈雲不接受這個解釋：「以前難道不是妳自己一個人回家？」悠然控訴著屈雲：「現在情況不同，以前是孤家寡人慣了，但現在我已經有了男朋友，他卻不肯陪我，那簡直是人間慘劇，所以我才會以食物來療傷。」屈雲道：「既然妳都這麼說了，那我就陪妳回去，一起去見見妳父母吧。」悠然急道：「不能見父母，見了，我小命就不保了！」爸爸如果知道她在大學裡不僅蹺課、補考，還勾引了老師，那她會死得比豆腐渣還慘。屈雲不想再猜下去：「那妳的意思是……」悠然看著男友，眼裡冒著星星：「我的意思是，反正路程不遠，乾脆你陪我坐火車到我家，然後自己再回來，好不好？」可是屈雲一句話就將她的星星熄滅了：「不好。」雖然已經被打擊慣了，但悠然還是要假裝生氣一下，以此清晰表達自己的立場，因此第二天她沒有要屈雲送她，而是獨自一人上了火車。

運氣挺好，座位是靠窗的，悠然戴上耳機，將腦袋埋在雙臂上，打算先睡一覺。嘈雜的音樂中，悠然感覺到火車開始慢慢地行駛，輕微的動靜更利於入睡。但就在這時，一隻手撫上了悠然的大腿。明目張膽的性騷擾！悠然不動聲色，將自己靠窗的那隻手悄悄伸到褲袋中，掏出校徽，輕輕一按，那尖利的別針就出來了。對付色狼，一定要夠決絕。於是悠然暗數三聲，猛地發動攻擊，將尖利的別針朝那隻鹹豬手刺去。可是攻擊失敗了，悠然那握著凶器的手被抓住。悠然怒了，再怎麼說她也算是個女中豪傑，現在居然於光天化日之下被調戲至此。於是，她怒目而立，想將這條色狼罵得無地自容，「摸……你個頭」——這本來是悠然想好的第一句臺詞，但在看見那條色狼的時候，悠然臨時改變了臺詞：「摸……得好。」原因在於，她身邊的人正是屈雲。悠然的情緒從大怒調到大喜，起伏太大，臉部肌肉因而抽動得頗為異常。

悠然問：「你怎麼會在這裡？」「不是妳說如果沒有男友陪伴，就會吃很多東西？我仔細想了想，如果妳再吃下去，我就抱不動了，所以，我就來了。」這是屈雲的回答。悠然輕哼一聲，但那氣流都帶著甜：「稀罕你抱。」屈雲用靜靜的語調說出了很不給面子的回答：「不是我要抱，是妳每次都自動撲上來。」「看在你這麼聽話的分上，我就不計較你的顛倒黑白。」說完，悠然將手伸入男友的臂彎，一顆小腦袋溫順地枕在他的肩上。屈雲道：「如果妳永遠都這麼乖，那就好了。」悠然回擊：「如果你永遠都這麼在乎我的話，那就好了。」屈雲微笑：「看來，我們都不是很滿意對方。」「什麼意思？屈雲，我警告你，可別想有二心，否則我……」悠然沒有再往下說。火車進入了隧道，外面是轟隆的聲響，耳膜像被氣流給壓住，只好用力往裡按。一分鐘後，火車出了山洞，瞬間像重見了天日。悠然看著窗外，無數的綠意在車窗上流溢著，陽光灑灑。

屈雲忽然撿起了剛才的話題：「如果我有二心，那妳當如何？」悠然道：「我什麼也不會做。」屈雲道：「什麼也不做？這不像李悠然吧。」悠然的聲音從屈雲的臂彎中飄出來：「不，是眞的什麼也不做。如果你做了很對不起我的事，我就什麼也不做了，不再喜歡你，不再在乎你，不再想你，不再看你。」屈雲應了一聲：「是嗎？」悠然用耳朵摩挲了一下屈雲的肩，他的襯衫有股清新的味道：「是的。不過我怕到時候，你會很喜歡我的不糾纏。」屈雲笑，笑聲讓他的肩膀起了一陣波動：「爲什麼對自己這麼沒自信？」悠然控訴：「拜你所賜。你平時如果稍稍對我在乎一點，我也就不會這麼沒自信了。」屈雲道：「我有這麼邪惡嗎？或者，是妳想太多。」悠然立即將頭撐起，道：「那好，如果你像自己認爲的那麼在乎我，就陪我回家見父母。」屈雲問：「眞的要這麼做？」悠然點頭：「是的。」屈雲再問：「妳眞的要我這麼做？」悠然再點頭：「是。」屈雲薄唇輕揚：「那好。我這就去見妳父母。」

特快列車將兩人迅速拉到了悠然的老巢，下車後，屈雲提著悠然的行李，道：「好了，走吧。」悠然雖然輕鬆地笑，心卻還是沉浮不定：「好……去我家。」剛才那些話，她也不過是說說而已，目的是爲了檢驗屈雲的眞心，沒想到現在卻騎虎難下。但如果屈雲吃定她只是說說而已呢？現在叫停，似乎會半途而廢。「先去吃點飯吧，肚子餓了。」悠然拉著屈雲來到火車站旁的速食店，要了套餐，慢騰騰地吃起來。吃到一半，悠然抬頭，問對面的屈雲：「你……眞的敢嗎？」屈雲拿起紙巾，替女友擦去嘴邊的番茄醬，頗有深意的話從輕揚的唇邊溢出：「怎麼，妳不敢了？」「當然，我是敢的。」悠然沒有享受屈雲的服侍，而是直接伸出粉色的舌，將酸甜的番茄醬舔去。兩人都沒有明說，但都清楚對方所指。吃完飯後，招了輛計程車，兩人坐上去，直往悠然的家而去。離家越近，景色越熟悉，悠然的心上上下下，一刻也沒有休息。車行到一半，同樣的對話又開始了。悠然問：「你……眞的敢嗎？」屈雲答：「怎麼，妳不敢了？」悠然答：「當然，我是敢的。」這不清不楚的對話讓坐在前排的司機冷汗直冒，生怕遇上殺人搶車的鴛鴦大盜，於是加快馬力，闖三個紅燈，只花了平時一半的時間便將他們送到家。

站在家所在的社區門口，悠然抬頭看了看自家窗戶，吞口唾沫，第三次問道：「你……眞的敢嗎？」屈雲的回答不變：「怎麼，妳不敢了？」這次，悠然確實不敢了：「我相信你的眞心，好了，請走好，咱們青山綠水，一個星期後再見。」說完，搶過行李就要跑，但屈雲卻拉住她：「現在，該我懷疑妳的眞心了。」悠然心中開始打鼓，咕咚咕咚：「你……眞的想上去？」屈雲解讀出悠然的表情：「看來，妳似乎不願意？」悠然口是心非：「當然……不是。」屈雲提起行李就要邁入社區：「那就走吧。」悠然知道自己總是鬥不過屈雲，所以她認輸了：「如果你現在上去了，我家的菜刀可要見血的，當然，砍的是我們兩個人……算我錯了，拜託你先回去吧。」屈雲問：「那麼，以後還會時刻想著要怎麼試探我嗎？」悠然趕緊服軟：「不敢了不敢了，我相信你對我是真心一片，癡心兩斤。」「那好吧。」屈雲將悠然的行李放下，輕聲囑咐了兩句，轉身就要走。悠然突地跑到旁邊的樹叢裡，貓著腰向屈雲招手：「等等，過來。」對於悠然的這種孩子氣作法，屈雲一概催眠自己視而不見：「我可以有其他的選擇嗎？」嘴上雖然這麼說，但人還是來到了悠然身邊。悠然踮起腳，伸手環住屈雲的頸脖，嘴微微地噘起：「再怎麼樣，我們都要分別個好幾天，你怎能不留下點東西就走呢？」

微風乍起，吹動綠葉輕搖，陽光也變得活絡了，在屈雲的眼睛中晃動著。即使屈雲的眸子是深潭，但悠然看見，至少在那一刻，表面的水是暖的。「恭敬不如從命。」悠然聽見他這麼說。接下來，屈雲的右手握住悠然的小蠻腰，他向前俯身，她向後彎腰，就這樣，兩人構成了非常羅曼蒂克的經典姿勢。自然，他吻了她，吻得平靜而有品質。不是那種爭搶口水般的轟轟吮吸，不是餓死鬼投胎般的急急啃咬，只是個寧靜的吻，但那力度、舒適度都是非常適合的。悠然心滿意足。直到風止住時，屈雲才將悠然的腰從與地面平行的狀態，扶成與地面垂直。悠然頭昏眼花，自然是被歡喜給沖的。屈雲問：「這下，夠妳回味幾天了嗎？」回過神來，悠然的心中開始劈里啪啦亂顫了起來：「如果，我說不夠呢？」屈雲再度握住了她的腰，這動作讓悠然感到激動與暗喜，她看著屈雲慢慢向自己靠近，嗅著屈雲越來越近的氣息，看著屈雲時而清澈時而模糊的眼眸，聽著他清雅的聲音：「那麼……我就用試管裝多點唾液送妳好了。」在那一刻，悠然終於明白自己撞上的，是多麼人神共憎的男人。但已經遇上了，悠然也無可奈何，誰教自己就是非他不可呢？於是，她只能大度地揮揮手，扛著行李朝自家走去。

搭電梯時，悠然掏出了小鏡子仔細查看自己剛剛接過吻的唇，還好，只是有點紅，稍稍塗上一些唇彩遮蓋就好。一切準備完畢，悠然拿出鑰匙，開了門。父母聞聲，轉頭一看女兒回家裡來，自是欣喜萬分，連忙來幫悠然提行李，遞鞋子，連聲問她旅途是否勞累。但此刻的悠然卻一句問話也沒有心思回答，她看見客廳的茶几上放著許多補品，雪蛤，血燕，以及一些名貴的中藥。看上去應該是禮物，並且是剛送來不久的禮物。悠然認識的人之中，只有一個人能有這麼大的手筆，同時，那個人也就是她這兩年來一直在躲避的人——古承遠。悠然開門見山地問道：「古承遠來過了？」悠然的爸爸李明宇皺眉：「越大越沒禮貌，連哥哥也不會叫了。」「他什麼時候走的？」悠然問，當然，她最關心的問題是，古承遠明天是不是還會來。白苓將女兒的行李放在沙發邊，沉吟了一下，最終決定說出實情：「承遠是去超市幫我買雞精了，等會兒就回來。」這個事實讓悠然心中一震，兩隻腳說著就想邁開往外奔。白苓蹲在地上，幫悠然將衣服一件件取出。悠然從來都是把衣服胡亂揉在行李箱裡，所以每次回家，白苓第一件事就是把女兒可憐的衣服解救出來。此刻，她背對著悠然，一邊整理箱子，一邊輕聲說了句話：「媽媽只想今天全家開開心心地吃頓飯。」

悠然承認，這句話將她徹底打敗了，不管自己和古承遠之間發生了什麼，但媽媽是無辜的。想起母親對自己的好，悠然決定忍耐一下，盡量滿足她這個小小的願望。「好了，先去坐著，等會兒就吃飯了。」李明宇笑呵呵地跑進廚房，繼續展現他的廚藝。想到一會兒就要和古承遠再次見面，悠然心中煩亂，哪裡坐得住，便來到陽臺上吹風。他們家所在的社區環境不錯，時常看見老人家手中牽著小孫子，或是年輕人手中牽著薩摩耶犬在石子小徑上散步，那景象讓人心中無端生出一絲懶意。但這會兒，當悠然將目光投向社區門口時，剛才生出的閒適懶意就被嚇得煙消雲散。因爲她看見，在社區門口，屈雲和古承遠正在交談。雖然隔得很遠，但這兩個人是自己最熟悉的男性，悠然自然不會看錯。悠然記得屈雲說過，古承遠是他的校友，所以他們倆彼此認識也不稀奇，可是，屈雲要怎麼解釋自己會在這裡出現？此刻，悠然的心活像被貓抓過的毛線，亂得不成樣子。怎麼辦？怎麼辦？如果屈雲眞的向古承遠坦白了和自己的關係，那……

悠然也不知道會發生什麼事情，但直覺告訴她，古承遠是不會干休的。雖是深秋，但悠然的背脊還是出了一身冷汗。就在她發狂到要尖叫時，眼簾中的兩人分開了。悠然趕緊躲進廁所，拿出手機，快速撥打給屈雲。接通後沒有一句廢話，悠然直接問道：「剛才你遇見古承遠了？」那端停頓了一下，沉默得稍顯異樣，但很快，屈雲的答話傳來：「是。他告訴妳的？」悠然趕緊說道：「是我站在陽臺上自己看見的！你有沒有告訴他，我們之間的關係？」「沒有。怎麼，妳不想讓他知道？」屈雲的回答讓悠然鬆了口氣。悠然撒著謊答道：「他知道了一定會……一定會告訴我爸媽，到時我會死得很慘，你也會死得很慘。所以無論如何，在沒有得到我的指令前，你絕不能向他透露我們的關係，明白嗎？」其實她最怕的並不是父母，而是剛才和屈雲交談的那個人。屈雲答應了。悠然放下心來，原本想趁機索一個吻的，但想到是在廁所中，意境不太美好，也就作罷。

掛上電話，才剛打開廁所門走出，悠然便「哦哦」了一聲，因爲客廳沙發上坐著正在等待她的古承遠。他先開了口：「好久不見。」臉龐還是帶著一股硬朗的英氣，高挺的身材，讓人永遠生活在他的俯視之下，而眼中的漠然是距人於千里之外的信號。他是好看的，也是應該疏遠的。可是當初的悠然做不到，因爲古承遠總是讓她覺得，她對他而言是不一樣的。所有的溫柔都像只留給她一個人似的，至少……在那件事發生之前，她是這麼認爲的。這時，李明宇端著剛炒好的菜從廚房走出來，笑道：「小遠，快和你妹妹去洗手，咱們準備開飯了。」悠然來到廚房，倒了洗手液在手上，但還沒開始搓揉，古承遠便從背後握住了她的手腕。不僅僅是握住手腕，他的身體也緊貼著她的後背。悠然像被補鼠夾給夾了，一時失措，突然叫出了聲。白苓將頭探進廚房裡來：「怎麼了？」古承遠笑笑：「沒事，在搶她東西呢。」這麼說的同時，古承遠已然將悠然手上的綠色洗手液抹去了大半。白苓笑笑，退出廚房：「別鬧了，快來吃飯吧。」

等母親一離開，悠然立即躲在廚房角落，戒備地看著古承遠。古承遠逕直來到水龍頭前，緩緩地洗著手。水流很小、很柔，就像他的聲音：「記得嗎？妳小時候，都是我幫妳洗手的。」記得，悠然自然記得。那時，每個週末，古承遠都會來她家。那時，悠然還很小，搆不著水龍頭開關，古承遠便站在她背後，將洗手液倒在她手上，握住她的雙手，輕輕地搓揉。那時，她只搆得著他的肋下。悠然記得，但她還是回答：「有嗎？」發出的是疑問的口吻，彷彿自己什麼都已經忘記了。古承遠將手上的泡沫洗淨，用乾淨的帕子吸乾水，再轉過頭來，笑意緩緩蔓延：「妳是記得的……就像我永遠記得一樣。」悠然的心中，一陣冷，一陣暖。

李明宇叫道：「再不來，我們就把菜給吃完了。」兩人不好再多耽擱，相繼走了出去。菜色很豐盛，但悠然卻食不知味。父母和古承遠似乎談了許多，悠然也沒怎麼注意聽，只在問到自己時，才勉強敷衍兩句。說著說著，李明宇忽然問道：「小遠，剛才怎麼去超市去了那麼久，不會是迷路了吧。」古承遠道：「哦，剛才在社區門口碰見一個熟人。」聞言，一直裝化石的悠然，體內每個細胞都復活了，雖然她知道自己的貿然問話很有可能引起古承遠的注意，但她還是忍不住問道：「是誰？」悠然的如意算盤是，看能不能幸運地從古承遠口中套出屈雲念書時的一些事情，例如他當時是不是花花公子之類的。但她的問話卻被自家老爸曲解了：「你妹妹的意思是，那人是男的還是女的？男的如果條件好，人品好，就給她介紹一下；女的如果條件好，人品好，就快追來給她當嫂子。」悠然苦笑：「呵呵，老爸你真幽默。」聞言，古承遠嘴角卻帶著些曖昧：「悠然，妳真的是這個意思？」悠然將一塊水煮肉片塞進嘴中，以含糊的語調掩飾自己的聲音：「你們說是就是吧。」李明宇問：「對了，你遇到的那人是誰？」「一個過去的熟人。」這是古承遠的回答。是的，熟人，大家都是熟人。

這就是屈雲教給她的第九課——熟人，是滿世界都有的。

冰塊，有時，也是會融化一下的

古承遠就用一句「熟人」來描述了一下屆雲，除此之外，悠然沒有套出任何資訊。

李明宇看見四人相聚的難得情形，忍不住感慨：「看看，自從悠然去上大學後，我們一家好久都沒有這樣聚過了。一轉眼，你們都大了，個個都忙，回家時間也少，有時候，還眞希望你們永遠都小，我們永遠不老。」悠然往嘴裡一邊扒拉著飯，一邊異想天開：「那就許願讓時光倒流，讓我們重活一遍好了。回到我小學時，但記憶不遺失，這樣我就能成爲百年難遇的天才，蹭蹭蹭地跳級，什麼哈佛耶魯根本就是手到擒來。」李明宇很客觀地分析道：「悠然啊，有鑑於妳不幸遺傳了我的智商，所以就算妳再重新回去個三遍，這個夢想還是很難實現的。」遇上這樣不給面子的老爸，悠然都不知道是該氣還是該笑。這樣親熱的揶揄讓餐桌上的氣氛和諧了不少，這頓飯總算比較輕鬆地過去了。

吃完飯後，悠然洗好碗，便回到自己房間，打開電腦玩遊戲，藉此避免和古承遠接觸。但她早有覺悟，這種方法的效果並不會太好。果然，沒多久，白苓和李明宇便提出老兩口想出去逛逛，順便買些小東西回來。悠然的眼睛雖然一直盯著電腦，耳朵卻一直注意著外面的動靜。父母打開門，換上鞋子，關上門，沒多久，一個腳步聲漸漸向她靠近——古承遠進來了。敵不犯我，我不犯人，悠然繼續將頭埋著，裝作什麼也不知道的樣子。但緊接著，悠然便開始後悔自己的無所作爲，至少，她應該挪動一下位置。因爲此刻的她，膝蓋上放著筆電，正靠坐在床上，並且是床的內側，所以當古承遠坐在她身邊時，悠然猛地驚覺，自己似乎就是甕中被捉的那隻鱉。可是事已至此，還是冷靜爲妙。悠然不動聲色，裝作入神的樣子繼續玩著遊戲。但古承遠伸出手，將她的筆電給闔上，道：「心不在焉，還玩什麼遊戲？」悠然不作答，將筆電打開，準備繼續玩，可是古承遠卻一把整個奪了去，放在床頭櫃上。悠然轉頭，看清了現在的情況——古承遠半躺在床上，和她同樣的姿勢，就像是……像是情侶會做的那樣。悠然心內大喊一聲「糟糕」，然後像顆子彈般想順著腳的方向彈出去。但就在她的屁股離開床墊的同時，古承遠卻一把將她的腰握住，悠然被摔在了床上。古承遠的長腿將悠然的雙腳壓住，以減輕她抵抗的力度。

悠然的一顆心猛烈跳動起來：「你幹什麼？」古承遠側頭看著悠然，那對眉毛黑得凜冽，黑得冷凝，就像巧匠的雕塑，多了冷硬，少了人氣。可是，他看著悠然的眼神卻如冰山下的暖泉，或許，也不是那麼暖，但那種對比，擁有讓悠然爲之沉迷的力量。「我，只是想溫習一下。」說完，古承遠挑起悠然的下巴，非常自然地吻了上去。古承遠和屈雲是不同的兩個人，他們的吻也是不同的。古承遠的唇，是被冷水千百年沖刷下的石頭，滑潤，卻冰硬。屈雲不同，屈雲的唇是有溫度的，有……各種好吃的食物味道。古承遠並不滿足於親吻，他的舌，以一種低調又強硬的態度撬開悠然的牙齒，接著便要開始習慣性的掠奪。但悠然推開了他，並快速轉身面對著牆壁，她將背脊對著古承遠，像一隻小小的鴕鳥，姿勢是躲避與拒絕。古承遠將手放在悠然的肩膀上，而唇則隔著衣服在她的背脊上遊走，順著那女性的曲線遊走：「看來，妳生疏了許多。」悠然閉著眼，努力地縮小著身體，似乎想將自己塞進牆壁裡。「悠然，我好像很久，很久，都沒有抱妳了。妳是否像我想妳一樣想我？」悠然聽著這染著鬼魅的音調從自己背後傳來，背脊的每根線條都像豎琴上的弦被拉奏著，每一下都是震動。她死命地掐著自己的手指，凹陷的地方是白色，而兩邊則是紅色，裡面的血，新鮮的血，像要破皮而出。他的每個字都彷彿來自阿修羅地獄，帶著誘惑和黑暗。

屈雲——在迷亂之中，悠然忽然想起了這個名字。是的，屈雲。想到那個口中總是有著淡淡食物美味的男人，悠然鎮定下心神，睜開眼，看著牆壁，輕聲道：「我已經，喜歡上一個人了。」背脊上的唇停止了移動，良久，古承遠問道：「是誰？」悠然的眼睛還是看著牆壁，壁紙的圖案是一層沉靜的藍色小碎花：「一個，我很喜歡的人。」古承遠繼續問：「他究竟是誰？」悠然答：「我想要和他永遠在一起的男人。」古承遠忽然用力握住悠然的肩膀，將她從床上拽起，他看著她，眼神還是一樣的柔，但聲音已經不一樣了：「告訴我，他的名字。」悠然看著他：「你想怎樣？」古承遠反問：「妳覺得呢？」悠然這麼回答：「我覺得，你想要毀掉我。你恨我，你嫉妒我，你不想讓我快樂。」話音落後，房間裡瀰漫著一陣難掩的沉默，窗外的樹沙沙作響，像是僞裝的浪聲。古承遠看著悠然，緩緩地、一字一句地說道：「是的。因爲我想要妳永遠在我身邊，和我一起，感受我的不快樂。」悠然道：「不可能。我要和自己喜歡的人在一起。」古承遠的手，逐漸從悠然的肩滑動到手臂。悠然的骨架比較小，看上去雖然不胖，但捏起來卻肉肉的，而她手臂上的肉像有彈性的海綿，讓人愛不釋手。古承遠道：「悠然，妳忘記了，妳喜歡的人是我，是妳的……親哥哥。」說到這，古承遠將嘴湊近悠然的耳垂，用牙齒輕輕咬住那塊肉，這是世間最最的親密，但在他們做來卻是最最的不該。「我已經長大了，能夠分辨出以前那些模糊的感情，已經知道什麼才是眞正的喜歡。」悠然將頭往後仰了仰，這個動作讓她的耳垂擺脫古承遠的牙齒，但那塊圓潤的軟肉上已有了他的齒印。

古承遠看著她，無聲地笑了：「那麼，什麼是眞正的喜歡？」悠然迎著古承遠的目光，給出了這樣的回答：「那就是，我很確定自己應該和他在一起，並且會用各種努力讓自己和他在一起。」古承遠的手在悠然的手臂上來回拂動，就像在撫摸清澈的溪水表面，彷彿想激起一些波紋：「難道，當初我們不是這樣嗎？」悠然回答得肯定：「不是。就算是當初的我，也很明白，我們之間……是不應該的。」古承遠停住了手上的動作，因爲悠然這條小溪，似乎變得陌生了些。古承遠的身子繼續向悠然靠近，他的額頭靠著悠然的額頭，就像過去無數遍的姿態那樣：「悠然，我很後悔自己當初放掉了妳。」可是悠然感覺很不習慣，因爲這種親密的姿勢，因爲古承遠逼近的氣息。

她搖搖頭：「媽他們要回來了。」古承遠問：「妳害怕他們知道我們的事情？」他的聲音帶著一種磁性的冷硬，但到了尾音彷彿看清面前的人是悠然，彷彿忽然察覺她對自己而言是不一樣的，因此聲線瞬間柔和了很多。就連悠然也不清楚，這種行爲究竟是發自內心，還是故意。她永遠看不透他。

「我們之間的事情，不去提，對誰都好。」由於被古承遠逼近著，悠然的後腦勺只好靠著牆壁，冷冷地說。在古承遠眼中，此刻，她整個人彷彿置身藍色的沉靜碎花之中。小小的碎花，稚嫩的，柔弱的，永遠都該處在自己的掌控下。古承遠問：「屬於我們的那一年，對妳眞的沒有任何意義嗎？」悠然道，她的眉毛微微皺起：「那是不對的，那是不正常的。」古承遠問：「如果，媽知道了這件事，妳以爲，她會怎麼樣？」他的嘴角在微笑，看見悠然的表情，他在微笑。悠然警覺：「你想告訴她？你瘋了？」古承遠在悠然的耳邊輕聲道：「當妳離開我的那一天，說不定，我會因爲嫉妒而說出這件事。」悠然側過頭，看著床單，就連床單也是與壁紙配成一套的沉靜藍色，所以悠然沒有激動，她的聲音也染著藍色的沉靜：「我是不會離開他的，絕對不會。」是的，她不會離開那個嘴裡總有著淡淡食物味道的男人，恰好，那些食物都是她喜歡的，她不會因爲受威脅而離開屈雲。悠然繼續以藍色的沉靜聲音道：「大不了魚死網破。如果你那麼做了，或許，我們家會痛苦兩、三年，但是從此以後，我不會再見你，再也不會。」悠然的頭是側著的，所以她看不見古承遠的表情，她只感覺到他的氣息，噴在她頸脖上的氣息忽冷忽熱。

悠然不知道古承遠接下來要做什麼，但是她明白自己在害怕，很害怕。幸好這一刻，悠然的手機響了。她長長鬆了口氣，快速從古承遠的手臂下穿過，拿起放在床頭櫃上的手機。但一看來電顯示，悠然瞬間吸了口喜馬拉雅山上的冷氣，那是——屈雲。如果是平時，悠然會對屈雲的自動來電非常滿意，但現在她卻忍不住要詛咒屈雲腳底生瘡。古承遠是何許人也，馬上察覺出她的異常：「是他來的電話？」說完，沒有任何停頓，伸手就來奪手機。此刻的悠然渾身一抖，全身的毛孔一半出冷汗，一半出了熱汗。悠然明白，如果被古承遠發現自己的男朋友就是屈雲，後果會很糟糕。她深信古承遠會用盡一切方法，來阻礙自己和屈雲那本來就不太牢固的戀情。想到這，悠然狠下心來，將那支剛買沒多久的手機高高舉起，重重摔在地上。滅口之後，還不干休，悠然下了床，用腳使勁踩著地上已經支離成好幾部分的手機屍體，努力將它們急急分屍。不僅如此，悠然還拿出了裡頭的卡片，跑到廚房，拿起菜刀，用力地剁碎。在她的不懈努力和瘋狂舉動之下，手機已然面目全非，連它自己的媽媽都不認識了。做完這一切之後，悠然躺在沙發上休息，呼哧呼哧地喘著氣。不知何時，古承遠從房間走了出來，在她身邊坐下：「看來，妳似乎很害怕我知道他是誰。」悠然承認：「是的。我要保護他。」古承遠問：「妳的意思是，他的能力不如我？」悠然說著實話：「我不知道。」他們兩個，一個是狼，一個是狽，如果這麼來看，實力似乎差不多。「我說過，我喜歡他，所以我要避免他受傷，不管他是弱還是強，就是這麼簡單。」這就是悠然對古承遠這個問題的回答。當悠然說完這句話後，古承遠依舊看著她的嘴，彷彿她還在說話。過了許久許久，古承遠才開口：「悠然，知道嗎？就爲了妳這句話……我是不會讓妳走遠的，絕對不會。」說完這句話之後，他再也沒有其他出格的舉動，而是在悠然身邊坐好，打開電視，看了起來。當李明宇和白苓回家時，見到的他們倆，就像普通兄妹那樣，坐在沙發上。電視上播放著綜藝節目，古承遠在微笑，而悠然……悠然的眼神，帶著些許凝滯。

那天晚上，悠然躺在床上繼續了以前的夢，或許不該稱呼爲夢，而是過去的記憶。時間過去太久，當時的許多感覺都不再鮮明，偶爾一兩段夢境，已然像是別人的故事……悠然從來沒想過，在自己六歲那年會忽然多出一個哥哥。同母異父，悠然不太明白這個意思，爲什麼，兩個人會有不同的爸爸。要過很久，她才漸漸知曉事情的眞相，原來媽媽在和爸爸結婚之前，曾經和另一個男人結過婚，生下了古承遠。但是媽媽和那個男人在一起不快樂，所以在古承遠七歲時，他們分開了。後來，媽媽與爸爸結了婚，生下了她。現在想來也並不複雜，但對當時的悠然而言，卻混攪得足以摧毀她那小小的腦子。悠然原本以爲誰和誰是親人，是生下來就知道的，就像她從小就知道自己和表姐任婷婷是親人，而和隔壁的陳小明則不是。因此，古承遠這個突然多出來的哥哥讓悠然有些難以接受，當然，這並不代表她討厭他。相反地，悠然喜歡他，喜歡這個眉目間帶著英氣的少年，因爲每次古承遠來到悠然家，都會帶給她好吃的零食，或者是一個布偶娃娃。更重要的是，當悠然跟他說話時，儘管是很幼稚可笑的話題，古承遠也會耐心地聽下去，不像其餘的大人，即使是笑，也是敷衍。就在那間布滿沉靜藍色小碎花的房間裡，小小的悠然會摸著小熊布偶的頭，細聲細氣地重述著學校裡老師講的故事，而古承遠則坐在旁邊認眞地聽著。

時間就這麼流逝，漸漸地，兩人長大了。小熊布偶已經不知去向，取而代之的是成堆的參考書，悠然坐在書桌前，咬著筆桿，眉毛糾結成痛哭的姿態，而旁邊的古承遠則充當她的家庭教師。古承遠將筆拿起，在那圖形上加了條虛線：「錯了，輔助線應該加在這裡。」悠然一看，思路頓時清晰起來，刷刷刷便將眼前這道難題給完成。完工之後，悠然伸個懶腰，想起了先前的事情：「哥，我同學說你很凶。」古承遠問：「爲什麼？」悠然道：「他們說，你從來都不笑的。」古承遠問：「那妳怎麼說？」悠然回憶道：「我說，你經常笑的。」爲了讓悠然集中精力複習功課，房間裡只開了盞檯燈，光線雖然明亮，但照射範圍有限，此刻，古承遠翹起凳子，身體略略往後仰，整個人一半隱在黑暗中，一半置於光明之下：「其實，他們說得對，我確實不常笑。」悠然不信：「怎麼會，我經常看見你笑的。」古承遠輕聲道：「那是因爲，我面對的人，是妳。」悠然的腦結構時而異常得可悲，時而正常得可怕，而這一刻，她處於正常狀態。因此，當聽見這句話之後，悠然的臉紅了。她轉過頭，盡量避免古承遠看見自己的情緒，她也知道，自己不該出現這樣的情緒。

古承遠和悠然兩人並不常見面，一個月最多兩、三次，雖然悠然一直叫古承遠「哥哥」，但在她的潛意識中並沒有將他當成眞正的哥哥。因爲，正常的兄妹會互相惡作劇，會因爲爭搶東西而吵架甚至打架，會因爲沒有距離而相看兩厭。可是他們的情況不一樣，他們之間只有愉快的回憶。但美好得過頭了，有些東西就會變質。那時的悠然已經是亭亭玉立的少女，對於男女之間的事也有了朦朧的覺悟。一個英俊的、只對自己笑的男友，對少女而言是無法抗拒的，尤其是，當那個男人的態度也不明時。不是誤會，悠然感覺得到，古承遠在她面前並非總是表現得像一個兄長，更多的時候，在無人的時候，他在悠然面前是一個男人。所以，他們的關係一直都是曖昧不明的，可是那份曖昧對悠然來說，浸染著邪惡和不該，所以悠然每每總是竭力岔開話題，不自覺地，時光流回到了那一晚……「肚子餓了，我去冰箱裡翻點吃的。」悠然說著便站起身來。那天，李明宇老家的親戚去世，夫妻倆趕去奔喪，正在讀高二的悠然學業繁重，只能留下，託付給古承遠照顧。也就是說，此刻家中只有他們兩人，並且整個晚上只有他們兩人。悠然打開冰箱，準備拿出雞蛋和速食麵應付一下，但剛站起身，便感覺到背後有人……緊緊貼著自己。是古承遠的氣息。悠然慌亂了，一時沒能找到話，只能這麼乾站著。而古承遠也沒有其他的動靜，沒有後退，沒有離開她的身體。古承遠是高挺的，悠然的頭頂只能搆著他的耳下，而此刻她的脊背感受到了他的心跳。悠然想，古承遠是鎮定的，因為他的心跳完全和自己的不同——悠然的心，跳得很厲害。就在一顆心要跳出嗓子眼時，古承遠開口了：「別吃這個，我們出去吃。」悠然沒怎麼思考就同意了這項提議，因為在家裡，在只有他們兩人的環境裡，一切都是危險的。

悠然原本以為古承遠會帶她去二十四小時營業的速食店，但是她錯了，古承遠帶她去了酒吧。市中心裡，很熱鬧的一間酒吧。在酒吧門口，悠然不肯再往裡面走：「這裡，不是吃飯的地方。」古承遠環過悠然的肩膀：「裡面除了賣酒，也有吃的東西。走吧，妳已經長到可以進這些地方的年紀了……已經可以了。」古承遠說這話時，語氣中帶有一種模糊的異樣，像是等待許久的東西終於到來。而此刻的悠然沒有任何選擇餘地，只能跟隨古承遠走進酒吧。這是悠然第一次來到這樣的地方，裡面的燈光是絢麗而神祕的，帶著煙霧般的迷離。時值深夜，是酒吧生意最好的時候，舞臺上，一個穿著皮靴皮褲的豔麗女郎正隨著音樂起舞，她搖擺著鬈曲的黑髮，將瘋狂融入血液，將釋放的氣息帶給這裡的每一個人。旁邊的DJ也是瘋狂而肆意的，滾動的音樂自他靈巧的手下流溢而出，每一個音符都催動著人們的激情。一走進這裡，平日生活的平靜便徹底被恣意所覆蓋，所有的人都在舞池裡熱舞，搖擺著身體的每個毛孔。

悠然被震耳的音樂蒙暈了頭，被眼前瘋狂的舞姿眩花了眼，她感覺自己像迷了路，來到一個從未到過的世界。悠然感到一絲未知的惶惑，下意識抓緊了古承遠的手，害怕他將自己一個人留下。古承遠沒有放開她，而是逕直帶著悠然來到酒吧的某間包廂，那裡，已經坐了他的許多朋友。悠然一個人都不認識，但是看到古承遠和他們熟稔的模樣，悠然忽然覺得，今夜的古承遠，是陌生的。古承遠的爺爺是軍方背景，父親也是軍隊幹部，自然，沒有任何選擇的，他考上了軍事院校。可是從軍事院校畢業後，古承遠並沒有進軍方系統工作，反倒在外面做起了生意。靠著父輩的人脈，古承遠一帆風順，而這些朋友大多是他生意上認識的酒肉朋友。基本上，每個人的身邊都抱著一個女人，大多是妖豔成熟類型。悠然低頭看看自己的T恤、牛仔褲、帆布鞋和馬尾，忽然覺得手腳似乎多長出了一點，沒地方放了，她無地自容。與眾不同的悠然很快便引起大家的注意，一個瘦瘦高高的男人笑問古承遠：「承遠，你的口味怎麼這麼特別，喜歡小妹妹？」悠然臉一紅，只等著古承遠的解釋。但是古承遠沒說話，只是微笑。旁邊的朋友也開始調笑起來：「難怪以前說要幫你介紹女朋友，你都不怎麼有興趣，原來是喜歡這種小妹妹？」見古承遠還是沒有解釋的意思，悠然忍不住開口了：「其實，我是他的……」妹妹，同母異父的妹妹。但悠然的後半句沒能說出口，因為古承遠接過了她的話：「她是我女朋友。」一邊說，古承遠的手摟得悠然更緊、更親密。悠然驚訝地看著古承遠，但他神色如常，眼眸被玻璃杯中的洋酒氤氳得晃動著。這群朋友起鬨了：「欸欸欸，這還是古承遠第一次帶女朋友來見我們呢，難得難得，來來來，一人敬他一杯。」出來玩，任何理由都可以成為灌酒的關鍵。古承遠沒有推讓，這麼多杯下肚，居然連臉也沒紅一下，看來他似乎經常在外面玩。悠然這天晚上第二次覺得，自己對古承遠的瞭解，是很少的。

這些朋友似乎平時是隨便慣了的，因此在古承遠喝完之後，他們又想出了新的玩法：「來來來，承遠，和小妹妹親一口讓我們看看。」悠然覺得，事情鬧到這個地步已經是極限了，她期望古承遠會在這時將事情眞相說出來。她以為他會，但是古承遠沒有。悠然再也坐不下去，也不顧是否失禮，慌地蹭一下站起來，想要逃出去，逃出這個陌生的酒吧，逃出這個陌生的夜，逃離這個陌生的古承遠。可是就在她站起身的那一刻，古承遠長臂一揮，瞬間就將悠然的腰給環住，一拉，悠然便重重撞進了古承遠的懷中。連痛都還來不及叫一聲，悠然便感覺到一個冰涼的東西觸在自己的嘴唇上。悠然睜開眼，看見近在咫尺的古承遠。他在吻她。悠然覺得自己的魂魄彷彿瞬間脫離了軀體，在那幽暗的包廂上空旋轉著，震驚地看著沙發上的兩人做著不該做的事情。悠然想要阻止，想要尖叫推開他，但是她的魂魄已經出了身體，她無能爲力。悠然覺得自己的嘴唇正在被世間最灼熱的火焚燒著，她的每一根神經都在融化著。但是，那只是她的溫度……古承遠的唇讓人感覺不到溫度，就算是他在吻她，悠然還是感覺不到溫度。可是那份灼熱感很快就被熄滅，因爲緊接著，古承遠便用舌撬開悠然的雪齒，一股香醇的冰涼就這麼順著流入她的食道，灌入了她的胃裡。剛一下肚，悠然的腦袋便開始發暈，所有感官都像被蒙上了一層紗，再也不清晰。

周圍的人爲古承遠的配合演出開始鼓掌叫好，那掌聲，在悠然聽來也是朦朦朧朧、像從隔壁包廂傳來似的。古承遠的唇，暫時遠離了悠然的。在黝黯的燈光下，半醉的悠然看著古承遠，輕聲問了一句：「爲什麼？」同樣黝黯的燈光下，清醒的古承遠看著悠然，輕聲地回答著：「因爲……我從來都沒有把妳當成是妹妹。」儘管很輕，但這句話是認眞的，聽不出任何玩笑的意味。悠然覺得自己似乎被人用棒子敲打了後腦勺，不痛，但懵了，什麼都不能想，什麼也不能做。悠然想逃離這個地方，但古承遠一直握著她的手，她逃不開。於是悠然拿起酒杯，她開始獨自喝起了酒。她想醉，醉了，什麼都不記得；醉了，什麼都可以當成沒發生過。悠然求仁得仁，幾杯酒之後，她眞眞正正地醉了，就這麼沉入夢鄉。第二天醒來，頸子上像長了兩個腦袋，重得不行，而太陽穴則突突地痛，像有一把鈍刀不斷地削著腦袋裡的組織，痛不可當。然而，當悠然睜眼看清眼前的一切時，所有的疼痛都被此刻的震驚蒸發得煙消雲散。悠然看見，她躺在床上，穿著睡衣，而身邊則睡著上半身赤裸的古承遠。悠然覺得自己即使墮入了阿鼻地獄，也比現在的狀況好。她半躺在床上，繼續著昨晚的昏懵，只可惜，現在已經沒有了酒。

昨天晚上究竟發生了什麼事，悠然不敢想，眞的不敢想。正六神無主之際，一直手撫摸上了她的背脊，手指彷彿帶著電，酥麻了她的全部。古承遠的聲音，從悠然的背後傳來：「放心，昨天晚上，我們什麼都沒有發生。」悠然被突如其來的聲音嚇住，以飛快的速度奔下床，縮在角落中，惶惶地看著床上的古承遠，陌生的古承遠。古承遠問：「妳爲什麼要這麼害怕？」他下了床，撿起地上的襯衫，一邊穿，一邊朝悠然走來。悠然還是縮在角落中，手上則抱著被單：「昨天晚上，我們做了不該做的事情。」古承遠將襯衫套好，但沒有繫上鈕扣，一片蜜色的胸肌就這麼露了出來，襯托著潔淨的白襯衫。他蹲下身子，雙手撐在悠然身體兩側的牆上，那是種掌控的姿勢：「我以爲，只有快樂才是應該的。悠然，妳和我在一起，快樂嗎？」悠然沒有回答，但答案是不言而喻的。是的，快樂，很快樂。古承遠道：「記得我昨晚說過的話嗎？那是眞的，我從來沒有把妳當成是我妹妹……打從第一次和妳見面那天起就沒有。」悠然將臉蒙在被單中，聲音低低的：「可是，我們是兄妹，我們有血緣關係。」古承遠伸手將悠然拉入自己的懷中，像催眠般不停地重複著：「快樂，才是最重要的。快樂，才是最重要的。」一邊溫柔地說，一邊在悠然的髮頂留下了一個吻，黑色的、卻是誘惑的吻。

悠然不曉得自己該怎麼做，從小到大，古承遠在她心目中一直是完美的，是不會犯錯的。不管是數學題，還是其他，古承遠都是不會錯的。悠然已經習慣聽從於他，而這次，也是一樣。他們開始了一種全新的關係，在悠然即將升上高三那一年。不是兄妹，也不是情侶，他們的關係只能在黑暗中生存，見了陽光，就會滅亡。古承遠還是和過去一樣，每個月都到悠然家一、兩次，但私底下他會避開眾人耳目，在悠然放學後悄悄帶她去玩。古承遠很瞭解悠然，知道她喜歡吃的東西，知道她喜歡的顏色，知道她喜歡做的事情。他知道她的一切，他滿足她的一切。他寵著她，捧著她，讓悠然覺得當時的自己是世界上最快樂的人。唯一的憂鬱，就是這段關係是禁忌的，是不可告人的。但古承遠永遠會安撫悠然，他說沒關係，這些世俗的想法不重要，重要的是他們快樂。悠然聽他的話，她盡量不去想以後會發生什麼，避免讓自己的快樂打折。那段日子，真的很美，縈繞著禁忌氣息的美麗……

悠然睜開眼，醒了，夢就不見了。過去的事情是不該多想的，悠然這麼告訴自己。窗外還是黑幽幽的，樹影映在牆上微微搖晃著，看上去像是骨節嶙峋的鬼爪，在青色的夜裡，特別嚇人。可是和另一件事情比起來，悠然覺得這簡直就是小兒科。所謂的另一件事就是——她和屈雲失去了聯絡。屈雲的號碼只儲存在手機上，而悠然昨晚已將手機毀滅得連大羅神仙也救不了，也就是說，她遺失了屈雲的手機號碼。一開始悠然並不著急，畢竟屈雲是輔導員，知道他號碼的人應該很多。但接連打電話給幾個同學，她們都說自己恰好沒有屈雲的號碼，理由各種各樣以及千奇百怪——「哎呀，我昨天正好把他的電話給刪了，悠然妳問別人吧。」「糟糕，我昨天上廁所時太投入，手機不小心掉進了馬桶裡，所有資料都報銷了，悠然妳問別人吧。」「什麼？我們的輔導員是屈雲嗎？我怎麼忘記了？悠然妳問別人吧。」一個這樣，兩個也是這樣，悠然再怎麼遲鈍，也明白某個地方不對了。因此，當打給第四個人時，悠然開門見山：「給我屈雲的電話號碼，否則絕交，並且還會詛咒妳長胖十斤。」這一招夠狠毒，應該會有效，但那位同學咬牙沉默了一分鐘，最終道：「我眞的沒有，悠然，妳還是去問別人吧。」眞是見鬼了，爲什麼每個人都不願意告訴自己屈雲的號碼？悠然問出了這個問題。那位受到詛咒的同學歎口氣，道：「悠然，冤冤相報何時了，忍一時風平浪靜，退一步海闊天空，妳就別和輔導員鬥了。」

悠然這才明白，大家害怕她之所以問屈雲的號碼是爲了報復，如果給了，那就是幫凶。難怪不管她怎麼威逼利誘都問不出來，更憋屈的是，還不能正大光明地告訴大家，她之所以想要到屈雲手機號碼是爲了聯絡自己的男友。這條路不通，悠然樂觀地想，或許屈雲會像上次那樣打電話到她家來。但設想是美好的，現實是秀逗的。隔天，白苓告訴悠然，家裡的電話號碼在她回來前一個星期就改號了；也就是說，就算屈雲主動打電話來，悠然也接不到。就這麼過了兩天，這天晚上悠然實在憋不住了，再不聽到屈雲的聲音，她就要瘋了。幸好，悠然經常和屈雲通電話，記得他手機號碼的前五位數和後三位數，她決定將這些號碼排列組合一番，挨個撥打。白天父母都在家裡活動，悠然不方便打，便只能趁晚上父母都睡了，提著四肢靜悄悄地來到客廳，拿起電話，在複雜的號碼組合中，尋找她的郎君。

由於已經提前大範圍調查了那數百個手機號碼的所在地，最終篩出了九十多個號碼，工作量減輕不少。輕手輕腳地拿起電話，悠然開始了自己人海尋男友的艱難過程。第一個號碼打過去，那人似乎在睡覺，生硬濛濛的，悠然也聽不眞切，只能問道：「請問，是屈雲嗎？」那人停頓片刻，給出了個驃悍的答案：「我是妳爹！」悠然半夜騷擾人家，本來就有不對，所以也就原諒了這人的惡言。剛送走一個自稱是爹的，悠然的親爹就打開臥室房門出來。悠然做賊心虛，忙將電話推開三尺遠，端端正正地坐在沙發上。但深更半夜，就算她端正地坐著讀四書五經那也是一件詭異的事情，所以，悠然她爹李明宇開口了：「悠然，這麼晚了，妳不睡覺幹嘛？」悠然搬出剛想好的藉口：「我剛上完廁所，在沙發上休息一下。」李明宇信了她的話，道：「妳也休息得差不多了，去睡吧，這麼年輕，要是失眠可不好。」再這麼坐下去鐵定會讓老爹生疑，悠然只能聽話站起身，回到自己房間。將耳朵貼在門上聽了五分鐘，確定老爹已經走進臥室睡覺，悠然像隻潛伏的大耗子，再次於黑暗之中出動了。這次，悠然的動作更輕，甚至連微塵都沒驚動一下。

第二個電話打出去，那邊接通了，卻沒有說話，悠然耗不住了，輕聲問道：「請問，是屈雲嗎？」那人道：「是。妳是誰？」才第二次嘗試就找到了！悠然覺得自己的運氣還眞不是普通的好，彷彿頭頂戴著光圈似的。過分的激動讓她忽視了電話那端的生硬，和平時的屈雲很不一樣，一廂情願地以爲那只是因爲屈雲剛被吵醒，嗓子低啞的緣故。悠然也沒思考太多，當即狂喜著表明自己的身分：「屈雲，我是悠然啊。告訴你，我手機壞了，所以這幾天才沒有和你聯絡，你不會生氣吧？」電話那端的人接著詭異而色情地一笑，道：「我很生氣，除非妳告訴我妳的罩杯，還有三圍。」悠然這才明白，電話那端的人不是屈雲，而是個比屈雲更變態的猥瑣男。悠然默默掛上電話，在紙張上用紅筆標記他的號碼，準備有空時把這號碼輸入同性戀交友網站，再配上超級誘受的照片，好讓他被無數同性戀意淫騷擾。才剛掛上電話，李明宇又打開房門出現了，雖然是在黑暗中，但悠然仍直覺地觀察到，老爹的臉色似乎比剛才黑了不少。這次，不待老爹詢問，悠然自動報告：「我是出來上廁所的。」老爹不吃這套：「那怎麼不去廁所，反而坐在這裡？」悠然不慌不忙：「因爲，我還在醞釀。」結果自然是被老爹攆回房間睡覺去。

爲了聽見屈雲的聲音，悠然不屈不饒，勇往直前，像隻大壁虎般爬在門上約莫等待了五分鐘，聽見老爹重新回房，便又重新溜出房門，拿起電話。第三個電話打出去，爲了避免像前一次一樣被調戲，待那邊的人接起電話後，悠然說出了密語：「你還記得……那時候，超市裡的番茄牛腩速食麵嗎？」那邊：「……」在被罵了一句「神經病」後，悠然無奈地掛斷，準備再接再厲，撥打第四個電話。但來不及了，老爹第三次出了房門，並且那張臉比包公還黑。沒找到屈雲，悠然已經一肚子氣，再看見老爹的臭臉，更是冒火：「爸，你就好好睡覺吧，幹嘛沒事一直跑出來。」老頭子也是氣不打一處來：「那妳幹嘛沒事一直坐在沙發上裝失眠？」悠然低吼：「我裝失眠，干你什麼事？」老爹徹底地怒了，這人一怒，口就不擇言，一不留神，說出了實話：「妳一晚上在客廳坐著，是要讓我和妳媽怎麼過夫妻生活？」大大的實話，悠然也大大地石化了。老爹，果然是人老心不死。悠然吞口唾沫，「咯吱咯吱」移動了一下自己僵硬的脖子，緩慢地站起，道：「爸，你們……慢慢來，我不打擾了。」說完，灰溜溜地縮回自己的房間，那個晚上悠然再沒有出去，而是躲在被窩中睜眼看著天亮。

由於一整晚沒睡實在太累，第二天悠然睡了個天昏地暗，等睜眼時，天又黑了。反正晚上也沒什麼好玩的，悠然懶得起床，又繼續睡了。等到終於清醒時，已經是回家後的第五天，也就是說，她和屈雲已經整整五天沒有聯絡了。悠然開始考慮自己是不是要提前兩天返校，正向父母提出這個想法，古承遠便來了。聽見他們的對話，古承遠提議由他開車送悠然回校。悠然一聽，自然百般不肯，但白苓和李明宇想讓他們兄妹多相處，便千般地勸說著。悠然的意志如鐵般堅定，說什麼都不肯。只可惜，古承遠總是能摸著她的弱點，他微笑地看著悠然，道：「自己開車的話，一個小時便能到你們學校，還免去等車擠車的麻煩……悠然妳這麼抗拒，怎麼像是害怕我吃了妳似的？」悠然覺得，古承遠這話實在說得露骨了些，她擔心被父母聽出些什麼，連忙打哈哈：「我這麼肥，妳吃得下嗎？」古承遠道：「不會，肥瘦剛好適度。悠然，別再推辭了，否則，我說出什麼妳最不想讓別人知道的事，那可不好了。」古承遠的話音看似不著痕跡，但在聽得懂的人耳中，威脅的力量不亞於龍捲風。不想被人知道的事情，無非就是關於他們兩人的曾經，那是悠然不想提起的過往，這就是悠然的弱點。古承遠很清楚，他將她捏在手上。悠然不敢再不應，她害怕古承遠再說出些什麼來。

就這樣，在白苓幫著她收拾好行李後，悠然坐上了古承遠的車。一踩油門，車朝前方駛去，瞬間，悠然和古承遠在相對狹小的空間中獨處了。悠然坐在副駕駛座上，腦袋一直側著，看向窗外，是個逃避現實的姿勢。古承遠問：「妳就這麼害怕和我獨處嗎？」悠然道：「不是害怕，只是不想。還有，今後不要在爸媽面前那樣說話，如果他們知道了，對你一點好處也沒有。」古承遠道：「不過，也沒有什麼害處。」悠然道：「我求你不要傷害他們。」古承遠轉過頭來，緩緩地看了悠然一眼：「他們，只是妳的爸媽。」聞言，悠然的心像被一根骨頭哽著，說不出是什麼感覺，只覺不好受：「你爲什麼要說這樣的話？」古承遠面無表情：「這是事實。」悠然低下頭：「我不懂你在想什麼。」古承遠道：「悠然，很多事情妳都不懂，也不會懂。」悠然問：「是的，我不懂。既然你不喜歡他們，爲什麼要來我們家，和我們裝成一副和諧美滿的樣子？難道你不覺得那樣很難受嗎？」古承遠道：「但是妳不覺得，那樣很好玩嗎？」這時天空下起了濛濛細雨，落在擋風玻璃上，形成小小的密簾，但很快，就被雨刷掃去。悠然道：「有時候，我想連你也不知道自己在做些什麼。」古承遠道：「我的計畫一直都在改變，但現在，我想要妳留在我身邊。」悠然回答得斬釘截鐵：「不可能。」古承遠道：「那麼，妳就不擔心我會把我們之間的事情，告訴妳父母？」他的音調還是一樣，尾音還是輕柔，但此刻聽在悠然耳中已經不是滋味。

悠然臉上忽地起了層薄怒：「好，就算我爸不是你爸，但媽總是我們共同的媽媽吧，她十月懷胎，辛辛苦苦生下了你，如果她受到傷害，你就不在乎？」古承遠說出了這樣的話：「人人都會受到傷害的。她受到的傷害需要我負責，那我受到的傷害誰來負責？」悠然問：「以前你對我做的事情，難道還不足以平息你的憤怒嗎？究竟要我慘到什麼地步，你才會感到快樂？」她原本以爲自己會很激動，但出乎意料的，她的聲音很平靜，平靜得令她自己都感到驚奇。古承遠重複：「我也不知道，我也不知道。」悠然輕聲道：「我恨你。」古承遠沒有再說話。雨還是持續下著，依舊下得密而細，像無數隻白色小飛蟲被雨刷撕裂了身體，橫屍在玻璃之上。車內的世界，靜止了。車開到中途，遇上加油站，悠然下車，去了洗手間，但並不是想上廁所，只是想暫時離開一下古承遠。在洗手檯前，悠然看著鏡子中的自己，及肩長髮，T恤，牛仔褲。和那年的她似乎沒有什麼差別，但只有悠然自己知道，她的心已經翻轉了一圈，甚至變了形狀。去了酒吧那天之後，悠然和古承遠開始了一種特殊的關係，祕密，卻讓她快樂。那一年的悠然，彷彿得到了整個世界。她永遠也想不到，在古承遠只對她才有的溫柔中，包含著傷害的毒針，而那是上一輩感情糾葛所造成的侵染……

悠然的十八歲生日，也就是大學考試前的一個月，那天，悠然藉口要到學校補習，從家裡出了門。古承遠帶她去遊樂場玩了一整天，帶她去吃了大餐，送給她精心準備的禮物。那一整天，悠然都挽著古承遠的手臂開心地笑，那似乎是她人生中最快樂的十多個小時。傍晚，回到古承遠家，悠然喝了幾杯古承遠倒的香檳，也不知怎麼的，很快就醉了。醉得不省人事。當她醒來，發現這次的自己渾身赤裸，而身邊則不見古承遠蹤跡。悠然的腦子一片空白，過了很久，她才有膽子掀開被單，查看自己的下身──並沒有血跡，也沒有痠痛撕裂的感覺。悠然說不清自己當時的心理，只是潛意識裡覺得很慌亂，因爲古承遠不在她身邊。披上衣服，悠然走出房間，在樓梯口，她聽見樓下客廳有人在說話。那是螺旋狀樓梯，當轉個彎時，悠然停住了腳步，因爲此刻的她正好能看清沙發上的情景。

沙發上，古承遠端著一杯紅酒，而他的大腿上坐著一個非常漂亮的女人。那女人有一雙長腿，高跟鞋在如玉的腳趾上勾著，搖搖晃晃，像在耍弄人的心。她有這個能力。那頭長鬈髮，每一次的牽動都散發著無限的風情。她的唇，塗著豔紅的唇彩，映著如雪的肌膚，沒有一點俗氣，反而是高貴美麗。尤物，眞眞正正的尤物。悠然不得不承認這一點，因爲在那樣一個足以讓她發瘋的情境下，自己還是能驚歎那女人的美貌，說明那美貌的確是到了極致。客廳不僅僅只有他們兩人，還有上次在酒吧裡遇見的幾個男人，他們看見悠然，眼中有一種奇異的光，像是奚落，像是可憐。悠然問：「她是……是誰？」聲音很小，因爲力氣都用在支撐自己好好站著。古承遠道：「她是我女朋友。」一邊說，他的手還一邊在懷中女人的美腿上遊走著。悠然喃喃道：「怎麼會？怎麼會？」不僅僅是問古承遠，更多的是問自己，但她究竟想問什麼，可能連自己也不大清楚。古承遠笑了，他第一次在悠然面前發出這樣的笑：「爲什麼不會呢？難道說，妳認爲自己才是我的女朋友？」悠然輕輕搖著頭：「那麼，這些日子，還有昨天晚上……」她覺得自己似乎走錯了時空，現在所發生的一切都是她無法理解的。古承遠喝了口酒，接著捧起女人的下巴，將酒灌入她的口中，就像他曾經對悠然做的那樣，或者說他一直都是這麼做，一直都是，不只是對悠然，對所有女人他都是這麼做的。悠然用力地抓住樓梯欄杆，因爲她感覺自己似乎就要跌倒。她弄不懂這些事情是怎麼發生的，眞的，她弄不懂。上次在酒吧中那個瘦瘦高高的男人站起來，看著悠然道：「好了，別玩了。小妹妹，回家去吧，他不是適合妳的人。」悠然的嗓子有些沙啞：「去……哪裡？」她不知道自己該去哪裡，眞的不知道自己這是在哪裡。是在夢中，還是可怕的現實？

古承遠將女人放在沙發上，站起，一步步朝著悠然走來，但距離越近，悠然越看不清他的臉。古承遠漸漸陌生起來，陌生得讓悠然覺得自己從來都不認識他。他站在悠然底下的一級階梯，這麼一來，他可以平視著悠然。古承遠道：「放心，昨天晚上，我們什麼事情都沒有發生。本來是想拿走妳的第一次再說出眞相，這樣似乎更血腥、更好玩一點……但在最後那一刻，我做不下去，妳知道爲什麼嗎？」悠然沒有回答，因爲她已經聽不懂古承遠在說些什麼，她一句也聽不懂。古承遠緩緩地說著，每一個字都沾著毒液：「因爲，我恨妳，恨得連碰妳一下都讓我感到噁心。記得上次我告訴妳，我從來都沒有把妳當成妹妹，那是眞的，因爲……從我見到妳的第一眼起，我就把妳當成我的仇人，是奪走我一切的人，是要補償我痛苦的人。」悠然搖頭：「我不明白。哥，你爲什麼要這麼做？我究竟做錯了什麼？我不明白。」古承遠伸手將悠然腮邊的髮捋到耳後，那動作是輕柔的，但映襯著他的話卻讓人感到肝膽寒裂：「因爲妳出生了，妳奪走了我的一切，就是因爲妳和妳爸，我的家才會毀了。妳的錯，就在於妳的存在……悠然，爲什麼妳要出生？」

悠然在迷茫的懸崖上抓住了這一點，但尖銳的事實讓她的手掌鮮血淋漓，皮破骨露：「所以打從一開始，你對我的好，都是假裝的？」古承遠的手順著悠然的耳廓往下，來到了她的頸脖處：「沒錯，從一開始，我對妳就只有恨……」古承遠的手掌很大，他環著悠然纖細的脖子，彷彿下一秒就要掐死她。悠然的眼裡聚集滿了眼淚，就像水龍頭突地爆裂，淚水止不住，大顆大顆地往下墜落，但是沒有聲音，一點聲音也沒有。「爲什麼要這麼做？打我罵我欺負我不是更可以出氣嗎？爲什麼你要這麼做？爲什麼要在……」爲什麼要在她站上最高的幸福之巔時，將她打落谷底。古承遠的手，收得更緊了：「只有這麼做，才能讓妳最感到痛苦，不是嗎？只有這麼做，妳才能理解我所遭受的一切，那一切是讓人無法承受的……不過悠然，別哭，因爲還沒有結束。」悠然緩緩地蹲下，將頭埋在膝蓋上，無聲地哭著。悠然心中明白，現在的自己應該要跑出去，應該要逃離這個噩夢般的情境，但是她走不出去。因爲她的眼淚一直在淌著，像是要將眼珠給沖出來，完全止不住。她的視線模糊成一片，什麼也看不見。那個瘦高的男人勸道：「算了，承遠，讓小妹妹靜靜，走走走，出去吃飯。」接著，便是那些人離開的腳步聲。最後，一隻手輕輕拍了一下她的肩膀：「小妹妹回家去吧。」隨後，是門關上的聲音，所有的人都走光了。悠然像進入了一個死寂的世界，周圍再沒有任何東西存在，就連她的心也不在了。

隨後的日子，悠然也不知道是怎麼過的，她回到家，接著，便發起了高燒。燒了很久，那把火焚燒著她身體的每一個部分，那是古承遠心中仇恨的火。在這樣的渾噩狀態下，悠然參加大學考試，成績自是一場糊塗，連專科學校都沒考上。悠然明白，這就是古承遠想看見的，所以他才會選擇在考試之前向她攤牌。那幾個月是悠然人生中最痛苦的時候，考試失利，古承遠的報復，都足以讓她滅亡。那段日子，悠然甚至想到了死，想到要用一把刀來結束自己的生命。她是在某個星期五做出了這個決定，並把實施時間定在星期日晚上。但最終，悠然還是沒能成功，因為星期五和星期六她都失眠，導致星期日晚上不小心睡著了。醒來後，發現那把準備用來自殺的刀不見了，悠然四處查看，最後發現廚房裡老爹正用它來切柳丁。看見她起床了，李明宇將盤子遞給她，道：「悠然，妳買的水果刀還眞利……妳看妳瘦多了，哎，不就是沒考上大學嗎？大不了老爸老媽養妳一輩子，這有什麼啊？來來來，吃柳丁，看，再不吃就要壞了。」睹見這戲劇化的場面，悠然忽然想笑。是啊，有什麼大不了的，不就是受了點傷嗎？何必要死要活？死了，可就吃不了柳丁了。悠然拿起那盤水果，直接進了房間，一邊吃一邊打開課本，複習了起來。悠然認定，十八歲的這個劫數，是她欠古承遠的；之後，她要重新活一遍，開開心心地活下去。她要盡情地吃東西，盡情地睡覺，盡情地看帥哥，盡情地活下去。

一陣喇叭聲打斷了悠然的回憶，在鏡子中，她重新看見了三年後的自己。喇叭是洗手間外的古承遠按的，他在催促著她。悠然不懂，為什麼他就是不肯放過自己……重考一年的悠然考上了大學，但那原本以為是遠去煙雨的古承遠又出現了。他就像什麼也沒發生過一樣，照舊來悠然的家，照舊給悠然帶她喜歡的禮物，照舊給她獨一無二的溫柔笑語。悠然有時是很固執的，小學時，她在學校外面的燒烤攤買了一串年糕，吃了之後拉了三天的肚子，從此以後，她再也沒有吃過燒烤，一次也沒有；同理，她說要忘記古承遠，就一定會忘記他。因此，儘管就讀的大學離家很近，悠然也很少回家，因為，這樣就可以避開古承遠，這樣她的生命中就可以不再有他的存在。是的，不再有他的存在。想到這裡，悠然做了個決定，一個很衝動、卻能讓她不繼續憂鬱的決定——她從加油站洗手間的窗戶爬了出去。窗戶後面是圍牆，悠然呼哧呼哧地喘著氣，繞著大彎，從古承遠車子的後方往回跑。悠然的計畫是，跑遠一點，躲在古承遠看不見的地方，等他走遠了，再自己搭車回學校。

計畫是美好的，小腿是粗短的，悠然沒有能耐做到悄無聲息，才跑沒幾公尺遠，就被發現了。古承遠立馬掉轉車頭，趕來追她。人腿哪裡能敵得過四個車輪，悠然很快就被追上，古承遠下了車，一把將她拉住，往車上拖。但束手就擒可不是她的習慣，悠然舉目四顧，睹見旁邊有輛警車，急中生智，立即大喊道：「救命啊，搶劫啊！」光天化日，朗朗乾坤，居然有這樣的惡行發生，車內的兩名員警馬上奔來維護正義。悠然內心一團火熱，警察叔叔果真是神的化身，不枉所有小朋友都會把辛辛苦苦撿到的每一塊錢，拾金不昧地交給他們啊。但是等到走近了，其中一名叔叔看見古承遠，緊繃的臉馬上變得鬆弛：「喲，是承遠啊。」悠然心中剛才還燃燒著的一團火熱瞬間降溫，糟糕，不妙，看樣子這人和古承遠認識。果然不出悠然所料，以下是兩人的對話——「欸，你怎麼調到這裡來了？」「是啊，上個月調的。對了，承遠，上次那件事還真多虧了你幫忙，你看，一直還沒來得及謝謝你呢。」「沒事，舉手之勞。」「你太謙虛了，你可是幫了我大忙了，下次出來我請你吃飯，別嫌棄啊。」「你請客，那我是一定要到的。」「你們在幹嘛呢？怎麼大白天的喊搶劫？」「哦，小丫頭鬧脾氣，不礙事。」「小姑娘，以後不要開這種玩笑了，如果遇上不認識的，真的把承遠給抓了，那可就玩大了……不說了，我們還要值班，下次電話聯絡。」說完，兩名員警飄然而去。悠然的一顆心，頓時從火熱的炭上跌落在冰冷的湖底。這兩位警察叔叔眞是忠奸不分，黑白不明，實在愧對那無數個一塊錢硬幣呀。

悠然眞想繼續大叫，但古承遠搶先一步，左手環著她的肩，右手環著她的腳，稍一用力，就將悠然抱了起來，二話不說塞進車裡，再以風一般的速度發動車子，繼續前進。車裡，古承遠微笑道：「看來妳眞的怕我吃了妳。」悠然忽然心頭一陣火氣，她痛恨他的那個笑，痛恨他的若無其事，痛恨他四散的仇恨。是的，悠然原諒了古承遠過去的那次報復，她把那件事對自己造成的痛苦當成是還他的債務。她替父母還了債，她不再欠古承遠了，他再沒有資格來打擾她的生活，來阻礙她的幸福。悠然的口氣是冷靜的：「你不會吃了我，因爲你厭惡我，不是嗎？」開車時，古承遠一向都是目視前方，很專注。他做每件事，都是很專注的，尤其是復仇這件事，悠然想。古承遠問：「妳還記得當時我說過的話，是嗎？」悠然沒有回答，她不太想提起那件事。古承遠重複道：「記的這麼清楚，說明妳還在乎我。是的，悠然，或許妳自己也沒意識到，妳還在乎我哦。」悠然毫不否認：「我當然在乎你。因爲你一直想著怎麼報復我們家，對於這樣一個危險人物，我自然是在乎的。」古承遠道：「妳知道我說的不是這個。」悠然問：「那你想說的是什麼？你想說，你對當年的那些事感到抱歉；你想說，你已經想通，要放棄復仇了？」古承遠看了她一眼，緩聲道：「妳的情緒很不穩定。」悠然也意識到自己的失態，她緩緩吸口氣，沉默了下來。隔了一會兒，她忽然將座椅往後按，手腳並用，爬到後座去了。古承遠的眉宇微微波動了一下：「妳幹什麼？」「爲了避免我情緒再度激動，我認爲自己還是坐在這裡的好。」悠然將手肘放在窗戶上，托著自己的下頷，看向窗外。古承遠也就依她去了。

路程並不是很遠，沒多久，悠然的學校便進入了眼簾。悠然在離學校大門還有一個路口的地方，說話了：「就在這裡停吧，免得同學看見了，問東問西的不太好。」古承遠將車停下，悠然彷彿不願和他多待一分鐘似的，泥鰍般滑了出去，接著打開後車廂，拿出行李，想快速離開。但古承遠搶先握住了行李箱的拉桿。悠然採用的是冰冷的禮貌：「謝謝，我自己進去學校就好，不麻煩你了。」但是古承遠沒有放手：「那個人，是妳的同學嗎？」悠然呆了一下，迅速反應過來古承遠問的是什麼，但她不想、也不願回答這個問題：「是或者不是，和你有什麼關係嗎？」古承遠向前走了一步，整個人更逼近悠然。悠然感受到他帶來的壓迫感，不由自主地往後退去，但她忘記了自己的背後就是古承遠的車。悠然的大腿碰觸到後車廂，身子不受控制地往後倒去。就在這時，古承遠伸手握住了她的腰，一隻手掌環住了她大半的腰，輕而易舉地將她掌控住。悠然的雙手則抵在古承遠胸前，制止著他再度靠近。

在如此近距離的接觸下，古承遠的眸子盛著溫柔的蔓草，每一根都在糾纏著：「告訴我。告訴我，那個男人的名字。」悠然低聲道，並不斷地掙扎著：「放開我！」這裡雖然是停車場，但人來人往的，儘管開敞著的後車蓋阻擋了視線，很難確保他們不會被看見。古承遠道：「說出那個男人的名字，我就放開妳。」此刻，他眼中的蔓草彷彿水波的鎖鏈，囚住了悠然，讓她呼吸緊窒。悠然沒有退路，只能前進：「你知道了又想怎樣？」古承遠沒有掩飾自己的意圖：「把妳奪回來。」悠然直視著古承遠：「說句老話，就算沒有他，也會是其他人，其他除了你之外的男人。如果你要報復我，那麼，請換另一種方式。」古承遠問：「妳在提防我？」悠然坦誠：「是的，我一直都怕你。因爲我一直記得你說過『還沒有結束』，你是這樣告訴我的。」古承遠再次逼近一步，讓悠然的大腿緊緊抵著後車廂，讓她再沒有任何退路：「所以，妳害怕這次我又會像上次一樣騙了妳的心，再將它撕裂給妳看？放心，一樣的招數我不會再用第二遍……這次，我是認眞的。」黑色的後車蓋像另一個世界的屛障，將他們給包圍，所有的黑暗和禁忌都在裡面滋生。

古承遠的氣息吹動著悠然皮膚上的絨毛，涼涼的，像是一隻手，撫過。悠然偏轉過頭，輕聲道：「哥，我長大了，我已經接觸過了外面的世界，已經分辨得出什麼才是眞的喜歡。」古承遠問，身上那股男人的氣息已然近在咫尺：「他究竟是誰？」「我要走了。」悠然說完，忽然矮身，從旁邊竄了出去。她像隻靈巧的貓，突地站在古承遠的背後，拖起行李箱，想快速離開。但古承遠握住她的手，兩人的手在行李箱拉桿上重合。悠然的聲音沉了下來：「怎麼，難道我不說，你就要這麼一直拉著，不讓我走？」古承遠面上沒有什麼動靜，只是和悠然交握的那隻手，拇指正順著悠然手背上那條藍色的血管撫弄著，隨著他的話撫弄著：「妳大可以試試。」悠然皺眉，盯著古承遠，想用眼神的力量將他逼退。不試不知道，一試嚇一跳，古承遠居然眞的將手放開了。悠然還沒來得及爲自己新發現的力量喝彩，便聽見古承遠叫出了一個熟悉的名字：「眞巧，又碰見你了，屈雲。」屈……雲。她的輔導員屈雲，她的親親男友屈雲，她那說曹操曹操到的屈雲？悠然全身像爬滿了螞蟻，而且螞蟻個個像是視力二點零的傢伙，全堵在她的毛孔裡，弄得她難受極了。

悠然不敢轉頭，只趁著古承遠放手的當下，趕緊將行李箱搶過來。原本是想拖著行李箱光速逃離，但天要她死——那原本結實得連原子彈都沒辦法炸開的行李箱，居然在這時候爆裂了。於是乎，裡面的保養品、還有衣物全都散落在地。最慘的是，白苓新買給她的幾條小內褲、還有兩件胸罩竟毫不知羞恥地在一大堆雜物之上炫耀著。古承遠走上前來，幫她把東西全部整理好。此刻的悠然，恨不得將自己的腦袋埋在內褲胸罩中憋死算了，免得等會兒又被屈雲給笑死。不過，跟被取笑比起來，現在的情況實在是太危險了，兩個危險的男人湊在一起，隨便兩句話都可能露餡。古承遠道：「箱子要重新買一個，拉鏈被撐壞了。看來，我還是得送妳到寢室門口，不然，妳就得自己抱著這箱東西走了。」悠然催促道：「那就快走吧，我回學校還有事呢。」自始至終，她都沒有看屈雲一眼。古承遠跟屈雲道聲再見：「那麼，老同學，咱們下次再聊了。」便載著悠然走人了。當車子駛出許久之後，悠然才敢偷偷回頭，她看見那抹頎長的身影依舊站在原地，正看著自己遠去的方向，沒有任何動靜，靜得……都不像屈雲了。怪哉，幾天沒聯絡，難道這廝就變身成瓊瑤劇裡的男主角了？悠然心下疑惑，但也得不出答案，只能費心盡力將古承遠打發走，之後，又忙著將行李箱裡的東西取出，一一擺放好。弄完之後，已經過了將近一個小時，因為她回來得早，室友都還在家放假，宿舍裡就只有她一個，悠然便拿起飯盒與飯卡，準備去餐廳吃飯。

但剛走出宿舍大門，便發現旁邊的小樹林中站著一個人——屈雲。此時的天氣已有些涼颼颼的，屈雲就這麼站著，頗有點蒼涼蕭索的意味，但那雙眸子還是一樣的深邃幽黑。有那麼一刻，悠然想起了著名的哀傷男。哀傷男是中文系的，平時喜歡吟些酸詩，發表些時不我與生不逢時的言論，最後，連他的女友也受不了，堅決堅定堅持與他分手。從此之後，哀傷男每天半夜十二點便會站在悠然她們宿舍樓下，高聲吟唱情詩。那段時間悠然都快精神衰弱了，好不容易才剛要入睡，就被那高亢的「回來吧，我的愛」給驚醒。不只是悠然，全宿舍的人都遭受了這樣的罪，直接導致大家對哀傷男的感情從同情轉為痛恨。最後，在一個月黑風高的晚上，當哀傷男再次吟唱「回來吧，我的愛」的時候，一把鋒利的、閃著銀光的水果刀從天而降，險險地擦過他的褲襠，插進了他面前的水泥地中。哀傷男面無表情，不動不搖沉默了一分鐘，之後，邁步離開。有那好事之人裹著被子下去一查看——水泥地上，赫然有灘亮晶晶的尿液。雖然方法是殘忍的，但從此以後哀傷男再也沒來半夜鬼唱。此刻的屈雲，就有百分之一哀傷男的氣質。悠然心中一驚，難道，幾天不見，屈雲中邪了？悠然只能在原地站住，拿著飯盒和屈雲遙遙對看。風，緩緩吹動著悠然頸上的圍巾，在上面的骷髏圖案包圍下，屈雲來到了她的面前。

悠然沒說話，因為她正在考慮，是先說「你大姨爹來了？」還是說「妖孽速速顯形。」悠然不說，屈雲說了：「妳放在我家的書，準備什麼時候拿走？」將書拿走的意思，就是……分手？悠然驚得連吃飯的傢伙都掉在地上：「為什麼……要拿走？」屈雲仔細地看著悠然，眼中有一瞬間的風雲變換：「妳不是……古承遠，知道我們的事嗎？」悠然著急了：「當然不知道。喂，你不會告訴他了吧。我特意囑咐過你別說的！」屈雲沒回答這個問題，只是接著問道：「那天，爲什麼妳要掛掉我的電話，並且還一直關機？」悠然趕緊解釋：「我的手機壞了。本來想打電話給你的，但是……哎，一言難盡。」至此，屈雲的眼中已是風平浪靜，又是那種他特有的平靜，像是什麼都不在意。悠然揪住這個問題：「爲什麼你要我把書拿回來？你是不是在這幾天認識了別的女人，所以想和我分手？我告訴你，你休想，你敢有這個心思，我就……就把你的房子給燒了！」屈雲淡淡看她一眼：「放心，自從見識了妳，我就不敢再碰其他女人了。」悠然不明：「這句話，是褒還是貶啊？」屈雲幫悠然撿起飯盒，提議道：「學校餐廳的飯不好吃，到我家去吃吧。」悠然自是答應，但一路上也沒閒著，一直在追問——悠然問：「爲什麼突然要我把書拿回來？」屈雲冷答：「因爲我看它們不爽。」悠然不害臊地說：「你笨啊，你看著它們的時候，只要想著這是你親親女友李悠然的東西，不就好了？」屈雲繼續冷答：「就是因爲這樣想，所以我才會不爽。」悠然說：「……算了，我換個話題，你看我最近是不是瘦了？」屈雲還是冷答：「嗯，腰瘦了。」悠然說：「眞的！」屈雲依舊冷答：「是，肉全長在大腿上了。」悠然：「……」

就這麼一邊說，兩人一邊走到了商場大門前，屈雲拉著悠然進去，來到了手機櫃位前。屈雲道：「選一款吧。」悠然疑惑：「幹嘛？」屈雲道：「妳不是說手機壞了嗎？那就選款新的吧。」悠然試探：「你的意思是，你要送我？」屈雲道：「選吧。」悠然便不客氣地選了最新款的手機，屈雲去付帳時，門市人員殷勤地將手機遞給了悠然。悠然把玩著，忽然覺得有些不妥：「我媽說，不能隨便接受別人的禮物，尤其是男人。」屈雲提醒：「我是妳男朋友。」悠然拿著手機，眼睛賊賊地瞇上：「男朋友也不行，除非……除非你同意我以身相許。」屈雲風輕雲淡地看她一眼，接著轉向門市人員說道：「小姐，請問可以退貨嗎？」悠然將手機抱緊：「好了好了，我不許就是了！」這個屈雲，實在沒有幽默感。買了手機，又重辦了張門號卡，悠然第一時間便輸入了屈雲的手機號碼。才剛弄好，屈雲將手機奪過，看了眼，道：「妳輸的是我的名字？」悠然問：「難不成你想讓我輸入『老公』？」屈雲不說話，親自動手，將自己在悠然手機上的名字給改了。悠然好奇地接過一看，屈雲的號碼前，赫然寫著「主人」。悠然不滿：「這是什麼爛稱謂？」屈雲悠悠解釋：「和我手機中，妳的名字是配套的。」悠然奪過屈雲的手機，翻開，發現自己的號碼前，寫的是「貓咪」。悠然抱著自己的臂膀，跳開，離屈雲三公尺遠：「你這已經不是常態。」屈雲微笑，笑得才叫一個禽獸。當然，是帥到極致的禽獸。

回到屈雲家，有鑑於兩人都不會做飯，也只能叫外賣。吃飽喝足後，悠然很乖地跑去將碗筷收拾乾淨，從廚房出來，發現屈雲正坐在沙發上，手中拿著遙控器轉換著頻道。他的指尖帶著柔柔的白，是一種男性的秀致，讓人不由得羨慕起遙控器上被他觸摸的那些按鍵。他穿著一件白色襯衫，外面套著灰色風衣，包裹著兩條長腿，整個人走的是低調英倫風。睹此情狀，悠然像顆子彈般射入屈雲懷中，雙腿蜷曲，閉上眼，嘴角微翹，像隻饜足的貓。屈雲將手伸在悠然的下巴與頸脖連接的地方撫摸著，動作輕柔，非常舒服，悠然自在地享受著。悠然問：「這些天，沒有我的消息，有沒有想我？」屈雲又是一貫模稜兩可的回答：「還好。」悠然問：「如果有一天，你一直都聯絡不到我，你會不會著急。」屈雲的回答照舊：「等那天到了，妳自然就知道了。」電視上正在播放一部集數超長的連續劇，裡面的每個人都在聲嘶力竭地吼著，要不就是互扇巴掌。悠然聽了一會兒，忽然道：「屈雲，我們似乎從來沒向對方交代自己的過往。」

屈雲爲她摸癢的頻率，有了些許變化：「這個，很重要嗎？」悠然問：「我也不知道，但是……屈雲，你以前喜歡過人嗎？」屈雲道：「我喜歡自己的親人。」悠然問：「除了親人之外呢？」屈雲不做聲。悠然也沒有強迫的意思：「如果你不想回答，就算了。」屈雲問：「爲什麼忽然問這個？」悠然道：「因爲我想告訴你……我曾經喜歡過一個人，很喜歡，很喜歡的那種。」屈雲問：「後來，發生了什麼事？」悠然道：「後來，我發現事情和我想像的不一樣，很不一樣。所以，我們分開了。」屈雲問：「但是，妳很傷心嗎？」悠然道：「是的，傷心到……甚至可以丟掉性命的程度。」屈雲道：「我以爲……妳是沒受過挫折的人。因爲，妳一直都在笑。」悠然道：「那是因爲後來遇到的都是些快樂的事情啊。我考上了大學，我整天吃了睡睡了吃，我遇到了你，這些都是快樂的事情，所以我會笑。」屈雲的指甲是整潔的，修理得圓潤光滑，在悠然頸脖嬌嫩的皮膚上滑動著：「妳眞是很容易滿足，就像我養的那隻貓。」悠然道：「說說你的那隻貓，說說吧。」

屈雲慢慢回憶著：「牠是我撿來的，在一個下雨天，牠就蹲在我家大門前，似乎是被主人丟了，又冷又餓，全身的毛都被雨水打濕，緊貼著，看上去非常瘦。當我經過時，牠輕輕叫了一聲，很膽怯，像是鼓起了全部的勇氣。我看向牠，牠縮著身子，那雙眼睛，淺藍色的，像是要哭出來。但牠還是看著我，低低地看著我。我將牠抱回家，牠好像知道自己髒，怎麼也不肯到地毯上去，只是蹲在牆角瑟瑟發抖。我用毛巾替牠擦拭了泥土，餵牠喝了牛奶，當一切弄好之後，牠才小心翼翼地來到沙發上，慢慢地蹲在我胸前，尾巴繞了個圈，包圍著身子，就這麼睡著了。之後，牠就在我家住下，很乖、很聽話，有時候我忘記餵牠，牠也不吵鬧，只是靜靜地等著，等著我想起來。牠最喜歡做的事情，就是躺在我懷裡……和妳現在的姿勢一樣。我原本以爲，牠會一直陪著我……」悠然回憶：「可惜後來，牠吃了太多撐死了。上次你告訴我的。」屈雲的聲音模糊了一下：「是啊，就當牠是這樣去的吧。」悠然覺得這句話之中有某種她不明白的意味，但一時又說不出所以然來。屈雲岔開話題：「妳喜歡的那個人，後來又遇見了嗎？」悠然撒了謊：「……沒有。」這是一種下意識的行爲。屈雲問：「那麼，妳原諒了他嗎？」悠然道：「我不知道，可能，還是恨吧。」屈雲道：「我想妳是原諒了他，因爲妳看不出來像受過傷的，妳的眼睛裡，沒什麼恨意。」悠然道：「也有可能。或許是我比較容易想開吧，過去的事，不想了。」「……可是很多人，是想不開的。」屈雲的聲音，又出現了一瞬的模糊。

悠然忽然湊近屈雲的臉頰，用鼻尖摩挲著他的，眼睛含笑：「欸，這次你怎麼沒吃醋，讓我很不習慣呢。」屈雲問：「妳喜歡看我吃醋？」悠然繼續摩挲著屈雲的鼻尖，涼涼的、堅挺的鼻尖：「雖然那樣的你很麻煩，但至少表明你是在乎我的。」屈雲伸手，托住悠然的頭，讓她輕輕靠到自己胸前。悠然問：「幹什麼？想讓我聽你的心跳正不正常嗎？」屈雲若有所思地說：「有段時間我課業很忙，冷落了那隻貓，可是牠從來沒表現出生氣或者傷心的樣子，而是在我休息時悄悄地跳上來，將頭枕著我的胸口，很滿足的樣子……我想，或許我的胸膛有讓人安心的療效吧。」「那爲什麼……要將我放在你的胸膛？」悠然問，她的臉觸碰著屈雲的全棉襯衫，很舒服，沒有一點粗礪刺激。屈雲的手繼續撫摸著悠然的頭髮，手心裡全是柔順的觸感：「過去的事情我無法幫助妳……但至少，現在的我可以給妳一個胸膛。」悠然聽著他的聲音，眼角觸著全棉的布料，竟有了一陣濕潤。控制不住的、突如其來的酸澀黃舊濕潤，在悠然的眼底泛起。屈雲的手指彷彿有某種魔力，順著悠然的髮絲一點點、無聲地流溢，無聲地安慰著她。她沒有對他說明自己遭遇了什麼，他也沒有追究她究竟發生了什麼，但是委屈，得到了安慰。就這樣，在屈雲的撫摸下，在屈雲的心跳聲陪伴下，悠然漸漸地沉睡了。在入睡前那一刻，悠然覺得屈雲這個大冰塊，似乎，也沒有想像中那麼冷。

這就是屈雲教給她的第十課——冰塊，有時也是會融化一下的。

Lesson Eleven

獎勵，偶爾也是會給的

悠然第一次在屈雲的胸膛上睡著了，那滋味，怎一個爽字可以形容。從此，悠然食髓知味，欲罷不能，如附骨之蛆般整日黏著屈雲……的胸膛。悠然從此開始理解那些巨乳控的男人。當然，每次來到屈雲家，悠然都是帶著英語六級檢定考的複習資料，並有著冠冕堂皇的理由——宿舍太鬧，複習不下去。因此每天晚上，屈雲躺在沙發上查看資料，而悠然則盤腿坐在地毯上複習，有時複習累了，便搬開屈雲的雙臂，躺在他身上閉目休息。但休息的時候，嘴也沒閒著，總是問東問西。

悠然問道：「有件事我一直覺得很奇怪。」屈雲答：「什麼？」悠然好奇地問：「你說自己和……我哥是大學同學，難道，你也是軍校畢業的？那怎麼會來當輔導員？」屈雲答：「我說過自己從軍校畢業了嗎？」悠然反問：「你沒畢業？爲什麼？難道是犯了什麼紀律？」屈雲答：「妳猜呢？」屈雲大多數的時候都是這樣，對問題從不做正面回答，除非是用來奚落悠然的話，那些話說起來，叫個不遺餘力。再問下去，屈雲便會岔開話題。屈雲調侃地問：「妳最近是不是變重了？」

悠然笑答：「嘿嘿，你看出來了？最近衣服把肉給遮了，所以吃得放肆了點。」屈雲故意說：「如果再繼續胖下去，就別趴在我身上了。」悠然假裝生氣：「屈雲，我懷疑你不是男人。」屈雲冷冷地說：「眞巧，我也懷疑妳不是女人。」悠然立刻教導道：「這時候的你應該說『沒關係，胖一點，圓圓的，很可愛』才對，怎麼能給出這麼傷人的回答呢？」屈雲實話實說：「我是傷了妳的心沒錯，但妳再胖下去，傷的就是我的心肝脾肺腎。」悠然咕噥道：「有必要說得這麼誇張嗎？不就是壓一下？」話音剛落，屈雲動作敏捷地抱住悠然，在沙發上一滾，兩人轉了個圈。屈雲看起來不胖，但是那骨骼，那肌肉，確實壓得悠然喘不過氣來。屈雲問：「妳覺得，這樣被壓一下，好受嗎？」悠然只能求饒，屈雲這才將她放開。

這麼一來，話題又轉到了其他的地方。悠然阿花地開口了：「雲啊，你……」屈雲有了反應：「這樣的稱呼，讓我有種想把妳從窗戶丟下去的渴望。」悠然再度即興演出：「那換一個。雲雲啊，你……好，我不叫了，不要丟我！」從窗口處逃回來，悠然四肢並用，繼續趴在屈雲的胸膛上，「屈雲，你喜歡過人嗎？」屈雲答：「我記得妳曾經問過這個問題。」悠然反問：「但是你沒有回答啊。」屈雲繼續擋：「那妳怎麼就認定我現在會回答呢？」悠然：「……」悠然用下巴抵著屈雲的胸口，手指沿著他光滑的額頭向下，逗弄著他的鼻尖：「我只是想知道，你愛得狂熱的時候會是什麼模樣。」屈雲鎮定：「爲什麼會有這種想法？」悠然解釋著：「因爲你從來都是一副對所有事情、對所有人都不在乎的樣子……我眞的很想知道，你激動起來會是什麼樣子。」屈雲冷答：

「我懂了，就像我很想看看妳安靜的樣子。」悠然急了：「別打岔，快回答，你究竟主動追過女人沒有？」屈雲打哈哈：「可能有，也可能沒有。」悠然追問：「你太不厚道了，我又不會吃醋，快說吧。」屈雲反問：「過去，很重要嗎？」悠然不放棄：「我總要慢慢認識你啊，快說快說！」

屈雲慢慢地說：「算是……追過吧？」悠然急急逼問：「什麼時候的事情？她的身材好不好？是A還是D？是狂野型的還是淑女型的？性格開朗還是冷豔？」屈雲冷道：「我記得，妳剛剛才說過自己不會吃醋的。」悠然故作平靜：「我沒吃醋。」屈雲反問：「那妳掐在我脖子上的手，是怎麼回事？」悠然又好奇地問道：「……好，等會兒再掐。先告訴我，她漂亮嗎？罷了，算我白問，你的口味一向很刁，女友不是大美女肯定不要，看我就知道。」屈雲快把持不住：「悠然……別逼我說出傷害妳的話。」悠然說：「那你就閉嘴。」屈雲答：「……好。」悠然不死心：「那後來呢？」屈雲：「……」悠然還是不放棄：「我說，後來？」屈雲：「……」悠然急了起來：「我在問你，後來你們怎麼了？怎麼不說話？」屈雲展現奸巧：「妳不是要我閉嘴嗎？」悠然不理：「……快說，後來你們怎麼了？」屈雲以這句話做爲結束：「也不是每件事都有後來的。」雖然問題是自己問的，雖然說了不會吃醋，雖然知道像屈雲這樣的男人生命中不可能只有她一個女人，但聽見確實有個女人的存在，悠然心裡還是很不舒服的，可是又不想被屈雲看出自己的小氣，所以悠然隔天決定不去他家。

吃完晚飯，悠然拿著書準備去教室自習，教學大樓和寢室之間隔著籃球場，爲了節省時間，悠然便抄近路從籃球場穿過。正走在途中，悠然忽然感覺到某件暗器正以光速向自己的腦袋襲來，她趕緊閃身。「咚」的一聲悶響，一顆籃球打在她剛才站立的地方，那動靜簡直活像要將石塊都擊成碎片，若不是剛才悠然快了一步，肯定會被砸成腦震盪。這絕對是一次有組織有預謀的恐怖攻擊，悠然就納悶了，自己一向是個和平主義愛好者，唯一的仇家屈雲也已經化敵爲男友，這間學校裡還有誰與自己有如此深仇大恨呢？無敵奪命球在彈力之下，又重新沿著來時的軌道，回到主人的腳邊。悠然的目光追隨著這件凶器轉頭，在夕陽的映襯下，她看見了一對濃黑的、不安於束縛的眉毛。悠然點點頭，對了，忘記小新了。

雖然已是深秋，但龍翔仍只穿著寬大的籃球背心，雙腳叉開，雙手抱在胸前，那張小麥色的小嫩臉囂張得不行，陰沉得不行。「眞是不好意思，下次，我會瞄得更準一些。」話從龍翔潔白的牙齒中迸出，一個個字，像鋼珠一樣硬。場上的人不再練球，而是偷偷地看向這對冤家。自從那次戲劇大賽上，龍翔當眾向李悠然表白後，這對冤家就沒什麼動靜，沒想到今天又開戰了。拿瓜子搬板凳的眾人頓覺世界美好。悠然歎息：「小新，你何必因愛生恨呢？」眾人了然，啊，原來是因愛生恨。見自己的敵意又被悠然故意曲解，龍翔爆發了，眼睛一沉，撿起球，使出了更大的力氣朝悠然砸去。關鍵時刻，悠然的運動細胞還是不錯的，一彎腰往後仰，以經典的《駭客任務》姿勢避開了這致命的一擊。悠然再次歎息：「小新，我明白你的心情，得不到，就要把我給毀了。」眾人再度了然，啊，原來得不到，就要毀滅啊。當情緒爆發到沸點時，龍翔反而鎮定下來，嘴角蕩漾著被逼出來的詭異：「是，今天，我死都要毀滅妳。」說完，龍翔後退刨地，一個助跑動作，像把閃電波特騎在身上的劉翔那般，朝著悠然衝來。決絕的殺氣形成了強烈的小宇宙，方圓三公尺之內沒有任何活物。悠然暗道不好，趕緊拔腿就跑。於是，兩人開始在學校裡演起了《玩命關頭》。

校園的大道上泛起了滾滾煙霧，主角是一臉殺氣的龍翔和慌不擇路的悠然。畢竟是女子八百公尺賽跑冠軍的得主，悠然的腳下功夫不弱，龍翔一時還追不上她。兩人以籃球場爲起點，途經第一教學樓，教學綜合樓，足球場，教職員工宿舍，學生活動中心，最後來到了網球場。這一幕已然被校內的許多同學看見，並當成了晚飯後的餘興節目。有鑑於悠然一邊被追，一邊大喊著「我們是不可能的，放過我吧，我只是個純潔的小女孩」，眾人因此一致認定龍翔在沉寂了許久之後，終於按捺不住愛火，活像催了油門的藍寶堅尼跑車死命地朝悠然輾去。當晚校內網路論壇上，「龍翔狂追李悠然」的帖子空前火爆，裡面甚至有好事者偷拍下兩人的照片；照片中，龍翔眼底的殺氣盛然被解釋成愛意橫溢，悠然面上的倉皇狼狽被解釋成害羞赧顏。當然，一切都是後話。

當下，悠然被追到了網球場附近，心裡越發焦急，不禁想，這裡行人稀少，如果小新將自己分屍後塞在花壇裡做肥料，連目擊證人也找不著一個。但背後的凜冽殺氣越來越近，悠然的一顆心汗津津的。而此刻，龍翔距離悠然只有兩公尺遠，於是，他眉毛一豎，如欲展翅的大鵬，爲自己的復仇大業而前進。他的手舉起，那顆攜帶著濃烈地獄之火的籃球，就這麼朝悠然的腿砸去。這一下，悠然閃避不及，就這麼跌倒在地，雙腳劇烈疼痛，一時無法站起，只能捂住膝蓋，眼睜睜地看著龍翔靠近。悠然盡量放緩自己的語氣：「小新，不知道你有沒有聽過一句話？」龍翔不做聲，像沒聽見似的蹲下身子，撿起了那顆球。悠然繼續勸說：「這句話就是——衝動是魔鬼。眞的，現在的你正是被魔鬼附了身，所做的一切都是不對的。小新，冷靜下來跟著我一起深呼吸。來，師姐教你，一二三，吸氣，四五六，吐氣。」龍翔將球高高舉起。

悠然苦口婆心兼汗如雨下：「小新，殺人是犯法的，再加上你已經滿十八歲，一命要抵一命，多不划算啊。我一死，你今後就要在監牢中待一輩子，你這張小臉鐵定能引起牢中大哥們的興趣，到時候，可就是萬『受』無疆，多少瓶潤滑油也救不了你。小新，你要三思啊！」從悠然的角度看過去，龍翔的身材高大健壯，每一根肌肉的線條都潛伏著危險。龍翔一字一句地說道：「李悠然，妳就下地獄去吧！」說完，龍翔手上那顆球又席捲著刺人皮膚的風，朝悠然的腦袋砸去。悠然的腳因爲劇痛根本使不得力，此時只能閉著眼，等待著挨扁。球，呼嘯著朝悠然的臉砸來，悠然心中一片絕望——毀容，是一定的了。就在悠然的心絕望成灰之時，「咚」的一聲悶響，球砸上了，但，沒什麼痛覺。悠然悄悄睜眼，只見眼前擋著一隻手，有隻手正穩穩當當地接過那顆奪命籃球。那隻手，是悠然再熟悉不過的玉手，那曾經讓她爲之驚豔的玉手。是屈雲！悠然瞬間覺得，自己便是童話故事裡被王子解救的公主。屈雲將球扔在地上，一下下地拍打著，那雙手在傍晚微弱的光線下泛著瑩瑩的光，彷彿有種魔力，能將任何東西都控制在手中。悠然看見，那顆剛才還一副凶神惡煞的球，此刻卻像隻小綿羊，任由屈雲拍打。

「同學之間，不是應該和睦相處嗎？」雖然這話是對龍翔說的，但屈雲並沒有看他，而是上前將手遞給了悠然。悠然感動得淚花直冒，她的眼光果然不是蓋的，這男人除了帥，並非一無是處啊。龍翔沉著臉，不過也是應該的，好不容易才得以完成的報仇，居然被突殺出來的程咬金給破壞了：「你應該先問問她對我做過什麼吧？」屈雲問：「李悠然同學，可以回答他的問題嗎？」悠然避重就輕：「我，只是對他開了個小小的玩笑。」龍翔的眉毛濃黑得像把利劍，隨時準備將悠然劈成兩半：「是啊，一個小小的、卻擁有足夠理由讓我殺掉妳的玩笑。」屈雲道：「即使如此，也不該對一個女同學動手吧。」龍翔皺眉看著屈雲，道：「第一，我不覺得她像個女人。第二，做了這麼可惡的事情，別說是女人，就算是變性人，我也照扁不誤。第三，也就是最重要的一點……你他媽的是誰啊，憑什麼要聽你的？」悠然有了靠山，不再怕龍翔：「小新，他是我家的輔導員。你要敢再囂張，就讓你上一整個學期的政治思想課！」

龍翔氣極，一步上前，說著就要揪住悠然的衣領：「妳這個醜女人！妳還眞以爲我不敢打妳嗎？」但他的手肘處忽地被一顆籃球給砸上，力量很大，砸得龍翔手臂痠麻，連要舉起也困難。砸他的人，自然是悠然家的屈雲輔導員。龍翔握住手臂，質問道：「你們是什麼關係，你幹嘛這麼向著她！」悠然做賊心虛：「我們是很純潔的師生關係。」龍翔狐疑。而屈雲則扶起悠然，離開。在經過龍翔的身邊時，屈雲水波無痕般低聲說了句話：「提醒你一句，印著蠟筆小新的內褲，已經過時了。」「你爲什麼，爲什麼知道……」龍翔沒再往下說，因爲屈雲看了他一眼，冷冷地威脅道：

「如果你下次再打她，那麼，公布那張照片只是開胃菜，相信我，你不會想吃到主菜的。」屈雲微笑著說出了這樣的話。悠然永遠記得，小新看屈雲的表情，就像看見一條在獰笑的眼鏡蛇。同時，在恐懼之中，小新的眼裡還有了然，對這兩個人關係的了然。

在一陣英雄救美之後，悠然頓時將屈雲以前交往過的不知名女人給忘到了九霄雲外，乖乖跟著屈雲回了家。屈雲在廚房料理著微波食品，而悠然則站在一旁，雙手捂臉，眼中桃花氾濫。悠然突然開口：「你以後可不可以不要再救我？」屈雲發問：「妳是嫌我多管閒事？」悠然輕咬下唇：「那倒不是，只是……如果你再這麼帥下去，我會忍不住將你敲昏，然後吃乾抹淨，並且是周而復始的。」屈雲問：「妳的意思是，就算妳被人打成熊貓我也不該出手，是嗎？」悠然點頭：「是的。」「叮」一聲響後，屈雲將食物從微波爐中取出：「好，我記住了。明天，我會提醒龍翔完成妳的心願。」悠然連忙擺手：「那個……倒不用了。對了，你怎麼會剛好在網球場出現，那裡又不是你回家要經過的路。」屈雲將食物倒在兩個盤子裡，閒閒道：「因爲全校都傳遍了，說妳正在被龍翔追殺。」話音剛落，悠然從後面抱住屈雲的腰：「雲，原來你是特意趕去救我的……光想到這一點，我更有想扒光你衣服的衝動啊。」

當她將這話說出口時，一隻小魔爪已經伸入了屈雲的衣襟，開始上下其手。悠然的運氣比較好，一摸就摸到了那櫻桃似的亮點，這可是屈雲的櫻桃，過了這村就沒這店了，悠然抓緊時間努力地摸掐揉捏。由於太過投入，她完全沒有發現自己在不知不覺中已經被屈雲抱起，在不知不覺中已經移動到陽臺上。當回過神來，悠然看著樓下那如螞蟻的人群，趕緊將正在吃豆腐的雙手從屈雲的衣服裡抽出，轉而抱住他的脖子，連連求饒。屈雲睨她一眼，準備將她放下：「知道錯了？」悠然點頭：「知道。」屈雲問：「錯在哪裡？」「錯在沒有遵守禮尚往來的規則。」說著，悠然解開一顆自己的扣子，貌似悲壯地說道：「來吧，盡情地做我剛才對你做的那件事，我是不會反抗的！」

屈雲：「……」

英雄救美事件成功地讓悠然更愛屈雲了，因此，她更加努力地複習英語六級考試的單字，打定主意要考過。因爲屈雲答應過她，只要通過了，就答應自己一個條件。這一年的六級考試定在十二月二十三日，在這僅剩的兩個月時間裡，悠然努力地複習著，比當年考大學還認眞十倍。上課的時候，她時而目不轉睛地抬頭看黑板，時而認眞地低頭做筆記，將學院那名即將退休的老師感動得涕淚縱橫，但得知她是塞著耳機練習英語聽力之後，老教授氣得心臟病發，提前退休。下課後，她又馬不停蹄地趕往屈雲家，在擁擠的公車上一邊拉著扶手，一邊記誦著寫在手背上的英文單字，那副虔誠向學的模樣，直讓旁邊的老太太都趕緊起來讓座。到了屈雲家，悠然又趴在地毯上，調好鬧鐘做閱讀測驗，每當鬧鐘響起而她卻沒完成時，可憐的鬧鐘就會被拿到廚房讓菜刀砍得支離破碎。那段時間，屈雲家的菜刀被磨礪得連切塊豆腐都要費好大的勁。簡潔地說，悠然已經念書念到走火入魔，每天複習英語的時間基本上超過十二個小時。爲了不讓自己睡著，悠然想出了各種方法——將咖啡當水喝，將辮子繫在凳子上，用繡花針刺自己的大腿，甚至有次還將辣椒水灌入自己的鼻孔。

連屈雲都不得不承認，如果在抗戰時期，悠然絕對是意志堅定、毫不動搖的革命烈士。在這樣慘無人道對自己施行折磨鞭策之下，悠然終於成功了。雖然考試成績要到隔年三月份才會公布，但她認認真真核對了答案，發現這次自己必通過無疑。悠然興奮得連自己叫什麼都忘了，她唯一記得的，就是自家男友叫屈雲，還有，他答應過自己的那句話。

悠然興奮地提醒著：「你說過，只要我通過六級，就會答應我一件事。」屈雲問：「妳該不會就是因爲這個，才拚了命似地想通過六級吧。」悠然也想很有骨氣地告訴他說「不是」，但可惜，如果能這麼做，就不是悠然了。屈雲問：「那好，妳究竟要我做什麼？還是說，妳想要什麼東西？」悠然將屁股抬起，慢慢地靠近屈雲，想盡量讓他放鬆戒備：「很簡單的。」屈雲看清了悠然的表情，知道這件事絕對不簡單：「我想，前提應該是我力所能及的事情。」說話之間，悠然立即移動到屈雲的身邊坐下，將手伸入他的臂彎：「放心，你只要動動嘴皮子就好。我要你親口對我說一句話。」屈雲問：「什麼話？」悠然將臉埋在他的肩膀上，說出了自己的要求：「我要你親口說……你愛我，還有，你永遠都不會離開我。」屈雲問：「這有意思嗎？這種話，不是應該由男方自己說嗎？」悠然扯住屈雲的袖子：「要你主動對我說這種話，那豈不是要等到世界末日那天？快說吧，就這麼一句話，又不會要你的命。」屈雲以退爲進：「即使要說，也得等到明年三月，確定妳真的通過了六級考試才行。」悠然繼續揪著屈雲的袖子，不肯放手：「你剛才親自幫我算的分數，怎麼說也都是五百分以上，絕對會過啦。屈雲，你不能耍賴！」屈雲道：「天有不測風雲。」

悠然死皮賴臉：「你就說嘛，當逗我開心好了。」屈雲揶揄地道：「我看妳整天都挺開心的，用不著逗了。」悠然換個方式：「那你就當我病入膏肓，滿足我最後的心願吧。」屈雲笑道：「我絕對相信妳的生命力。」屈雲軟硬不吃讓悠然動了氣，她忽地站起身子，氣憤之下沒留神，將屈雲襯衫上的鈕扣扯了下來：「只是說兩句話而已，有必要這麼爲難嗎？」屈雲站起來要拉悠然：「別鬧了，我們去吃飯吧，當做爲妳慶祝。」悠然甩掉他的手，賭氣離開：「不吃了！」

這一天，悠然鄭重地宣布：「我要和屈雲分手。」許久沒出場的小密問：「爲什麼？」悠然劈里啪啦像炒菜一樣將事情添油加醋灑味精地說了出來，並痛訴屈雲的無情殘酷與性情冷淡。悠然口氣堅硬：「因爲以上的種種，我要和他分手！你不用勸我，這次我是非分不可的！」小密按著手機自顧自地發簡訊：「我沒有打算勸妳。」悠然道：「那我眞的分囉。」小密的眼睛抬都不抬：「請便。」悠然洩了氣：「但是，我捨不得。」小密歎口氣，那口氣的名字叫「我就知道」。悠然咬著牙齒：「你說，他怎麼就不能哄哄我呢？」小密揭開謎底：「原因在於，妳是倒追的。」悠然正式成爲怒婦，開始扯自己的頭髮，一根兩根三根四根：「我就知道，男人對我們這種主動貼上去的，都不在乎。」小密問：「我只問妳一句，妳和屈雲在一起，快樂嗎？」悠然道：「當然，不然我幹嘛死乞白賴地跟著他，又不是自虐狂。」小密聳聳肩：「既然快樂，也就得了。這世上哪裡有完美的事情，一點點小痛苦而已，忍忍就過了。」悠然長歎口氣：「你說的倒容易，這事非得落在自己頭上才知道那種滋味……難受著呢。」說完，一口氣歎得幽長無比。小密反問：「那妳打算怎麼辦？」悠然垮下身子，每塊肌肉都顯示著告敗：「還能怎麼辦，就當我是上輩子欠他的，這輩子來還了，就……快樂並痛苦著吧。」悠然狐疑地看向小密：「但有一點我不明白。你不是一向唯恐天下不亂，爲什麼這次會這麼知性地勸說我呢？」小密對這種評價很是憤怒：「我是這種沒心沒肺的小人嗎？」悠然攤手：「當然你是，我也是，這就是我們成爲朋友的原因！」

小密道出實情：「算了，告訴妳也無妨。我最近正在戀愛中，非常開心，心胸也寬敞不少，希望身邊的人也開心。」悠然抿嘴，搖手指：「談戀愛？小密同志，我這就要批評你了，你看你這思想覺悟也太低了，怎麼能背著國家人民偷偷摸摸搞地下情呢？」小密從來不是省油的燈，從來不是：「不知道，是誰和誰的地下情被我在華山上撞破來著。」悠然急切地問：「那我們就算是扯平了。現在我最感興趣的是，那男的究竟是誰？」小密答：「大熊。」悠然想確認：「是我們同年級的那個大熊？」小密答：「是。」悠然再次確認：「是我們同年級那個非常強壯的大熊？」小密答：「是。」悠然再再一次確認：「是我們同年級那個非常強壯、並且絕對是直男的大熊？」小密一臉幸福地答：「在遇見我之前，他的確是直男。」悠然驚訝萬分，那次運動會之後，小密雖然嘴上不說，但只要是人都看得出來，他對大熊的興趣可說與日俱增。但那大熊是完完全全的異性戀男，聽說平生最討厭的物種就是腐女和同志。這麼一個人，居然能被小密搞定，悠然不得不承認自家閨密確實功力深厚。悠然說出自己的看法：「但是你們，看上去很不搭啊。」悠然認爲，如果以狗來比，那大熊就是西藏獒犬，小密就是吉娃娃。如果以海洋動物來比，那大熊就是藍鯨，小密就是海豚。如果以貓科動物來比，那大熊就是豹子，小密就是波斯貓。這樣的兩個人，在一起合適嗎？小密最後以一回深奧開示，結束了這場對話：「只有一句話。戀愛這回事，苦樂自知，誰也不是傻子，要什麼自己清楚得很。」而悠然，則沉思沉思再沉思。

當屈雲回家時，發現悠然正坐在自家的沙發上，眉頭皺得能夾死大象，而手中正拿著他的襯衫，和那顆從他襯衫袖口扯下的鈕扣在縫補。悠然打著複習英語的幌子，早在幾個月前便成功拿到了屈雲家的鑰匙，自那之後，她就將這裡當自己家，出入自如。此刻，她低著頭，很認眞地縫著，彷彿除了縫他的鈕扣，所有的事情都不再重要。她的臉是圓潤的，皮膚很嫩，像能掐出水來。她喜歡笑，笑起來眼睛是彎的，瞇成的那條縫裡頭全是璀璨的黑色的星。她的嘴小小的，氣色很好，紅潤飽滿。屈雲以這句話做爲開場白：「妳來啦。」悠然語氣不差：「你很失望？」屈雲沒有回答這個問題，悠然承認，這是很聰明的作法，因爲此刻無論他說什麼，都會被自己故意挑骨頭。於是，悠然的口氣軟了下來：「上次，我走的時候，把你的扣子給扯了下來，所以今天來幫你縫上。」

「哦。」屈雲表示知道了。

幸好只是縫一顆小小的扣子，因此悠然的手雖不怎麼巧，但還是順利地縫補著。左手拿著襯衫和鈕扣，右手拿著針線，長長的不羈的白線，被針給帶領著，彎彎曲曲，密密匝匝，將自己繞進了死胡同中，再也沒有退路，唯一解脫的可能，就是被攔腰剪斷。看似悲涼，但誰又知道它心中所想，或許，陪伴鈕扣，就是它至上的快樂呢！苦樂自知。鈕扣很快便縫好了，悠然將線打個結，拿起剪刀一剪，鈕扣和線永遠糾纏在一起。悠然將襯衫遞給屈雲：「喏，還不錯吧。」屈雲接過襯衫，點點頭，接著問道：「嗯。還在生氣嗎？」悠然道：「生氣也沒用啊，你也不會心疼。」屈雲還是採取同樣的策略——不說不錯。悠然擺出大人有大量的模樣：「本來是想一氣之下提出和你分手的，但仔細想想，你肯定會二話不說馬上答應，藉此機會甩掉我，那我多虧。所以啊，我就原諒你好了。」屈雲微笑：「那麼，還眞是謝了。」笑得像隻讓人摸不著底的禽獸，當然，是很帥很帥的那種。

接著，兩人來到了濱江路，找了間館子吃家常菜，再來到觀景壩上看江水。說實話，十二月的天氣，實在不適合出來逛，那風，像個頑皮的孩子，總是將一雙冰手往人衣領裡伸，凍得人直縮脖子。暮色沉沉，視野中只隱約看見江面上的層層浪印不斷波動著，柔和而冰冷。路邊的小攤販叫賣著小玩意兒，悠然看中了一款手套，共有三隻，中間那隻是男女朋友一起戴的。這豈不是將偷偷摸摸吃豆腐給正大光明化了？悠然二話不說，直接衝上前去買了一套，接著強迫屈雲戴上。屈雲尚在掙扎：「我不戴。」悠然威脅：「你再囉嗦一句，我就把你推下江去泡個冷水澡。」那表情與語氣，讓人非常確信她會這麼做。於是，屈雲還是戴上了。在中間的那只大手套中，悠然緊緊握住了屈雲的手。雖然平時是個大冰塊，但悠然發現屈雲的手是溫暖的，像個小手爐。悠然心裡平衡了，這種長得帥又可以刷卡、同時冬天又可以當免費小手爐使用的男人，現在可是越來越少了，她說什麼也不能輕易放過啊。

戴了手套，就可以大膽地握上欄杆，這麼一來，悠然自然沒有手再去顧及自己的髮型。她任由那三千髮絲肆意飛舞，有幾縷甚至飄到了屈雲的臉頰旁。屈雲道：「頭髮眞長。」悠然問：「你喜歡長頭髮？」屈雲道：「相較於只有一寸的頭髮，長髮算是比較有女人味。」悠然將手套裡屈雲的手握得更緊：「那，我今後就爲你留長髮，遇到火災，一定會先保護秀髮而不是臉。」屈雲的臉隱藏在濃黑的天色下，清雅依舊：「我……對妳而言眞的那麼重要？」悠然用自己被風吹亂的頭髮去蹭屈雲的衣服：「你現在才知道呀！」屈雲輕聲問了一句：「爲什麼是我？」悠然問：「什麼意思？」屈雲的聲音很輕，輕得差點就被風捲走：「我是說，爲什麼妳遇到的是我。」悠然頓了頓，反問：「誰知道呢？那我也有問題要問，爲什麼你遇到的是我？」屈雲沒有回答，他的側面像是雕塑，是浮雕，在黑色絲絨空氣中的高貴浮雕，令人賞心悅目。悠然吸吸鼻子，將身子挨得離屈雲更近些：「看來我們兩個吹冷風，吹得腦子都快壞掉了。」他像個發光體，吸引著她這隻飛蛾前進。江水似乎也被凍著了，水浪嘩嘩拍打岸邊的聲音也是凝滯的，帶著點硬度，像是筋骨不聽使喚。

悠然問：「屈雲，你對每個人都是這個樣子嗎？總像個旁觀者站在一邊，總是那麼鎭定，好像什麼事情都與你無關。」屈雲陳述：「妳很討厭我這個樣子？」悠然道：「有時候不只是討厭，是恨，恨你爲什麼能在我這麼投入的情況下還表現出如此事不關己的樣子，眞的恨啊。」「那麼，爲什麼……」屈雲說到這，就止住了。悠然將口鼻湊在屈雲的胸前，這是她喜歡的動作，因爲這麼做能清晰地聞到他身上的味道：「為什麼還要和你在一起，是嗎？因為我傻唄。」「將來如果出現一個很主動的男人，或許……」屈雲沒有把話說完，因為他知道悠然明白自己在說些什麼。悠然道：「我倒覺得，將來是你離開我。」屈雲淡淡道：「世事難料。」悠然鬥氣似地瞪了他一眼：「你連一句誓言都不敢說呢。」屈雲微笑，將目光移開，不想將話題轉回他們的敏感處。悠然忽然將手從他們共同戴的那只手套抽出，白白的手就這麼暴露在冷空氣之中，環成喇叭狀放在嘴邊，她對著江水，用盡全部力氣大喊道：「屈雲，我愛你，我永遠都不會離開你！」聲音是響亮的，沒有任何猶豫，沒有任何戲劇成分，有的，只是認真，只是執著，只是堅持。

她戴著圍巾，毛茸茸的，包裹著她的臉，像一隻寒風中的小貓，鼻子凍得紅紅的，看上去惹人憐愛。但她的眼神卻映著清冷的江水，閃著堅定的光：「你不敢說，我卻敢。」說完，悠然繼續面對江水大喊著那句誓言，一遍遍：「屈雲，我愛你，我永遠都不會離開你！」聲音在觀景壩上迴響著，惹得眾人側目，但悠然像完全察覺不到似的，執拗地對著江水大聲訴說自己的心事。屈雲的眼睛就像今夜的江水，深幽冷柔，輕薄散淡的波浪在無聲地拍岸。就這樣，悠然一直喊著，直到喉嚨變得沙啞，才停下來。她喘了幾口氣，轉過頭來問了屈雲一句話：「你，聽懂了嗎？」屈雲點頭，他的唇邊漾了朵微淡的花：「不僅僅是我聽懂了，剛剛我們學院的陳潔老師從旁邊經過，大概也聽懂了。」這句話像道巨雷將悠然的膽子劈得支離破碎，頓時三魂去了七魄。被學院裡的老師發現了！悠然趕緊查看屈雲所指的方向，決定衝上前去追殺那名老師。一看之下，發現自己被騙了，悠然準備興師問罪，正轉過頭，卻撞上一個軟軟的嘴唇。也就是說，屈雲偷吻了她。

悠然驚訝之後，閉上眼，重新享受這個難得的吻。這次，屈雲的嘴中是薄荷味，滿滿的都是薄荷味。這個熱吻之中，悠然聽見屈雲的低語：「今晚的妳，很可愛。」雖然不是那句自己想要他說的誓言，但屈雲能主動對自己說出這樣的話，已經是非常難得的了。悠然很滿足。既然小密能搞定大熊，那總有一天，她也能將屈雲搞定，悠然這麼暗暗發著誓。

這就是屈雲教給她的第十一課——獎勵，偶爾也是會給的。

雖然這離悠然想要的，還差那麼一點。

Lesson Twelve

大姨爹，是存在的

在屈雲沒有說出「我愛妳，我永遠都不會離開妳」這句誓言之前，悠然是怎麼也不會死心的。於是，她求助於身邊那名強大的小密，再怎麼不濟，人家也把大熊這個不可能完成的任務給完成了。小密問：「妳只想聽一句話嗎？」悠然告訴他，依照屈雲那個怪脾氣，能說出半句她想聽的話就很不錯了。小密嗤笑：「那很簡單嘛，虧妳自己還是念心理系的。」悠然要他有硫化氫就快放。於是，小密在她耳邊如此這般地出了個主意，接著，悠然的嘴角忍不住微微地向上翹起，笑得像隻偷腥的貓。

第二天，星期六，屈雲家。悠然窩在沙發上，和屈雲一起看電視。沒多久，屈雲便發現今天的悠然很不對勁，例如——悠然問：「屈雲，你愛電視上這個男人的手錶嗎？」屈雲不怎麼在意：「還好。」悠然糾正：「你就說，你愛還是不愛嘛。」屈雲問：「一支手錶而已，有必要到愛的程度嗎？」悠然對這個問題有著異常的執著：「我問什麼你就回答什麼，不就好了嗎？平時說話總是惜字如金，今天怎麼就這麼多問題？重來一遍，電視上這男人戴的手錶，你愛還是不愛？」為了避免她的進一步騷擾，屈雲給出了答案：「不愛。」話音剛落，頭皮上便傳來一陣刺痛——悠然飛快地從他頭上扯下了一根頭髮。屈雲微微掀開眼簾：「我可以問問，妳這是在做什麼嗎？」悠然完全沒有解釋自己剛才怪異行為的心情：「沒什麼。再問你一個問題，這個男人的鞋子你愛還是不愛？」做悠然的男友也好一段時間了，屈雲很清楚悠然這朵銷魂女子的性情——當她執拗的時候，最好是按照她的思維走下去，否則會被煩死。因此他沒有回答「喜歡」，或是「還好」，或是「挺適合我的風格」這類話，而是直接說：「愛。」悠然剝了一顆開心果，屁顛屁顛地親自送入屈雲的嘴中：「眞乖。」

「連著剛才的問題一起問，妳，這是在做什麼？」屈雲的眼瞼是一種柔和的顏色，像蟬翼，包裹住他那清潤深邃的眼眸。此刻，蟬翼微啓，他開始審視眼前的女友。悠然擺擺手，繼續指著電視問道：「不要這麼關心我，否則我會認為你對我有意思。那，這個女人的裙子呢，你愛嗎？」屈雲道：「不愛。」和剛才一樣，他剛說完，頭髮又被拔了。屈雲輕輕地、慢慢地吐出自己的威脅：「雖然我不打女人，但凡事都有例外的。」「打是親，罵是愛，你打我而留下的每道傷痕，我都會當做是你送的愛的禮物。」悠然敷衍完畢，繼續指著電視螢幕問道：「那，這個櫃子呢？」屈雲配合著說：「愛。」悠然眉開眼笑，又是一顆開心果進入了屈雲的嘴中。回答「不愛」，扯一根頭髮或者咬一口手臂；回答「愛」，則會親自餵一顆開心果。如此進行個三、四次後，屈雲的答案統一了。悠然問：「愛這款冰箱嗎？」「愛。」悠然問：「愛這間房間的布置嗎？」「愛。」悠然問：「愛這隻老鼠嗎？」「愛。」悠然問：「愛這隻身體被壓得扁扁的蟑螂嗎？」「愛。」

經過多次的實驗，悠然終於拿出自己最想問的問題：「愛我嗎？」原本以爲屈雲會像剎不住車一般說出「愛」，可是，他的唇，那漾著秀麗光潤的唇，卻抿著。悠然發現，這個實驗失敗了。屈雲的眼眸半闔，濃睫毛遮住了眼中的光：「巴夫洛夫，古典制約，妳是在對我做這個實驗嗎？」悠然屏住呼吸，是的，屈雲說對了，她就是在對屈雲進行條件制約，試圖讓他的嘴說出她想聽的話。屈雲的清雅眼眸吸收著一切的黑：「妳把我，當成小白鼠？」悠然吞了口唾沫：「我比較喜歡貓。其實，人家巴夫洛夫也用鴿子和貓的……這麼說，你心裡會不會好受一點？」屈雲道：「我更喜歡把妳當成貓。」悠然暗喜，以爲話題會慢慢岔開：「那我就是貓吧！」但接下來，屈雲那泛著碎冰的唇說出了一句話：「好的。」說完，屈雲便提著悠然的領子，將她這隻犯了錯的貓扔出大門。悠然從地上爬起，拍拍屁股上的灰，抹一把眼淚，直奔回學校，找小密這個狗頭軍師算帳去。從那之後，悠然最討厭的心理學家，就是巴夫洛夫。

英語六級檢定考試過後不久，很快地，就要舉行期末考試。這一次，悠然決定不再像過去那樣臨時抱佛腳，到考試前一晚才通宵看書，而是認眞複習，希望考個好成績。畢竟，人家現在是輔導員的女朋友了，再考不及格，說不過去。因此悠然收起玩心，開始認眞複習功課，本來是和以前一樣去屈雲家複習的，但很不幸地，兩人後來有了點不愉快。悠然也不知道這是怎麼回事，只記得當時自己複習得累了，便躺在屈雲的腿上休息，她忽然開口問道：「對了，你的生日是什麼時候？」她沒有發現，當聽見這個問題時，屈雲的眉間起了層古怪的褶皺：「問這個做什麼？」悠然道：「男女朋友之間問這個很正常。」屈雲道：「我生日已經過了。」悠然追問：「到底是什麼時候？」「妳不是在複習功課嗎？」屈雲的聲音還是那麼輕慢，但口氣中卻含了一層不易察覺的冰霜，有點拒人千里之外的感覺。氣氛是會感染的，悠然的口氣也開始不快：「我問問都不行啊！」「五月十七日。」屈雲說完便坐起身子，來到飯廳，開了瓶紅酒，倒入高腳杯中。悠然沉默了一會兒，聽著酒瓶和酒杯親吻的聲音，聽著酒液投入酒杯懷抱的聲音，原本該是熱烈的，但她卻覺得玻璃的碰觸終究冰冷。

悠然坐在沙發旁的地毯上，輕聲控訴著：「你騙我。」屈雲坐在飯廳的餐桌旁，沉默地喝著酒。兩人就這麼靜靜地坐著，房子裡的氣氛變得和外面一月份的氣溫一樣低。悠然受不住了，忽然站起身，遙遙地對著屈雲道：「你騙我，我看了你的身分證，是一月十八日！」屈雲不做聲，再次為自己斟酒。紅色的液體，帶著濃重的華麗，進入晶瑩的容器中，晃動。悠然氣結：「只不過是生日，你何必隱藏？」屈雲的聲音，像浸了冰的酒：「只不過是生日，妳何必要這麼追根究柢？」悠然被噎得說不出話來，只能直愣愣地看著他。屈雲看著酒杯，紅色的液體映在他的眸子裡，也成了無邊無際的黑，沉默的黑：「我頭痛，今天就不送妳了。」這是……逐客令吧，悠然回過神來，沒再說一句話，直接走人。屋內的屈雲，依舊看著酒杯。三分鐘後，鑰匙聲響，大門打開，悠然再度出現在門口。「不好意思，忘記摔門了。」說完之後，她將門重重一帶，「咚」一聲沉悶，讓杯中原本平靜的酒蕩出了微微漣漪。摔門後的悠然，走了。

那天之後，悠然就不再和屈雲聯繫，主要是太損面子。雖然出於對屈雲裸露上半身的驚鴻一瞥，讓她脫口而出說了「我們交往吧」這句話之後，悠然便做好長期抗戰的準備，可是屈雲這次實在太過分了。身爲他的女朋友，居然連知道他生日的資格都沒有，實在暗暗想把屈雲千刀萬剮。這次，一定不能先投降，悠然對自己說。於是，她便藉著期末考這個時機，一有空閒時間就往自習教室跑，將心思全都放在課業複習上，暫時將屈雲冷卻。屈雲的臭脾氣也不是蓋的，自從那次鬧翻之後，這廝根本沒來過電話，氣得悠然買了電話卡，每天深夜凌晨兩點打去騷擾他。屈雲沒有來，但古承遠卻來了，他是在校園的林蔭道上截住悠然的。身穿西裝、受過軍事訓練身形挺拔硬朗的他，站在人群中自然而然顯得出眾，全身上下帶著一種硬性的俊逸。眉毛如一把絕世利劍，隱藏著鋒利。山根和鼻梁的弧度一氣呵成，沒有任何阻礙，勾勒出世間最完美的線條，然而過於高挺卻帶來了距離感。嘴唇融著堅毅的性感，不笑時顯得冷硬，一笑便是絕對的勾引，百擊百中的勾引。臉部稜角分明，下巴有個小小窪陷，盛著剛性與幽深。而那雙眼眸，是冷的，含著薄冰。

當時正是放學時間，那條路上很多人經過，外表出眾的古承遠自然受到許多女學生的駐足關注。悠然只能快速將他帶到校園外的一家牛排店。隨便點了一客牛排，悠然沒心思講閒話，直接發問：「這次，又是什麼事呢？」古承遠微笑，嘴角宛如絲線，纏繞人心：「如果只是想來看看妳呢？」悠然的話語盡量不帶任何感情：「對不起，我這段時間很忙。」古承遠爲悠然斟上紅酒，略一偏頭，修飾過的鬢角無聲散發著男人氣息：「我知道。前陣子妳忙著考英語六級，所以才沒有打擾妳。」那我還要感謝你了？悠然心中訕笑，但沒說出聲。這時，悠然點的黑胡椒牛排端上來了，她拿起刀叉，低著頭，準備藉著吃飯避免與古承遠交流。但視線卻忽然闖入了一個精緻的首飾盒，古承遠的聲音也隨之響起：「聽媽說，妳通過了六級考試，這是禮物。」悠然低著頭，對古承遠的禮物沒什麼興趣：「成績要三月份左右才會出來，世事難料，誰知道會不會通過。」古承遠也不勉強，自動將盒子打開，裡面躺著香奈兒的卡通造型胸針，粉色的袖珍巴士上疊著一朵山茶花，看上去充滿質感而富有童趣。

古承遠問：「喜歡嗎？」在盒子打開之前，悠然便知道這份禮物一定是合自己心意的，因爲古承遠很瞭解她的喜好。如果送禮的人不是古承遠，那麼悠然是很願意收下這份禮物的。見悠然沒什麼動靜，古承遠沒尷尬，沒惱怒，似乎預先就知道悠然會有這種反應，他只是將首飾盒向悠然推近了些：「雖然不喜歡，也收下吧，當成我的心意也好。」之後，古承遠開始閒聊起來。悠然埋頭吃著牛排，打定主意不與他對話，吃完就走人。「昨天，我上了你們學校的網路論壇，發現妳和一個叫龍翔的大一男生之間有好幾個帖子。」古承遠的聲音裡染著沉潤。悠然不做聲，靜觀其變，潛意識裡她的確想讓古承遠誤認小新是她的男友，一來可以掩護屈雲，二來可以讓他幫忙報報上次的奪命籃球之仇。古承遠繼續道：「看起來，你們的關係很不一般。」悠然心中暗喜，希望古承遠盡量發揮自己的想像力，盡量把她和小新的關係往齷齪的方面想。但接下來，古承遠卻說了句讓她失望的話：「可是依我看，他並不是那個人。」那個人，自然就是指悠然的男友。白高興一場，悠然剛開始有些生氣，更堅定了不和古承遠說話的念頭。但很快，她就破功，因爲古承遠不經意或是故作不經意地提了個問題：「聽說，屈雲是妳的輔導員？」

乍聽見這個名字，悠然差點將手中的叉子落在地上。畢竟認識了古承遠這麼多年，悠然的第六感告訴她，古承遠問這句話絕不可能沒有目的，甚至這就是他今天來看自己的主要原因。悠然放慢了進食速度，畢竟吃太飽，腦缺氧，會嚴重影響智力，而現在，正是需要她動用全部腦細胞來對付古承遠的時候。悠然的口氣很正常：「屈雲，屈老師？沒錯，他是我們這個年級的輔導員。」古承遠微微放緩了聲調：「那麼，爲什麼上次我送妳到學校時，妳好像一副完全不認識他的模樣？還是說……妳是在我面前才裝作不認識他？」悠然心中一緊，確定古承遠眞的已經對自己和屈雲的關係起疑，她悄悄定下心神，說出一句半眞半假的話：「因爲我討厭他。」「哦。」古承遠的聲音裡帶著一種審視的味道，他在對她的話進行判斷。悠然本想繼續解釋，但話剛要出口，她便冷靜下來，依舊恢復了先前的漠然，繼續吃她的牛排——太過著急，反而會讓古承遠起疑。兩人的餐桌上出現了片刻的沉默，只剩下刀叉清脆的聲響。隔了一會兒，古承遠才繼續發問：「爲什麼，妳要討厭他？」悠然故意冷哼一聲：「你應該問，他爲什麼討厭我。」古承遠問：「他對妳態度不好？」悠然第一次抬起眼睛，看著古承遠：「我一直想問一個問題。你和那個屈雲，是不是有過節？」「爲什麼這麼問？」古承遠也看著悠然，眼中如迷霧籠罩的野外，儘管此刻平靜，但彷彿隨時會有某種危險的東西一躍而出。

悠然將刀握得緊了些，這是一種下意識的防範動作，她一直在提防古承遠，但依然保持著剛才說話的語氣：「不知道是不是我的錯覺，自從他知道我和你的關係後，就開始針對我。」「有這回事？」古承遠的眼中還是迷霧重重，這句話並不代表他相信了悠然。悠然繼續努力著：「上學期我考試不及格，就是有他的一份功勞。」古承遠微笑：「這麼說來，還是我害了妳……我和他之間，的確是有小小的不愉快。」悠然眉心一蹙，這原本是她胡謅的，沒想到卻眞有其事。屈雲和古承遠之間有過節？爲什麼屈雲沒有告訴自己這件事？不過，悠然仔細想了想，屈雲這個死男人連生日都瞞著自己，那麼隱瞞這件事也沒什麼奇怪的了。但現在不是思考其他問題的時候，面對古承遠的直視，悠然掀起一邊嘴角，語氣帶著諷刺：「習慣了，反正你害我也不只這一次。」「這樣吧，我打電話跟他聊聊，要他別爲難妳。」說完，古承遠拿起手機，直接撥通了屈雲的電話。此刻，悠然的背脊出了一身冷汗，沒想到古承遠的功夫做得還眞足，連屈雲的電話也要到了，看來今天的一切都是他計畫好的。聽著古承遠在自己面前和屈雲對話，悠然握著刀叉的掌心浸滿了汗珠。

「屈雲嗎？我是古承遠，你應該沒有忘記我吧。沒什麼重要的事，就是剛才我和我妹妹在說話，我想你應該知道她是誰吧。她告訴我了一些事情，她說，你在欺負她？……是嗎，我也希望是她弄錯了，但基於我們過去的不愉快……哦，那件事嗎？其實，已經過去很久了，我認爲我們應該忘了它。……我究竟有什麼事，是這樣的，悠然是我唯一的妹妹，我不希望她受到傷害……所以，要麻煩你多照顧一下，改天，我親自登門道謝。」古承遠的語氣就像眞正朋友之間的閒聊，但悠然卻覺得不是這麼回事，不是這麼回事。

等古承遠放下電話後，悠然按捺不住好奇，問道：「你和他之間，究竟發生了什麼？」「年輕時意氣用事，兩人互相看不順眼，爭吵過幾次，沒什麼。」古承遠一言帶過。悠然對這話持保留態度。古承遠道：「不過，妳還是少去惹他吧。」「哦。」悠然心不在焉地答應著，腦中卻忽地升起了一個念頭。如果，古承遠眞的知道了，那……話說，讓屈雲吃吃苦頭也好。其實，現在這兩個人都跟自己有過節，看他們相互殘殺，也是趣事一件。不過，想到屈雲那晚的吻，那個帶有薄荷味的吻，悠然心又軟了。她在心中歎息一聲——算了，屈雲，饒你一次。吃完飯後，悠然以自己要複習功課爲由準備離開。

古承遠問：「這麼一點點時間都抽不出來？」悠然選擇坦白，因爲沒有必要和古承遠客套：「我想，你應該知道，我剛才用的不過是個藉口。」古承遠的語音忽然一黯，又出現了那種溫柔的低啞：「送我臺階，我卻不下，這樣看來我實在是不知趣。可是，就這麼看著妳走，我實在是不甘心。」悠然看了一眼馬路上來往的車輛，道：「古承遠，你不能這麼欺負我。」聲音輕得彷彿要湮沒在塵埃之中，古承遠剛毅的下顎繃緊了。悠然的眸子裡映著快速飛馳而過的車影，彷彿無盡的記憶碎片：「我不吵，我不鬧，我不埋怨，我不報復，並不意味我會站在原地，再次接受你憤怒的洗禮。那一次，已經夠了。」古承遠看著她，眼神如水：「妳沒有忘記我們的過去。」他是個冷漠而英俊的男人，對悠然而言，他眼眸中的水也含著碎雪。悠然緩慢地搖搖頭：「你永遠也不知道當時我經歷過什麼，你永遠也不知道。」悠然比小白鼠聰明，所以不會在迷宮的同一處地方被電擊兩次，就算她餓了十天，就算前方有濃郁可口的乳酪，她也會堅定地停下腳步。悠然看著古承遠，眼神澄明：「我不知道爸媽以前究竟做過什麼事，但讓你受到傷害，我很抱歉……可是，那一年，我承受了你的報復，我想，我什麼都還清了，什麼都不再欠你了。所以，如果你再做出什麼傷害我、或是我家人的事情……我都不會受你擺布。」宣告了自己的底線，悠然決定離開。

但在她邁開腳步的同時，古承遠拉住她的手臂，他的聲音是冰冷的，帶著專制：「跟那個人分手，然後……回來。」悠然動動嘴角，但並沒有笑，因爲沒有笑的必要：「你認爲這可能嗎？」古承遠彷彿是在說著一句誓言：「我不會放過他的，還有……妳。」悠然忽然使了巧力，將手臂從古承遠的手中掙脫出來。她輕妙地向前躍動三步，和古承遠隔開了一小段距離。接著，她轉身，看著古承遠，略略偏頭，微笑道：「而我則會和他幸福給你看。」悠然的笑容是溫雅的，就像春風中的雛菊，有種透明的柔弱，同時卻有著無形的堅韌。古承遠被這個笑容釘在原地，等回過神時，悠然已經跑入了校門。

悠然說，她會和屈雲一起幸福給古承遠看。但有鑑於現在兩個當事人正在鬧彆扭，暫時製造不出什麼幸福，悠然決定還是按照原計畫，將心思用在複習功課上。這次的考試安排得很密集，幾乎每天都要考一科，七天下來，悠然忙得連吃瓜子的時間都沒有，所以只想了屈雲一次；而且是在廁所，因爲她想用臭氣褻瀆屈雲。

考試就像那轟炸，劈里啪啦轟轟隆隆地很快就過去了，之後，大家便開始準備回家過年放寒假。悠然的心並沒有如往常那樣提前飛回家，而是留在了屈雲那裡。還是沒有消息，這個裝死的男人。悠然實在不明白，該生氣的人應該是她才對，怎麼屈雲反倒像是被得罪的人？小密偏偏哪壺不開提哪壺：「我想，你們應該算是分手了吧。屈雲應該是和上次那個咖啡館裡的女人在一起了。」悠然收拾著行李，牙齒緊緊咬著，額角還被逼出了一根青筋。小密提醒：「妳頭上的血管像蚯蚓。」悠然道：「多管閒事。」小密預言：「我只是想說，妳可能預示了自己今後的人生。」悠然好奇：「什麼意思？」小密煞有介事：「蚯蚓是雌雄同體，妳可以學習一下它，不用找對象，今後，就孤獨地過吧。」悠然：「……」實在不想變成蚯蚓，悠然便留到最後才走，希望屈雲能夠想通，主動來找自己。可是等到整個宿舍的人都差不多要走光了，屈雲仍不見蹤跡。悠然一氣之下，提著行李，走人。

扛著行李坐在前往火車站的公車上時，小密又來電話了，而且是打來告密的：「我看見屈雲和一個辣妹在逛街。」悠然差點沒從座位上站起來，說：「眞的！」小密很沉靜地回答：「假的。」悠然：「……」將小密痛罵一頓後，悠然將手機重新放入包包裡，轉頭看向窗外，等車開了約莫一站的路程後，她再度將手機拿出來。螢幕上顯示的日期是一月十八日，這是，屈雲的生日。這次，悠然眞正地從座位上站起來，不能這麼就走了，她要去找屈雲的不痛快。悠然像踩著風火輪似的，在不可思議的短短時間裡，扛著行李箱，來到了屈雲家門前。使用天馬流星拳兩分鐘後，門終於打開了，悠然喝一口礦泉水，對著屈雲開罵：「屈雲，你給我說清楚，我李悠然到底是哪裡配不上你了，我雖然不是最美，但鼻子眼睛嘴巴沒一樣長錯位置；我雖然罩杯不大，但還是有胸有屁股；我雖然心地不算太善良，但看見乞丐會給錢，看見老人會扶他過馬路；我雖然廚藝不算頂級，但比起你這種會把鍋子燒起來的人算是好太多。你說，我到底哪一點配不上你，你整天做出個要死不活的樣子，不過是問一下你的生日就這麼陰陽怪氣的，你是大姨爹來了還是怎樣，你……」悠然的肚子裡還準備了一萬多條罵人的話，但是全都說不出來。因爲她的嘴被堵住了，被屈雲的唇堵住。悠然睜大雙眼，看著屈雲近在咫尺的俊顏，終於明白自己的猜測是對的。

這就是屈雲教給她的第十二課——大姨爹，是存在的。

關係，是可以，更進一步的

這一次，屈雲的唇中是酒味，漫漫的酒味。悠然的眼睛穿過屈雲的肩膀看向客廳——茶几上，放著幾個空酒瓶。他醉了，在自己生日這天。那酒是烈酒，僅僅只是屈雲嘴中的餘味，也讓悠然微醺了。

屈雲將悠然拉進屋子裡，關上大門，將她抵在牆上，激烈地吻著。是的，這個吻不同於往常，這是個深刻如暴雨般的吻。悠然覺得，屈雲似乎是在索取自己的一切，他倆的唇緊緊貼合著，不僅僅是貼合，那更近乎於一種鑲嵌，彷彿要讓那鮮紅的唇瓣被不知名的烈火融化，重合在一起。屈雲的舌，像是有著如虹氣勢的威武大軍，朝著必得的錦繡山河進軍，一鼓作氣，長驅直入，不給悠然一點喘息的機會。悠然的耳膜，開始出現和心跳同樣快速的震動，那是戰鼓齊鳴；悠然的眼前，出現了一陣陣燦爛與黑暗，那是遮天的旌旗搖擺；悠然的嘴唇，開始麻木至腫脹，那是鐵騎進軍，踏碎這稚嫩的地域；悠然想要抵抗，抵抗這場突襲，她伸出手，推著屈雲的胸膛，她偏開頭，想躲過屈雲的烈吻。可是烽火已燃遍沙場，任何生靈唯一的命運便是等待塗炭。悠然的抵擋反而像是一場風，幫助戰火燃燒得更爲旺盛。在蔽日的黃沙中，悠然的眼睛看不清；在震天的擂鼓中，悠然的耳朵聽不見；在馬蹄的踐踏下，悠然感覺的已經失靈。

因此，她根本沒反應過來自己究竟如何被屈雲從牆邊帶到了沙發上。但現在的情況是，她壓著沙發，而屈雲則壓著她。兵臨城下。屈雲的唇，自始至終都沒有離開。悠然有種感覺，此刻的他內裡彷彿是無盡的黑洞，將要吞噬一切。這是悠然首次感覺到，屈雲的指尖竟是如此冰涼潤滑，此刻它們正在她的衣服之下遊走，從衣服下襬深入——浩蕩的軍馬，攻破了城門。屈雲涼滑的手指，在悠然細膩的肌膚上遊走，肌膚浮出了小小的顫慄——身穿冰涼的戰衣，在奪來的城池中徜徉。不知不覺中，悠然的衣衫被解開，露出了再眞實不過的嫩白——凶悍的鐵騎，已經快將國都淪陷。至此，屈雲的唇有了另外施展的戰地，它離開了悠然的唇，從她那女性頸脖特有的優雅曲線向下親吻著，狠狠地吮吸著，在她身體的每一處都留下小小的濕潤的圓形。悠然身體所有的靈敏感知都集中在屈雲肆虐過的地方，所有的敏感跟隨著屈雲的動作，彷彿就要破皮而出。悠然看著天花板上的燈，那些墨色的花紋簇擁成冷靜的優雅，就像它的主人，悠然身上趴著的這個男人。

屈雲的髮，稍稍有些凌亂，帶著一種慵懶，每一種亂都泛著情慾的光澤。他優美的鼻翼，因異於往常的呼吸而微微翕動，呼出的氣落在悠然的肌膚上，燃燒出一片絢麗。慾望，如同田野上的暗火，以不可思議的速度蔓延在兩人之間。悠然覺得，這個寒冷的一月十八日，竟到處都燃著火，屋子裡，屈雲身上，還有自己的體內。屈雲低著頭，髮絲垂下，他沒有戴那副平光眼鏡，於是，一雙清雅深邃的眼眸肆無忌憚地放射出妖魅的光，如光華流轉的手銬，緊緊鎖住了悠然。悠然本該推開他，但是她沒有能力這麼做，很多時候，事情的發生由不得自己——屈雲身上的酒香醺著悠然，讓她的腦子一陣陣發暈，在那個瞬間，她忘記了種種不該，忘記了自己來的目的，甚至，她忘記了自己是誰。

悠然只是問了一句話：「你想要我？」屈雲點頭，髮絲在飄動。悠然再問：「為什麼，你要我？」屈雲的眼神澄澈，一片淨色，悠然的身影在裡面是再不過的清晰，那是最高的純或是最深的黑，才能做到的事情。悠然沒來得及思考此刻的屈雲，究竟是純還是黑，她只聽見了屈雲的回話：「因為，妳是李悠然……李悠然。」四起的硝煙，連天的戰火，交錯的兵戈，之後，所有的生靈都安靜。要就要吧，她將原本抵抗的手主動攀附上屈雲的頸脖時，這樣想著。

天花板上的燈看久了，素色的圖案在悠然眼中成為蔓延的豔色，靜靜釋放。悠然並不是個做事不考慮後果的人，比如，她看著眼前的冰淇淋便知道吃下之後，新買的牛仔褲就會穿不下；比如，她在蹺體育課之前就知道這次老師一定會點名；比如，她在看見名牌衣服的價格後就知道，如果買下了，自己今後兩個月的口袋將不剩一分錢。可是，她還是會吃下高熱量的冰淇淋，蹺了那節一定會點名的體育課，買下那件讓她傾家蕩產的衣服。這次也是一樣，心中明明有個聲音告訴她不要衝動，要趕快制止屈雲，否則後果將會很嚴重。但是悠然沒有，她順從了屈雲。她和他的關係，從精神蹭地昇到了肉體上來。

過程，悠然有些模糊，只記得是女人必經的那種痛，至於她是怎麼被抱上樓放上床的，悠然沒有一點印象。這時，天已經黑了，房間裡沒有開燈，但悠然知道屈雲就躺在她身邊。男女有氧運動已經結束，但悠然身體裡的每一處都還是紅的，活像隻蝦，被煮熟了，也被吃了。悠然第無數次覺得，自己生來是被屈雲剋的，這可不是，明明是來吃他的，誰知糊裡糊塗地反被吃了。正胡思亂想中，悠然聽見旁邊的屈雲微微歎了口氣，瞬間，她的神經繃緊了。過了一會兒，屈雲的聲音從黑暗中傳來：「還痛嗎？」語氣，是從未有過的溫柔。悠然的心跳得如擂鼓一般，好半天才回答道：「還好。」頓了頓，覺得既然別人都關心自己了，也要回一下禮才對，因此，她又問道：「你呢，痛嗎？」屈雲：「……」黑暗中，是某人倒吸口冷氣的聲音。過了好一會兒，屈雲才回答：「怎麼會是我痛？」聲音像是才緩過氣來。悠然將被單捂住自己的口鼻，低聲道：「畢竟……你那裡……也不是鐵打的啊。」黑暗中，某人再度倒吸一口冷氣。

雖然已經被看光，摸光，吃光，但悠然還是用被子將自己捂得緊緊的，展現著遲來的害羞。但悠然沒留意的是，自己和屈雲蓋的是同一床被子，因此，屈雲的手根本沒有遇到任何阻礙，直接從被單底下伸到了悠然的大腿內側，涼滑的手指撫上那溫熱的肌膚。那接近私密地的嫩白肌膚，是悠然最敏感之處，當屈雲碰觸到她的那一刻，悠然全身的每一寸肌膚都開始繃緊，肌肉也處於收縮狀態，就連骨頭也開始咯吱咯吱摩擦作響。悠然羞惱得連舌頭都熟了：「你……快把手拿開。」屈雲答：「我辦不到。」悠然覺得自己的臉皮像在沸水之中煎熬：「快拿開！」屈雲答：「我眞的……很難辦到。」悠然的耳朵、鼻孔開始冒出蒸氣：「屈雲，快拿開，不然我死給你看！」屈雲道：「妳把我的手夾得那麼緊，要拿開，眞的很困難。」悠然這才發覺，當屈雲碰到自己時，她下意識地夾緊了雙腿，理所當然，屈雲的手便老老實實被夾在她大腿之間。也就是說，悠然剛才是一邊大喊著要屈雲把手拿開，一邊猛力緊夾著人家那隻手。世界上沒有比這更丟臉的事情。將大腿快速鬆開後，悠然把被單提上來緊緊蓋住自己的頭，並下定決心這輩子吃喝拉撒全都要在裡頭進行。

被單挺厚的，悠然躲在裡面，忽然覺得外面的屈雲沒了聲音。難道，這男人，吃完了就跑了！悠然悔得腸子都青了好幾遍，本來做完的那一刻，她就決定等會兒要跑路，但因下身難耐的疼痛而打消了這個念頭，豈料屈雲居然剽竊了自己的想法。這麼一來，悠然認爲自己再次落了下風。正在考慮是不是要將這間屋子給燒了時，被單忽然被扯動了。緊接著，一條暖熱柔軟的毛巾就觸在了她……剛才受傷的那個地方。悠然像隻被燒了油的烏龜，「嗖」的一聲便將脖子從被窩裡伸出。她看見，屈雲正坐在她身邊，掀開自己下身的被單，將熱毛巾放在……剛才被他弄傷的部位。這一瞬間，悠然看清了，自己像是剛殺了人，全身都是血，比紅孩兒還紅。她喊：「你幹什麼！」悠然坐起身子，拚命想扯過被單蒙住自己未著片縷的下身，但屈雲用一根手指就將她推回床上躺著。眼看自己赤裸的下身就這麼被屈雲光明正大地看著，悠然羞得淚點四濺，一個仰臥起坐，雙手朝著屈雲亂抓。這次，屈雲並沒有將她推倒，甚至沒有碰觸她，他只做了一件事——將悠然蒙住上半身的被單給扯了。「你個無敵銷魂蛋！」悠然大罵一聲後趕緊躺下，將被單嚴嚴實實遮住自己上半身的春光；至於下身的春光，悠然淚如泉湧，她實在是無力保護啊。

但束手就擒也不是悠然的習慣，雖然手不能動，但腳還在，於是，悠然將腳猛地一抬，踢向屈雲。可是力量過大，那剛受過傷的地方又升起了被撕裂的疼痛，悠然疼得牙齒都快掉落。「乖，別動。」屈雲道。那聲音很溫柔，融在黑暗之中化爲暖流，一波波地灌入悠然的耳中，讓她微醺。那溫熱的毛巾貼著那處柔軟，疼痛像被慢慢吸走，留下的是模糊的適意。屈雲細緻地將毛巾緩慢移動，擦拭去屬於兩人的物體。雖然只見得到一個輪廓，但屈雲全身的動作寫滿了認眞。這是悠然第一次見識到這樣的他，過去的屈雲，做事情總是閒適淡然，雖然姿態美好，但彷彿對任何事都少了份在意。而現在，他正認眞地、用心地做著一件事，沒有絲毫敷衍的意味。雖然很難爲情，但悠然不得不承認，敷了毛巾，確實將她的痛苦舒緩許多。可是……這樣的姿勢確實有夠難看的。悠然只能將被單重新蒙住自己的頭臉，嗡嗡地說著自己最後的要求：「屈雲……你擦歸擦，可千萬……別看啊。」屈雲溫柔地說：「看不見的。我沒開燈，再加上……」悠然問著：「加上什麼？」屈雲答：「加上，妳這裡，不會發光。」悠然：「……」你個思想齷齪的男淫！悠然淚盈於睫，她那裡要是能發光，豈不成了夜明珠？

正默默垂淚，屈雲傳來了「對不起」的聲音。對不起——悠然渾身忽然緊繃。在那個那個之後，屈雲對自己道歉，這只有兩種很壞的可能性。第一，他剛才是喝醉了，原本以爲自己是在划船，沒想到卻把她給……這都是酒精惹的禍，他是不會負責的。第二，他剛才……進錯通道了。悠然覺得很可能是第二種可能性，要不然，她怎麼會這麼痛，肯定是進錯洞洞了。想到這，悠然躺的枕頭都可以擰出一盆淚水了，這個死男淫，早知道技術不行還逞什麼能，打開手電筒探一探會死嗎？正哭在興頭上，屈雲說出了道歉的事情：「我並不是故意隱瞞妳，只是在我生日那天，曾經發生過很不好的事情……我不想去回憶。」原來，他是在為上次的吵架而道歉。悠然長鬆了一口氣，只要不是進錯通道，那就什麼都好說。她忽然想到上次討論貓咪死亡原因時，屈雲的模糊聲調，便問：「該不會，跟你養的那隻貓有關吧？」屈雲頓了頓，點頭：「牠的死，也算是原因之一。」悠然試探地問道：「牠應該不是你之前說的那種窩囊的死法吧。」屈雲道：「牠是……在我生日那天，被車撞死的。」聲音像落在秋日黃昏的古井裡，有種深沉的靜瑟。屈雲沒有再說下去，悠然也沒有逼他的意思。

那些事情是毒汁，並不會因為傾吐而變淡、變得無害，只有等待著讓時間蒸發掉——如果可能的話。而悠然當年受過的那次傷，她沒有向任何一個人提過。可是現在，在這一刻，在看不見彼此表情的黑暗中，悠然忽然湧起了向屈雲訴說的衝動。「屈雲，你知道嗎？其實，在我成年的那個生日，也發生了不好的事情。」悠然以這句話做為開頭，回顧了那個關於傷害與復仇的故事——初遇時的少年，濃郁的巧克力，補課時不慎碰觸的兩根手指，懵懂的情懷，喧囂的酒吧，退避的牆角，禁忌的約定，掀開復仇高潮篇章的生日，孤獨的舔傷，黑暗的歲月。雖然將那些過往一一吐出時，悠然的語調很自然、很平靜，但她並非是將自己當成觀眾，而是當時鮮明的疼痛已然經過了時間的沉澱，讓她可以如常地面對這件往事。悠然在黑暗中苦笑了一下：「我想，你沒料到，那個傷害我的男人，會是我哥吧。你也肯定料不到我是這樣的人……居然會跟與自己有一半血緣關係的人戀愛了一段時間。」身旁的屈雲沒什麼反應，甚至，連呼吸都聽不見了。這並不算是悠然預料的最壞狀況，因此她並沒有什麼情緒上的波動。如果屈雲無法接受這樣的她，那她……也沒什麼好說的。「其實仔細想想，這件事挺不可思議的，可能，你也會認爲這很噁心吧……時間不早了，我也休息夠了……就這樣吧。」說完，悠然準備起身，穿衣服，走人。

但在她做第一下動作的時候，一雙手從後面將她抱住，緊緊地抱住——一隻手禁錮住悠然的纖腰，而另一隻手則環過悠然的香肩，屈雲以這樣的姿勢將她攬在懷中。兩人的身體都是微弓的，貼合在一起，形成完美的弧度。悠然光滑的背脊正觸著屈雲的胸膛，沒有絲毫的衣物阻隔。屈雲的心跳似乎在悠然背部的皮膚上躍動著，每一下都是眞實。這是悠然第一次覺得眞眞正正聽見了屈雲的心跳。那個晚上，屈雲就這麼抱著悠然，一直沒有鬆手……悠然原本以爲自己糊裡糊塗交出第一次就已經夠任性的了，只是她沒料到自己耍任性的潛力會這麼大——她沒有回家，而是直接在屈雲家住了下來。

話說，深陷泥潭，都是個漸進的過程。悠然原本是想在屈雲這裡多住兩天就回家去的，可是到了一月二十日，屈雲看看窗外那細得差點看不見的毛毛雨時，很鎭定地說道：「雨太大，改天再走吧。」說完，便將拖著行李的悠然壓倒在沙發上，複習著男女有氧運動。悠然瞇著眼，享受著屈雲的吻，決定明天再走。一月二十一日，屈雲關上電視，很嚴肅地對即將出門的悠然道：「最近恐怖攻擊很頻繁，安全至上，改天再走吧。」說完，便將拖著行李的悠然拉到樓上的房間，繼續演出男女愛情動作片。悠然的眉宇染著疑惑，但禁不住屈雲的吻技，只能順從地躺下，決定明天再走。一月二十二日，屈雲從浴室出來，很無害地對躡手躡腳、準備悄聲離開的悠然道：「我不小心多倒了一點沐浴露，浪費就可惜了，妳先來洗澡，改天再走吧。」說完，將悠然拉進浴室，三下五除二脫下了她的衣服，開始鴛鴦戲水。悠然眼中有著了然與堅定，她決定，明天一定要走。一月二十三日，屈雲打開大門，將在樓下攔住、並抓了上來的悠然推倒在地毯上，平靜地說道：「妳趕不上火車的，所以，改天再走吧。」悠然回道：「中午十二點的火車，現在才九點鐘不到，怎麼可能趕不上！」屈雲笑答：「因爲，我的動作很慢。」說完，屈雲便像隻優雅而紳士的野獸，撲向地毯上的悠然。就這樣，悠然的歸期變得非常遙遠，到最後，她也放棄了，便向父母撒謊，說自己在學校這邊報了一個寒假輔導班，準備考研究所。父母自然舉手贊成，還替她增加了一大截零用錢。悠然先是愧疚，但一個小時後，就蹦蹦跳跳地將那些錢拿去買衣服了。

至此，悠然終於和屈雲同流合污了。悠然不是傻子，也意識到自從那晚之後，屈雲對自己的態度發生了改變。雖然沒有明顯表示愛意，或者甜言蜜語，但悠然感覺得到，屈雲對自己似乎動了眞心。她，讓他動了眞心，進了他的心底。「爲什麼會這樣？」悠然也是個憋不住話的，終於在一次床上常規運動後，向屈雲問出了自己的疑惑。屈雲閉眼：「我有嗎？妳想多了。」不過在此之前，他先將手攬上了她的腰，赤裸的腰。「難道說，」悠然腦海中閃過了無數可能性，但最有可能的原因只有一個，「難道說，我的身體眞的有這麼棒，居然讓你欲罷不能！」屈雲那隻放在她腰部的手，不由自主痙攣了一下。悠然繼續著自己的完美想像：「如果是這樣……那我就太虧了。」屈雲問：「爲什麼？」悠然答：「說不定，我是個絕世尤物呢！說不定我可以遇上更好的男人呢！」屈雲：「……」悠然問：「屈雲，怎麼不說話，你在想什麼？」屈雲說：「我在想，今晚不該讓妳吃這麼多的。」悠然：「……」雖然屈雲這個人脾氣古怪，也沒做過什麼讓自己感動得淚花直冒的事情，甚至連「我愛妳」也沒說一句，可是悠然並不後悔和屈雲將關係昇華到肉體這件事。因爲，她總是想起那晚的話——「爲什麼，你要我？」「因爲妳是李悠然。」因爲她是李悠然。悠然的心不大，只要這句話就能填滿。所以，她就在屈雲這裡補起了課，只不過補的，是男女課程。

這就是屈雲教給她的第十三課——關係，是可以更進一步的。

舊友，是何處不相逢的

一到冬天，這個城市就被陽光遺棄，到處都灰濛濛的，間或夾雜著冷冷針尖般的雨，像長了眼睛似的，直往人脖子裡鑽。所以只要不是重大事件，悠然絕對不會出門。所謂的重大事件，是指火星撞地球，外星人入侵，還有就是外出買床上必備用品。畢竟兩人都年輕，加上假期也沒什麼事，所以那檔子事就做得頻繁了些，很容易就把杜蕾斯給用完了。前幾次去買時，悠然全程和負責拿套套的屈雲相隔三公尺，裝作不認識他。後來幾次去買時，悠然則是悄悄將套套藏在一大堆面膜下面，並且還要等人少的時候才敢去結帳。最近幾次，悠然熟練了，已經敢和杜蕾斯的促銷人員談得熱火朝天，最終以全球最優惠價格拿下了二十四入裝。所以人們才說，熟能生巧來著。雖然臉皮厚了，但悠然行事還是謹慎的，總是跑到離屈雲家三個站遠的超市購買這件東西。饒是這樣，還是被認識的人發現了。

當時，悠然正為今天趕上杜蕾斯的再度促銷而開心付帳，忽然有人說道：「真是看不出，屈雲會是這個型號！」「就是啊。」悠然偏了一下頭，像個聽見自家小孩被誇獎的媽媽那樣，禮貌地對發聲之人笑了笑。回過頭來，下一秒，悠然的嘴角就僵硬了，剛才，和她說話的人是——「妳寒假不回家，是住在屈雲家吧。」龍翔陰森森地問道。悠然腳步漸移，一個凌波微步，越過龍翔，衝出門外，活脫脫一個偷東西得逞跑路的賊。悠然一向認爲，自己的母親什麼都好，就是不該把她生成短腿。這可不是，剛跑到店門外，悠然便聽見背後腳步聲蹬蹬蹬，沒幾下，她的圍巾就被扯住了。龍翔的聲音彷彿來自地獄：「妳也知道自己死期到了嗎？」悠然低聲警告：「光天化日之下，你不要亂來。」龍翔的語氣中沒有一點玩笑的意味。龍翔的語氣中沒有一點玩笑的意味：「可惜，就算是在警察局前，我也要把妳碎屍萬段。」悠然搬出最後一根救命稻草：「難道你忘了那張照片還在我手中？」龍翔復仇的決心，是相當大的：「只要今天我能復仇，就算是要我在這廣場裸奔我都甘願。」眼看龍翔就要將自己塞進計程車裡，悠然著急得內臟都移了位，慌亂之中，她忽然想起了屈雲，趕緊拿出手機，撥了屈雲的號碼。「屈雲，快救我！……」悠然只對著電話那端狂喊了這一句，接著手機就被龍翔奪去。龍翔本來想把手機扔進垃圾箱，正要這麼做時，卻聽見電話那端傳來屈雲沉穩的話：「龍翔，我們聊聊。」「我和你沒什麼好聊的……」龍翔將手機放在自己的耳邊，正想繼續撂幾句狠話，但表情忽然起了變化。先是驚訝，而後是憤怒，再則是隱忍。悠然看見，龍翔握住手機的那隻手，青筋暴起。也沒幾句話的工夫，龍翔便臉色鐵青地掛上電話，將手機賭氣般還給了悠然，同時，抓住她領子的手也放開了。

悠然試探地問道：「請問一句，我現在可以走了嗎？」龍翔抬起眼，瞪著悠然，目光如炬，恨不得從眼底噴出硫酸來腐蝕她。好半天，他嘴角顫抖了一下：「算你們狠，滾吧！」這句話簡直就是咬著牙齒說出來的。到這時，悠然反而好奇了：「屈雲究竟和你說了什麼話？」其實應該是問，屈雲究竟威脅了他什麼。但龍翔並沒有興趣和她分享這件事，他濃眉如劍，一把染著憤怒的毒劍：「李悠然，妳最好祈禱自己一輩子別落在我手上！」說完，龍翔轉身準備離開，但悠然將他叫住。

龍翔瞪眼的模樣恨不得想將悠然給掐死：「什麼事！」悠然指著剛才因爲被龍翔追逐而散落在地的物品，說道：「一件小事——麻煩你把這些被你弄掉的東西撿起來。」那些東西包括面膜，化妝棉，零食，還有……促銷裝超薄杜蕾斯。龍翔的模樣絕對像是要將悠然給掐死，剁成餃子餡，再一顆顆吃下肚子：「妳再敢說一遍！」悠然重複道：「我說，麻煩你把這些被你弄掉的東西撿起來。」並且在龍翔甩著憤怒的膀子衝上來準備不顧一切殺她的時候，適時地加了一句話：「否則，等我告訴了屈雲就不好了。」就像悠然預料的那樣，龍翔生生停住了腳步，並且，喉部還做了個吞嚥的動作。悠然完全有理由相信，他嚥下的，是氣急攻心而湧上喉頭的鮮血。龍翔憤怒地，屈辱地，加點無可奈何地，撿起了面膜，化妝棉，零食，最後是……促銷裝超薄杜蕾斯。能讓一向狂妄自大、連恐怖份子都不放在眼裡的龍翔這麼聽話，悠然再次確定，屈雲是個神人。至於當時屈雲究竟對龍翔說了什麼，悠然這輩子，都沒套出答案。當然，這又是後話了。

「你們兩個，一定會有報應的。」龍翔將所有的壞情緒都壓在這句話上，接著將東西往悠然懷中一摔，像避瘟疫般離開了她。悠然發現，逗小新實在是一個非常好玩的遊戲。壞啊，眞是壞，悠然在心中做了一次自我批評，順便構思下一次遇見小新時該使用什麼新招數，以便讓他痛不欲生。

她一邊想著，一邊往回走，但抬起頭，又看見了一位舊友。當然，「友」字有待斟酌。悠然到現在也不知該怎麼界定兩人的關係——古承遠，他又來了。慶幸的是，古承遠站的地方還離得很遠，所以應該沒聽見她剛才和小新的對話。悠然站在原地，看著古承遠慢慢走來，在她面前站定。他全身上下有種獨特的味道，男人的氣息滿溢悠然的鼻端，甚至撫過了她的毛孔。只是，即使他醉了桃花，也不過是夢裡煙花。悠然不想拖拉，她想趕緊結束這場對話：「你是特意來找我的嗎？」古承遠道：「悠然，和我回去吧。」悠然別過頭：「我這裡還有事。」古承遠的聲音，低了兩三分：「妳確定要用補習的藉口搪塞我？」悠然說著實話：「你相信與否，對我來說，並不太重要。」古承遠問：「我得知，妳並沒有住在學校宿舍。那麼，現在是和那個男人在一起，是嗎？」悠然向上提了提購物袋，綠色的袋子發出窸窸窣窣的響聲：「或許是，也或許不是，但那跟你，眞的沒有關係。」這次，古承遠的聲音中帶著警告：「悠然，我可以忍受妳一時的任性，而現在，妳已經玩夠了，應該回來了。」悠然對古承遠的態度感到惱火：「我認爲你最好還是清醒一點，不是每個人都是你的奴隸。」古承遠端詳著悠然的表情，輕聲道：「自從那個男人出現之後，妳眞的變了很多。這一點，讓我很不高興。」悠然厭惡古承遠這種態度，彷彿她永遠都該受制於他：「如果你依舊是這種想法，那麼，我們沒有再見面的必要。」

古承遠忽然問道：「那個男人，知道我們的關係嗎？」悠然冷道：「是的，他知道，知道得一清二楚，所以請打消用這個不再是祕密的祕密來威脅我的打算。」古承遠的眸色漸漸變深：「看來，那個男人，不是一般人。」悠然歎口氣說：「我覺得他很適合我，也很想和他繼續發展下去。所以，請你高抬貴手放過我，也放過你自己。」說到最後，悠然的聲音無力地墜下，因爲她很清楚，這樣的請求對古承遠而言是沒用的。「放過了妳，那我該怎麼辦？我們，注定是分不開的。」古承遠的表情像蒙著一層霧，看不清晰，可是他的聲音卻一字字傳入悠然耳中，撞痛了某些東西。

悠然越過古承遠，往回走：「該說的我都說了，既然你不明白，那我想，還是算了吧。」可是，古承遠在後緊緊跟著，悠然特意繞了許多彎，特意穿過擁擠的人流，還是甩不掉他。悠然知道再這樣下去是不行的，她停下來，主動走到古承遠面前，質問道：「你究竟想要幹什麼？」古承遠不隱瞞自己的想法：「我想要見那個男人。」悠然斷然拒絕：「不可能。」古承遠語含深意：「妳在害怕什麼，怕我對付他？難道，妳千挑萬選的那個男人就這麼不堪一擊嗎？」悠然一個個糾正古承遠的說法：「第一，我並沒有千挑萬選，我只是遇到了，覺得喜歡，就把他抓住了。第二，他並非不堪一擊。」古承遠直視著悠然：「既然如此，爲什麼不敢讓我見他？我想知道，妳爲什麼不讓我見他。」悠然心中忽地湧起一股說不清道不明的東西，像是從地面噴薄出的岩漿，燙傷了她的控制力。

悠然冷笑起來：「古承遠，爲什麼你可以這樣，爲什麼你可以做到這樣若無其事。在你傷害了我之後，還可以像什麼也沒發生過似地出現在我面前，攪亂我的生活，而且時時刻刻表現出一副理所當然的樣子，干預控制我的一切……有時，我眞的覺得你很可怕，究竟是什麼讓你可以這麼心安理得地傷害我？」古承遠沒有做聲，他的鬢角在陰濛的天氣下也蒙上了黯淡的溶光。曾經的悠然，很喜歡撫摸他的鬢角，刺刺的、毛毛的，觸在指尖，輕微的刺激，讓人心情愉悅。然而如今回憶起來，指尖彷彿著了火，剩下的全是灼熱。悠然倏爾訕笑了：「不，我也有錯，我總是在你面前表現得這麼偉大，像是在說：『我不在乎，請繼續傷害……』對，是我的錯。那麼，就讓我認認眞眞地把話說清楚，我只說一遍。那一年的事情，對我而言並不只像跌了一跤那麼輕鬆。那時的我對你，是眞的……付出了感情。那段時間，我也產生過瘋狂的想法，我想殺了你，或者是殺了自己……就在短短一個晚上，我想出了世界上所有能夠毀滅你和毀滅我自己的想法。可是我沒有去做，因爲……我愛過你，不管那愛是對還是錯，我終歸愛過你。我想，我這輩子會愛上的人，只有那麼幾個，既然這樣，讓一讓他們又怎麼樣呢？所以，我放過了你，但不是因爲我軟弱，只因爲我愛過你，就這麼簡單。而現在，」悠然迎著古承遠的目光，她的頭只構得著他的耳下，但她的脖子就這麼驕傲地昂揚著，「我不再愛你了。如果你再度傷害我，我會不遺餘力地報復。」古承遠看著悠然，眼中是越野的碧波，那裡有條不知名的小舟，泛來涼意的漣漪。「那麼，再見了。」悠然說完，準備離開。

但就像每一次都會發生的那樣，她離不開，她的手腕被古承遠抓住。他的眼眸像深埋在地宮的華麗寶石，陰涼得讓人血液流動得緩慢：「從妳生下來的那天，我們的生命就注定連接在一起，即使是毀滅，有妳陪著，也是好的。」看著古承遠的眼神，悠然知道，這男人瘋了。同時，她也知道，再這樣說下去是沒有完結的。於是，她對著那群買菜的大媽們大喊一聲：「非禮啊！」對面那群穿著睡衣、裹著鬈髮、趿著拖鞋、正爲一塊錢噴薄著口水和小販討價還價的大媽們，立即眼泛精光地朝著他們這邊看來。悠然趁古承遠失神的瞬間，使勁踩了他的腳，並摔開他禁錮住自己的手，拚命地往大馬路跑去。雖然一下拉開不少距離，但古承遠很快就追上了悠然，並且是不費吹灰之力。悠然看了看古承遠腳下擦得刷刷亮的皮鞋，再看看自己腳下非常適合運動的平底鞋，非常鬱悶，心想，裝備這麼好，結果還是被敵人給秒殺了。古承遠輕鬆攔住悠然的去路，他的話只有一句：「跟我回去。」悠然連話都懶得跟他說，直接轉身，但這一次，她聰明了些，專門往那些小巷子跑，希望利用古承遠不熟悉路況的弱點，將他甩掉。悠然左拐右偏，差點就鑽狗洞了，但古承遠還是緊貼在她背後，根本就擺脫不了。悠然感覺自己的淚在寒風中飄蕩。

恰在這時，褲袋中的手機響了，本來這危機關頭，悠然根本沒有接聽的意思，豈料那手機一直響個不停，悠然心煩意亂，直接接通，準備大罵對方。但還不待她開口，裡面傳來了屈雲沉穩的聲音：「將東西丟在他臉上，然後拚命地跑到前面岔路口左轉。」此刻的悠然根本沒心思疑惑屈雲是如何得知她現在困境的，她想都沒想，直接按照屈雲的話做了。悠然回頭，二話不說，便將手中的袋子砸到古承遠的臉上。古承遠反應靈敏，頭稍稍一偏，躲開了這一擊，本來是打算繼續追逐的，但當眼睛瞄到地上的杜蕾斯時，他全身的動作停滯了。就在這短短時間裡，悠然趕緊按照屈雲的指示，放開四蹄，跑到岔路口，接著左轉。就在轉彎的下一秒，她的手臂被抓住，接著被一股大力給拖住，「咚」的一聲跌入了一個懷抱中。完蛋，被逮住了，悠然滿額冷汗，雖則如此，戰鬥力還未喪失，趕緊低頭，朝著那囚禁住自己身體的手，張口就咬。但就在她的牙齒觸到那人的皮肉時，悠然聽見了低低的笑聲：「妳就不怕我上完廁所沒洗手？」這種惡趣味，古承遠是不會有的。那聲音像是柔軟的天鵝絨，撫過悠然的心。因爲她知道，那人是屈雲。

悠然掙脫開屈雲的懷抱，轉過頭驚喜地問道：「你怎麼知道我在這裡？」屈雲沒有回答，而是拉起悠然的手，拉著她走。悠然這才發現，他們是在拐角處的一個小雜貨舖裡，屈雲帶著自己逕直往裡面走去。悠然正想問什麼，但屈雲卻將手指放在唇邊，做了個噓聲的手勢。馬上，門外就響起了古承遠的聲音，他在詢問雜貨舖老闆是否有看見悠然跑過去。悠然心中一緊，手也不自覺地掐住了屈雲的手背，但屈雲的動作卻讓悠然徹底安下心來——他在她耳後的那塊肌膚上，輕輕一吻。悠然全心全意地相信屈雲，如果他能這麼悠閒，那麼她也沒什麼好擔心的。果然，雜貨舖老闆淡定地說了一句話：「她往那邊跑了，剛跑過去的。」古承遠再怎麼也想不到，來到這裡居然還會有悠然的幫手，便不疑有他，朝著老闆所指的方向追去。聽見那漸漸遠去的腳步聲，悠然喉部的那口氣才算鬆了下來。估摸著古承遠已經走遠，屈雲又拉著悠然從雜貨舖出來，向老闆道謝。老闆人高馬大，身強體健，大冬天的就穿了件襯衫，看上去才叫一個豪爽。老闆笑嘻嘻地看著屈雲：「眞沒想到，你也會被人追著跑？怎麼，搶了人家女朋友？」屈雲不欲多說，想拉著悠然走人：「就算是吧，謝了。」老闆在後面喊道：「這回你可是欠我一次，改天請我喝酒。」悠然心中一肚子疑惑，反而不曉得怎麼開口，便任由屈雲拉著，回了他家。

一進門，屈雲在沙發上一坐，雙腳交疊，眼簾一抬，主動道：「有什麼問題，一個個地問吧。」悠然撿了個最無關緊要的開問：「首先，那個老闆為什麼會幫我們？」屈雲答：「他是我的酒友。」悠然又問：「那，為什麼你會在那裡出現？」屈雲解釋：「我見妳很久沒回來，就出去找妳，恰好看見妳被古承遠纏上。所以就讓妳跑到那裡，好避一避。」這一問一答，速度非常快，悠然就按照這個節奏，迅速問出了她最想知道的問題：「你和古承遠之間究竟有什麼過節？」「這個，不太重要。」屈雲的回答也是迅速的，遵照著剛才的節奏，只是並不算是個好回答。

悠然一翻身，跨坐在屈雲身上，私密之處和他的敏感碰觸了：「為什麼不重要？」她的身體緩慢地前後移動著，兩人身體慾望最真實顯現之地正在相互摩挲著。屈雲的手伸到悠然的腦後，將一縷黑髮纏繞在自己指尖，他的聲音因悠然的動作而變得迷離：「因為，他，和我們之間的關係是不相干的。」雖然悠然才是主動誘惑的那個人，但這樣的接觸也讓她香腮泛紅：「那，我們之間，有什麼關係？」屈雲的手從悠然的衣襬下方伸入，來到她的背脊處輕輕滑動著。他的指尖還染著外面空氣的涼意，在悠然軟熱的肌膚上勾動，每一下，都有讓悠然尖叫的魔力。不知不覺中，屈雲身體前傾，濕花般的唇瓣觸在悠然嫩白的耳際：「我們之間，什麼關係都有了。」

說完，他半強迫般地讓悠然將雙手舉起，將她的幾層上衣褪下，褪到她的手腕處，彷彿是一副手銬，便於他的爲所欲爲。至此，悠然上半身赤裸，只剩肉色的內衣包裹著她的渾圓。屈雲將唇放在那性感的溝壑間，輕吻著。兩人的姿勢，最大限度地將身體接觸著，他的情慾一觸即發。屈雲的堅挺，已經開始啓程。悠然問：「想要我嗎？」屈雲沒有做聲，只是點頭，因爲這個時候，嘴有更重要的事情要完成。悠然感受到他即將噴薄的情慾，便將雙手套在屈雲的頸脖間，邪惡地提醒了一句：「可是，你忘記了一件事——套套，已經用完了。」屈雲問：「我猜，從妳跨上我的大腿時，就已經意識到這點了，是嗎？」悠然奸笑：「聰明。」屈雲接著問：「妳是想誘惑我？」悠然繼續奸笑：「沒錯。」屈雲點點頭：「原來如此。」悠然的手撫摸上他的臉頰，忍笑道：「現在，你打算怎麼辦呢？」屈雲的語氣如山澗的泉水般悠然自在：「做了再說。」悠然本來想看看屈雲慾火難耐的樣子，但現在看來，事情的發展和她預計的有一定偏差——屈雲並沒有停下，他還在繼續著。

他那雙細緻如白玉的手，在悠然光滑赤裸的背脊上移動著，彷彿那是棋盤，而他則是胸有成竹、勝券在握的棋手。悠然的背很漂亮，沒什麼贅肉，白淨光滑，曲線在她的腰際凹了進去，形成誘惑的弧度。屈雲的手緊緊貼著她，悠然感覺自己的背彷彿鋪上了一層柔軟的花瓣。屈雲的唇舌也沒閒著，他吻上了她。一個纏綿的吻，夾著繾綣柔情，又染著熱辣的激情，通過接觸的那一小點，在兩具身體間進行著交換。悠然閉著眼，一邊享受著這個吻，一邊思考屈雲口中那個略帶澀味的清香，究竟是什麼食物遺留下的。可是還沒等她想出來，悠然的眼睛就「刷」一聲睜得如銅鈴般大。因爲她感覺到，屈雲的手竟然從自己的牛仔褲邊緣伸了進去。牛仔褲是剪裁合身的，屈雲的手一進去便緊貼著悠然的臀部，輕揉慢撚，每個動作都是赤裸的勾引。然而，這還不是屈雲的最終目的，在熱身運動後，他的另一隻手緩緩拉下了牛仔褲的拉鏈。接著，他的手在浸染了悠然的體溫後，伸入了內褲中，來到她最敏感最柔軟的地方。

悠然咬牙道：「再提醒一句，套套沒有了。」屈雲眉目逸然：「這種事，不需要套套也能做。」說完，他的手指開始不老實了。異物的入侵帶來了抗拒和接納的矛盾感受，悠然的身子開始難受得左右搖擺著。屈雲的手繼續進出著，而他的舌也持續畫著旖旎。他用自己的舌，在悠然嘴中宣告著占有的權利，摩挲過光滑的貝齒，舔遞過潤澤的唇瓣，追逐著柔嫩的同類，彷彿……這裡的世界，他爲王。悠然的身子繃得緊緊，像一根染著幽香的弦，臨近崩潰邊緣。她只能求救般地環住屈雲的脖頸，那略微突出的肩胛骨，在空氣中顯得尤爲性感。屈雲的手，不停地在她體內進出，奏著魔力的頻率。悠然想逃，可是理智拗不過身體，反而挨得屈雲更緊，發出無聲的請求，請求他舒緩自己的痛苦。屈雲不慌不忙，閒適自在地誘惑著，嘴角笑容明淨。她的蜜汁濕潤了他染著雪意的指尖，那是她身體潰敗的跡象。她偏開頭，將下巴無力地靠在屈雲的肩膀上，喘氣。至此，悠然投降了。屈雲問：「以後，還會做這種事嗎？」聲音中含著笑，帶著明媚陽光的味道。悠然憤恨地在他肩膀上咬了一口，但能力有限，殺傷力不大。這次，似乎又是屈雲勝利了。但是當較量結束之後，屈雲起身，披上大衣出門，未幾，便扛回了一整箱保險套。悠然目瞪口呆，良久，終於問出了一句話：「這……應該拿的是批發價吧。」屈雲此刻沒心思回答她這種思維跳躍的問題，他打開箱子，拿出一個，直接朝悠然撲來。那陣仗大得驚人，這麼說吧，悠然的頭都被沙發扶手撞出了個小包；很顯然，剛才在誘惑她時，屈雲自己也是憋得內傷。悠然露出了滿意的笑，看來，在情慾這檔子事情上，沒有誰是眞正的勝利者。

悠然是個隨性的人，想到什麼就做什麼，然而她卻發現，自己的男友屈雲比她更隨性。在遇到古承遠的這天下午，他就收拾行李，要帶悠然去附近的山上。那是一個有名的景點，現在正在下雪，玩意兒很多。悠然道：「太匆忙，我什麼都沒準備。」屈雲根本就不是商量的語氣，因爲他已經在幫忙收拾悠然的行李：「不用準備什麼，帶點換洗衣物就可以了，其餘的東西，山上有商店，什麼都有。」說話之間，屈雲便已將必要的東西準備妥當，悠然無言反駁，只能被他拉著走。在住進屈雲家之後，悠然經常趁著屈雲不在而胡亂翻開他的東西。雖然悠然也知道這種行爲不好，但遇上了屈雲這種神祕男友，也只能靠這種方法來瞭解他。比如，屈雲有駕照這回事，就是悠然在翻看他衣櫃時發現的。既然有駕照，就該買輛車來開，悠然記得當時自己曾經這麼告訴屈雲，可是屈雲的回答只有一句：「我不開車。」悠然問爲什麼，但屈雲很快就將話題岔開。不說就不說，悠然聳聳肩，也將這件事丟開了。既然不開車，那就要搭計程車去山上，下車時，看著屈雲掏給司機好幾張大鈔，悠然心痛無比——那要是用來買杜蕾斯，起碼也能買半箱了吧。但很快，悠然便將這種情緒拋到腦後，因爲這裡的景色實在是太好了。

到處都是白雪皚皚，淨白的世界廣闊無邊。旅館是在出發前便訂好的，兩人之間，一張大床擺在房間中央，尺寸很大，大概怎麼滾也滾不下去。悠然急忙放下行李，緊接著就往外衝，要去滑雪。屈雲將她攔住：「天色暗了，不安全，今天就算了，明天任妳滑一天。」悠然一屁股坐在大床上，長歎口氣：「既然如此，幹嘛要火急火燎地趕來？兩人窩在旅館裡有什麼意思，還不如在家休息呢。」屈雲雙手環胸，似笑非笑：「看來，我對妳的吸引力已經下降了？」悠然倒在床上舒展四肢，大大地伸個懶腰，道：「也不能這麼說，主要是……我閉著眼睛都能畫出你的裸體了，所以，吸引力的確是不如以前了。」屈雲的眼眸暗暗閃爍了一下。悠然伸懶腰伸得正歡快，突地感覺到肚臍浮起了難耐的癢意，並且帶著呼吸的暖熱——那是屈雲的吻。他的舌沿著她肚臍邊緣遊走著，悠然的肚臍四周遍布了神經末梢，屈雲的舌上彷彿有著鱗片，每移動一毫就能牽動悠然體內的湧動。悠然弓起了身子，那是一種抗拒，卻並沒有逃離。屈雲將悠然趕來阻止他行動的手給握住，放在她身體兩側。他的舌，繼續在她平坦的小腹上，在那慾望的牽動地上遊走著。纖細的腰肢在扭動，一大一小的手在交握，水潤的唇在親吻，靈活的舌在挑逗，迷離的雙眸浸滿情慾，瑣碎的呻吟逃出了唇畔，白皙的肌膚重見天日，寬大的床任由兩具身體在內徜徉。窗外，是冰天雪地，而屋內，則是熱情四濺。短短幾小時之內，悠然上演了一部動作片和兩部三級片，累得不行，等激情結束之後立馬進入黑甜夢鄉。

她是被屈雲起身的動作驚醒的，微張開眼，迷迷糊糊地問道：「你去哪？」屈雲溫柔地說：「去端點吃的回來。妳繼續睡吧，等飯來了我再叫妳。」說完先將被單細心蓋住悠然光溜溜的手臂，接著便起身穿衣服。悠然翻個身，看著赤裸著身體下床撿衣服的屈雲，嘴角揚起不自覺的笑。

屈雲的身材是修長的，比例適中，頗具美感，一雙長腿之上便是挺翹的臀部，摸一把，手感特好。

屈雲套好褲子，轉身正要問悠然想吃什麼，卻見她裹著棉被趴在床上，聚精會神地看著自己，眼睛似睜非睜，笑得迷迷糊糊的，夾著一絲慵懶，帶著一點可愛。屈雲重新走回床邊，蹲下身，平視著悠然，問道：「妳想吃什麼？」「想吃你。」悠然半開玩笑半認眞，本來，屈雲確實也擔得起「秀色可餐」這個詞。屈雲道：「以後別說這種話了。」悠然問：「爲什麼？」屈雲將唇湊近她的耳畔，挨得很近，悠然似乎都感覺得到他溫唇下血液的流動：「因爲，如果妳眞的勾引了我……妳這單薄小身板，可是吃不消的。」悠然挨著屈雲的那半邊臉，倏地紅了。這男淫，實在是色……她喜歡。「欸，你以前不是嫌我胖嗎？怎麼突然會以單薄小身板這個詞來形容我呢？」悠然不解。屈雲給出的解釋讓她無力反擊：「因爲以前我只是看，沒有抱，現在抱了，才發覺，妳的肉還是太少了，應該多吃點，抱起來才舒服。」悠然調皮地說：「等我吃得比你還重時，你哭都來不及。」她拿棉被裹住自己的身體，光腳下了床，輕輕掀開窗簾的一角，用手將窗玻璃上的水蒸氣抹去。

時間已晚，外面的光線很弱，但仍依稀看得見雪花飄飄揚揚落下。屋內的熱度和外面的景色形成鮮明對比，悠然正欣賞著，屈雲卻將手伸到她胸前，替她把棉被捂好：「著涼了，明天可就不能滑雪了。」悠然不在意，繼續欣賞著外面昏暗的雪景：「我身體好得很。」隔了好久，還是不見背後的屈雲出門，悠然發問了：「運動了這麼久，你還不餓？」屈雲卻答非所問：「妳，說過自己喜歡我？」悠然用手指在窗玻璃上畫著小腳丫：「嗯，你記性不錯。」屈雲問：「有多喜歡？」悠然狐疑地看向他：「你要知道這個做什麼？千萬別告訴我，你那顆怪異的腦袋又想起了什麼奇怪的招式。」這時，屈雲的聲音靠近了些，他將下巴抵在悠然的頭頂：「我是說……如果我以前做過對不起妳的事情，妳會原諒我嗎？」悠然的身子僵硬了，觸在玻璃上的掌心也聚集起一汪水。她倏地回過頭，掐住屈雲的脖子，大叫道：「我就知道，上次冰箱裡那包番茄牛腩速食麵是你吃掉的！你還忽悠說是我自己夢遊起來吃的，嚇得我吃了兩天的素菜減肥！」屈雲將悠然的手放下來，繼續問道：「雖然這件事是事實，但和我剛才說的事情有一定差距。如果比這件事還嚴重，妳會原諒我嗎？」悠然仔細想了想，接著非常認眞地說道：「可是，輔導員同志，你以前做的事情，有哪件是對得起我的？」這是一句實話，並且是一句大實話。從兩人相遇開始，就如外星人攻擊地球，兩人開始了無休無止的大戰，並且其中絕大部分都是屈雲獲勝，悠然被整。悠然問：「你說的究竟是什麼事情？」屈雲的下巴略動了動：「沒事。」悠然低聲罵了一句：「怪胎。」屈雲嗆她：「怪胎妳也還喜歡？」悠然回嗆：「我就喜歡，你管不著，不服氣嗎？不服氣來咬我屁股好了。」屈雲：「……」悠然又問：「屈雲？」屈雲回應：「嗯。」悠然不敢相信：「你居然眞的咬了？」屈雲裝沒事：「是又怎樣？」悠然預告著：「既然如此……我也不客氣了。」說完，悠然一個貓咪覓食，撲向另一隻大型貓科動物。於是乎，屋子裡，火又熊熊燃起……

第二天，兩人吃飽喝足，神清氣爽地來到滑雪場地，租了設備，開始滑雪。悠然技術不熟練，一入場就連摔兩跤，要不是屈雲拉著，恐怕還沒開始滑都要摔成重傷了。和她的蹩腳技術形成鮮明對比的是，屈雲的滑雪技術挺高超的，姿勢優雅，動作敏捷，黑色的羽絨衣在雪地中非常顯眼，茶色的滑雪鏡豎在他高挺秀致的鼻梁上，格外帥氣迷人。悠然本來在旁邊拿著相機忙著自拍，眼睛一瞥，卻看見沒幾下工夫，便有幾個女人圍住屈雲，正嬌滴滴地央求屈雲教她們滑雪。悠然憤怒了，就算是買豬肉也得有個先來後到吧，屈雲都放在自家的購物籃中了，怎麼還有人不知趣地要來搶呢？眼看一個女人的手就要抓上屈雲的臂彎，悠然急了，也顧不上自己的滑雪技術，直接嗖嗖嗖連滾帶爬地趕到屈雲身邊，那不要命的陣勢，將那幾個女人嚇得花容失色，忙退到一旁。雖然成功地將那群虎視眈眈的小母狼嚇得尖叫，但悠然滑到她們面前之際，右腳比身子快出了許多，眼看屁股就要著地。幸好，屈輔導員伸手抱住了她的腰，就這樣，悠然仰面躺在半空中。那姿勢，說實話，挺經典的，就和電視劇裡男主角英雄救美的動作一樣。悠然看著屈雲的俊雅臉龐，還有他背後的碧藍天空，陶醉了。可是那陶醉只維持了不到三秒，屈雲便忽然放開手，悠然的屁股還是宿命般和雪地做了一次親密接觸。

雖然不是很疼，但悠然還是惱火了，她怒瞪著屈雲，用眼神詢問他發這次神經的原因。屈雲這麼回答：「橫衝直撞是很危險的，所以必須讓妳得到一次教訓。」悠然本想和他吵一次，但眼角瞥見那幾個潛在情敵，於是立馬站起，雙手抱住屈雲的腰，將頭靠在他胸前，不停地蹭蹭蹭。小母狼們看出了她的意思，都訕訕離去。等人走了，屈雲向依舊在那兒拿顆頭蹭自己的悠然說道：「妳的樣子，真像用撇尿畫勢力範圍的小狗。」悠然回擊：「那你就是電線杆！」不過，確實是根賞心悅目的電線杆。屈雲似乎輕笑了一下，沒發出聲，但悠然感覺到了他胸膛的起伏。這男淫，最近笑得還挺多的，悠然不禁懷疑，以前他那麼嚴肅，是不是因爲慾求不滿的關係。悠然咬牙，媽媽的，要早知道是這個原因，她早就撲上去幫他疏通了，何必還受這麼多的氣？正想著，屈雲用手拉住悠然帽子上的毛絨球，道：「來吧，我教妳怎麼滑雪。」悠然自是求之不得，趕緊想尋一個較爲開闊、不容易撞到別人的場地。屈雲看出了她的想法：「不用找了，待在這塊地就好。」接著，他用雪杖在地上畫了個直徑一公尺的圓。悠然認爲屈雲是在和自己開玩笑：「這怎麼滑？」屈雲的嘴唇迎著高地上的純淨陽光，卻顯出一種料峭：「現在我沒在教妳滑，是教妳摔。」

說完，他將悠然一推，悠然躲閃不及，又一屁股坐在地上。這一跤摔得比剛才還要慘，悠然從震驚中回過神來，想要大罵屈雲。屈雲卻伸手一把將她拉起，並溫柔地爲她拂去身上的碎雪。看在他認錯態度比較好的分上，悠然決定不追究他剛才的罪惡。可是她萬萬沒有料到，屈雲這麼做是爲了讓她能更好的摔倒——在爲她拍去身上最後一點碎雪後，屈雲又是一掌，毫不留情地將悠然給推倒。一邊推，他一邊教導著：「記住，摔倒時，要盡量往側後方摔。」悠然又一次被推倒。屈雲繼續教導：「雙腳盡可能合攏，並抬離地面。」悠然再一次被推倒。屈雲繼續鐵血教導：「更重要的是，雙臂要保護住自己的頭臉。」悠然還是被推倒。就這樣，悠然像個劣質的不倒翁，一次次被推到在雪地上。開始時，悠然還可以大罵或者抵抗，但沒幾下，就被折騰得眼冒金星，頭泛銀光，根本連自己姓甚名誰都忘記了，只能跟著屈雲的教導走。終於，半個小時之後，悠然摔倒的姿勢已經非常完美，屈雲勉強滿意，准許她休息了。悠然感覺自己的臀部已經瘀青一片，當她以這個理由控訴屈雲時，得到的回答竟然是：「晚上，我會親自幫妳擦藥的。」悠然咬著牙齒，咯吱咯吱了半天，終於說出一句話：「不行……除非我們互擦。」憑什麼她要吃虧呢？講解了一些滑雪基本知識後，屈雲將悠然帶到一處坡度不大的地方，開始教她初級滑雪。保持滑雪板平行，雪板的間距要和肩膀同寬，微微下蹲，重心向前……屈雲要悠然記住這些原則，接著自己示範了一次。而後重新爬上坡來，屈雲見悠然背對著自己垂頭站立。

屈雲問：「怎麼了？」悠然搖頭不語。屈雲皺眉：「是不是剛才摔著了？」悠然依舊搖頭，依舊不語。屈雲威脅：「再不說話，我可要拉妳去醫院做全面檢查了。」悠然終於開了口：「不是這個。是你剛才滑雪時……」「嗯？」屈雲等待著她的後文。悠然雙手捂臉，害羞道：「你剛才揮動雪杖的頻率，和昨晚在床上的頻率是一樣快滴說。」屈雲：「……」悠然在雪上再添了一層霜：「你好壞滴說。」屈雲：「……」寒風獵獵，在空中轉兩個圈，捲起一片樹葉，外加嗖嗖了兩聲。屈雲緩過氣來說道：「快十二點了，先去吃飯吧。」悠然問：「吃什麼？」屈雲建議：「有速食，還有家常菜，乾脆吃炒飯吧。」悠然停住腳步，左手撐著旁邊的樹幹，雪腮紅潤，笑得曖昧無比。屈雲問：「又怎麼了？」悠然道：「你說了炒飯。」屈雲等待著：「所以……」悠然道：「……你好色滴說。」屈雲：「……」十五分鐘後，兩人來到了速食店。屈雲問：「想吃什麼？」悠然用臉上僅露出的哀怨眼睛看著他，這裝束是方才爲了不在滑雪場中製造命案，屈雲於是脫下自己的圍巾裹住了悠然大半張臉，讓她無法言語。「不好意思，我都忘記了。」屈雲趕緊將悠然臉上的圍巾取下，接著詢問，「想吃什麼？」悠然發狠道：「什麼熱量高，就要什麼！」她決定替自己快速增肥，晚上壓死屈雲這個男淫。「和我想的一樣。」屈雲微笑著離座，去點餐。

悠然百無聊賴地坐在靠窗位置，看著外面。速食店的暖氣很足，再加上一上午的運動，悠然有點昏昏欲睡的感覺。然而正在這時，一抹豔紅的身影像火似的在悠然眼前繞了一下，她的瞌睡立即被蒸發了。那是個女人，是悠然這輩子唯一見過容顏能壓得住大紅顏色的女人——及腰的長髮，似乎迷醉了風。雪一般的膚色，讓那張臉周圍的空氣都彷彿柔和了許多。她渾身上下有無限的風情能融化這樣的冰天雪地。悠然記得，這是當年古承遠抱在懷中的那個女人。但是，時過境遷，這個女人已經不重要了。悠然收回目光，卻發現，不知何時屈雲已經端著盤子回到自己身邊。此刻，他的目光也追隨著那個美女，悠然分辨得出，那不是驚豔的目光，屈雲……是認得那個女人的。

這就是屈雲教給她的第十四課——舊友，是何處不相逢的。

Lesson Fifteen

真相，終究是會大白的

悠然問：「你也……認識她？」屈雲並沒有立刻回答，他的眼神還是停佇在那個女人身上。其實持續的時間不長，但沒來由的，悠然還是感覺到一股隱隱的涼意。屈雲道：「她以前是古承遠的女友……唐雍子。」唐雍子，挺別致的名字，悠然想。

窗外的唐雍子正走著，忽然，有個男人將她叫住，兩人說了幾句話。那瘦高的身影讓悠然一眼認出，他就是當年在古承遠家安慰過自己的男人。看來，舊友還不只一位。那瘦高的男人挺敏感的，他像是感受到了目光，竟轉過頭來，準確地盯住悠然和屈雲。空中飄著雪花，讓人的視線變得模糊，但悠然還是看見了那瘦高男人的眼神，是種驚訝，或者，比訝異更豐富些，還帶著一種……擔心。悠然沒時間仔細辨別，因爲下一秒，屈雲就發話了：「我們把東西拿到旅館房間去吃吧。」悠然想問爲什麼，但屈雲走過來摟住了她的腰，溫柔中夾著一絲強硬，就這麼拉著她回了房間。

「吃吧。」回到房間後，屈雲細心地將漢堡外面的包裝紙撕開，遞給悠然。看樣子，他不想對剛才的事情做什麼解釋。悠然咬了一口，麵包鬆軟，裡面的雞肉酥嫩，混合著青菜，格外爽口。但悠然心中有事，也就沒什麼食慾，胡亂地將嘴中食物嚼了兩口吞下去，便開問：「爲什麼要跑？」屈雲反問：「跑什麼？」悠然道：「你知道的。」屈雲拿出了熱飲遞給悠然，但悠然沒接，屈雲將杯子放在她面前的桌上。飲料溫度很高，不一會兒，杯底邊緣就浮起了一層水蒸氣，細細小小的水珠。

屈雲解釋：「那個男的叫尤林，是古承遠的好友，而我和古承遠的關係不是很好，自然也和尤林之間有點尷尬。」悠然知道，屈雲剛才不可能是出於這種原因而離開，這不是他的性格。他剛才的舉動分明滲著一種擔憂，好像在害怕什麼發生。悠然想打破砂鍋問到底，但剛要開口，屈雲卻忽地來到她面前，半蹲下身子，伸出手，捂住了悠然的臉頰。屈雲的手，開始時有些冰，但捂了一會兒，悠然便適應了，也不知是誰將誰的溫度同化。屈雲又問起了這個問題：「妳喜歡我嗎？」「誰都看得出來。」雖然這對女生而言不是件榮幸的事，但悠然還是很誠實地說出了事實。屈雲要求：「那麼，妳就發一句誓。」悠然好奇：「什麼誓？」屈雲的聲音染著異樣的平靜：「我希望妳說，妳不會離開我……即使離開一會兒，終究還是會回來。」「爲……」爲什麼要說這個，悠然想問，但是她才發出第一個音，屈雲便伸出修長而泛著潔光的手指，點在她的唇上。屈雲重複道：「跟著我說，妳發誓，永遠都不會離開我，即使離開一會兒，終究還是會回來。」此刻的屈雲，是固執的。悠然心中任有無限疑惑，也被屈雲指腹的溫度所消融，她像著了魔般跟隨著屈雲：「我發誓，永遠都不會離開你，即使離開一會兒，終究還是會回來。」「眞乖。」屈雲展眉一笑，讓房間中的空氣都變得柔軟。

悠然承認，屈雲這招非常厲害，因爲此刻的她已經像被灌了迷湯，昏昏的，什麼也不知道了。

屈雲撕開番茄包，用著條沾了點，送入悠然嘴中：「吃完了就把東西收拾收拾，我們要準備走了。」悠然一邊嚼一邊問道：「怎麼這麼快就走，不是說好要多住幾天的嗎？」屈雲道：「我想帶妳去鳳凰古城看雪景，那裡更好玩。」悠然一聽有得玩，馬上吃得快了些，而屈雲則在一旁收拾起兩人的東西。屈雲做事很有條理，很快就將行李收拾得妥妥當當。悠然剛吃完最後一根薯條，屈雲就拖著她出了房間，來到樓下大廳結帳。剛吃飽飯，悠然又想睡覺了，便將頭靠在屈雲的背上休息。屈雲和服務人員輕聲說著話，那聲音在體內產生輕微的震動，傳到悠然的臉頰上，酥麻麻的，特別舒服。雖然大廳裡還坐著一些遊客，但悠然卻將這親昵動作做得很自然。因爲，她現在靠著的，是她的人，只屬於她的人。旅館的服務效率很好，沒幾下，退房手續便辦完了，屈雲轉過身，很自然地將長手在空中劃個圈，摟住悠然的肩膀，帶著她往外走。但就在這時，悠然聽見了一個聲音：「屈雲，等等。」悠然想停下腳步，但是她做不到，因爲身邊的屈雲像聽不見似的還是帶著她繼續往前走。可是悠然很清楚屈雲聽見了，因爲他摟著自己的力氣變大了，並且走動的速度也快了許多，像是在躲避什麼。出了旅館的門，那人也沒有放棄，一直在緊追著。悠然想回頭看，但屈雲不允，他用手撥住她的頭，此刻，他的手讓悠然覺得陌生，因爲很冰，很涼。屈雲伸手，攔住一輛計程車，打開後車門，將悠然送了上去；正當他自己進車裡來的瞬間，一直追逐他們的人趕到，一把拉住了門。

是尤林，那個瘦高的男子。其實，悠然對他還是有一定好感的，因爲當年他的那句安慰。雖然很平常，但悠然覺得，尤林是個溫柔的人。「放手。」屈雲命令，他的聲音和地上積雪的溫度是一樣的。尤林看了一眼車內的悠然，輕聲道：「屈雲，你不可以這麼對她。」悠然的心，因爲尤林的話，更因爲他那帶著悲憫的一瞥而變得很重。屈雲的眸子迅速凍結：「你什麼都不知道，這一切，也與你不相干。」尤林見屈雲不聽，便轉向悠然：「悠然，我有話要告訴妳。」沒等悠然答話，屈雲便厲聲道：「尤林，再不放手，我可就要關門了。」尤林不聽，依舊看著悠然。屈雲逕直坐進車裡，伸手，準備將門重重帶上。這麼一夾，估計輕則瘀青，重則骨折，但尤林沒有退縮的跡象，他看著悠然，他那稍顯平凡的五官上浮現出一種堅毅。就在車門即將關上之際，屈雲生生地將動作停住，因爲，悠然將手放在了車門框處。悠然看著屈雲：「爲什麼不讓他說話？」屈雲眼中煙雲流轉，半晌，轉頭對著尤林道：「借一步說話，好嗎？」尤林點頭，屈雲隨即下車，但沒走幾步，他便停下，打開車門，對著悠然道：「乖乖在車裡等我。」悠然只看著他，不答話。屈雲是固執的，悠然不答，他便不走。風夾雜著雪就這麼吹了進來，撲在臉上，涼刺刺的。像過去無數次那樣，悠然屈服了：「好，我等你。」屈雲迅速從錢包裡摸出所有的現金，遞給司機：「麻煩你幫忙看著她一下。」做好一切準備，他和尤林走到離車十多公尺的地方去。

兩人說些什麼，悠然聽不見，但她知道，這件事和自己大大有關係。正努力透過飄飛的雪花觀察兩人的面部表情時，悠然忽然感覺到身邊傳來一陣冷冷的香氣。偏頭，她看見了一抹令人驚豔的紅色，是唐雍子，她打開了車門。「又見面了。」她道，聲音有些低沉，卻很好聽。悠然坐在車裡，一時不知該怎麼回話。唐雍子道：「有興趣和我談談嗎？」悠然隔了許久，才回道：「我答應過屈雲，要在這裡等他。」唐雍子嫵媚細長的眸中帶著點嘲諷：「好乖的洋娃娃。可是，我要和妳談的，就是關於屈雲的事情。」悠然問：「什麼事？」唐雍子道：「比如說，他爲什麼要和妳在一起這件事。」她的聲音很輕，因爲她明白，無論發音多輕，這些字還是會像釘子般錘入悠然的耳中。像有隻冰涼的手突地觸在悠然溫熱的背脊上，一種冰冷的顫抖向她的四肢百骸擴散著。唐雍子指指旁邊那輛轎車：「如果想聽，就上車吧。」悠然知道屈雲是個有祕密的人，她一直都知道。開始時，她會千方百計地探詢，但到後來，她也就不再過問那些祕密了。因爲愛一個人，是會心甘情願盲目的。此刻，悠然也很想像過去那樣遮住雙目，掩住雙耳，可是她做不到了。一切都是因爲唐雍子的話。悠然背棄了誓言，她不由自主地預備跟著唐雍子離開。計程車司機收人錢財，趕緊想上前制止，可是唐雍子更快地掏出十張大鈔，扔在駕駛座上。司機重新關上了車門。人總是自私的。

唐雍子開起車來很瘋，一踏油門，車輪輾碎積雪，如離弦之箭，朝前方衝去。悠然問：「我們要去哪裡？」唐雍子道：「哪裡也不去，就在這附近逛逛，順便將一些事情告訴妳。」悠然深吸口氣，車內的暖氣混合著唐雍子的香水味，讓她有些胸悶：「妳剛才說的那句話，是什麼意思？」唐雍子忽然說道：「屈雲是個優秀的男人。」悠然壓低眉宇：「我知道。」唐雍子繼續：「任何優秀的人，都有權利選擇優秀的同類。」悠然忍耐著唐雍子啞謎似的言語：「我正在聽。」唐雍子道：「恕我直言，妳不是屈雲喜歡的類型。」聞言，悠然的臉瞬間漲紅，她像被剝去了衣服，屈辱得無以復加。唐雍子瞥見了悠然的異樣：「對不起，我說話很直，但我說的是事實。屈雲追我的時候，我問他，爲什麼要和我在一起，他的回答是，因爲妳很美。」聽到這，悠然呼吸一窒，原來，唐雍子和屈雲……也有那麼一段。唐雍子忽地將目光在悠然身上流轉而過，不動聲色的一瞥殺悠然於無形之中：「我也是後來才知道，屈雲從中學開始，所交往的女友都是學校數一數二的漂亮。而妳，不是他喜歡的類型，從來不是。」

悠然的性格是很複雜的，在喜歡的人面前，她可以不計形象心甘情願變成貓咪；而在敵人面前，她可以是嗜血的老虎，不肯任由人欺負自己。當下，悠然冷笑道：「可是，屈雲還是甩了妳，和我交往了，這說明，人的品味是會提高的。」事後回想起來，悠然不禁覺得當時自己和唐雍子針鋒相對的姿態實在難看。可是，當兩個女人爭同一個男人時，氣氛是不可能會和諧的。唐雍子淺笑嫣然：「誰告訴妳，是他甩了我的。」悠然反問：「如果是妳甩了他，那又何必一副醋樣？」悠然再不濟，也是個女人，她有女人的第六感，她分辨得出唐雍子看自己的樣子，就像在看一個搶走自己娃娃的敵人。唐雍子的語氣平靜了下來：「人這一輩子，總要被甩個幾次，這沒什麼好丟臉的，我唐雍子也不是沒被人甩過。但當時，確實是我背叛了屈雲，我沒有騙妳的必要。」悠然將事情的前因後果聯繫起來，得出了這個答案：「該不會，是和古承遠有關？」「是，我因爲古承遠而背叛了屈雲。」這個答案從唐雍子塗著精緻唇彩的嘴中吐出。眞相還在繼續揭露著——「屈雲讀軍校時，還是他女朋友的我，和古承遠在床上親熱，當場被他給抓住。第二天，他當著學校高層的面打了古承遠。因爲這件事影響很大，屈雲被迫自動退學。誰都知道，他恨古承遠。但是我沒料到，他竟然恨到不惜利用他人來傷害古承遠這種地步。而妳，就這麼不幸成了犧牲者。屈雲和妳交往，只是爲了報復古承遠，並不是因爲喜歡妳。」這就是事情的眞相，悠然想，這就是屈雲的一切祕密。像是一場戲，古承遠，唐雍子，屈雲，他們三個是主角，而悠然只是一個推動情節的工具。舞臺上從來沒有她的位置，多麼的微不足道。

唐雍子道：「我想，妳是討厭我的，是嗎?當年，我並不知道妳和古承遠的關係……而且，我從來都不瞭解他的想法。」悠然緩聲道：「就算知道了，也改變不了什麼。再說，那已經不再重要。」唐雍子猛地將車停下：「其實，屈雲和妳根本就不是同一路的人，如果不是古承遠，你們是不會走在一起的。」由於慣性，悠然的身子向前倒去，她沒有繫安全帶，不得不在最後關頭以手撐住身子。撞擊的力量太大，悠然的手腕蔓延出一陣暗暗的疼痛。悠然輕輕轉動手腕，疼痛欲烈：「妳的意思是，要我離開他，是嗎？」唐雍子道：「即使妳不離開他，他也會離開妳的。」她的聲音彷彿也染著冷冷的香。悠然的語氣忽然放鬆：「那，這些事和妳又有什麼關係？」唐雍子將她那帶著清新嫵媚氣質的眸子轉向悠然。悠然對唐雍子上揚起唇角，笑容恬靜：「我和他怎樣，和妳又有什麼相干。不管屈雲對我眞心也好，假意也罷，但請妳明白，現在，我是他的女朋友；不管是妳先背叛他也好，他先甩了妳也罷，現在，妳已經是他的過去式。所以，不論我和屈雲之間要發生什麼事，妳這個過去的影子都應該下臺了。我們之間，從來都沒有妳的位置……抱歉得很。」唐雍子眸光暗轉，半晌，才輕哼了一聲：「幾年不見，牙尖嘴利了不少。」悠然再次微笑：「我應該多謝誇獎嗎？」「話我已經說完，信不信，找找當年那些知情的人問問就知曉了……」唐雍子話還沒說完，手機響了，她接起，約莫等那端講了兩句後，才慵懶地應聲：「我知道了。」接著，她掛上電話，續道：「屈雲在你們住的那間旅館等妳，所有事情，妳可以找他問個清楚。」「我知道了。」悠然說完，打開車門，跳了下去。唐雍子看出她的意圖，挑挑眉，道：「該不會，妳是想走回去？」悠然嘲諷道：「想起我的男人被妳碰過，我心裡不太舒服，所以，還是自己走的好。」說完，也沒興趣看唐雍子的表情，雙手裹緊圍巾，沿著山道走了上去。

雪還在飄著，不大，但風颳在臉上還是微微的刺痛。靴子雖然厚，但抵不住積雪的低溫，悠然的腳心開始發僵。腦子，是混亂的，在這樣的冰晶世界中，徹底凍結成混亂的固體。她告訴自己，不該相信唐雍子的話……至少，不應該全信。她仔細地回憶著自己和屈雲的點點滴滴，每一點記憶的沉屑都撿拾起來細細查看。悠然記得，是自己提出交往的要求，一直以來都是自己主動的。如果說，屈雲是鐵了心要報復，他完全可以從一開始就對自己千依百順，讓自己感受到無上的幸福，再狠心將自己推下去，重重地傷害她給古承遠看。但他沒有這麼做，他一直都待在原地，等著悠然自己靠近。悠然確信，如果不是她的主動，他們的關係恐怕早就結束了，何談報復一詞。悠然可以肯定的是，屈雲並不是唐雍子說的那樣，一心致力於報復。意識到這點，悠然應該要放下心來，但是她做不到，因爲心中有一根刺梗著，她必須找到屈雲，詢問一個眞相。悠然在風雪中感覺不到累，她一步步地走回旅館，走回那間他們住了不到兩天的房間裡。屈雲在屋子裡等著她，他的眼中是一種了然，他知道發生了什麼。屋內的暖氣迎面而來，竟讓悠然打了個寒顫。這是屈雲的第一句話：「唐雍子對妳說了什麼？」悠然道：「她說了她自己，你，還有古承遠的事情。」屈雲問：「妳相信她的話嗎？」他的唇微微地抿著。悠然道：「我不知道……我只想知道一件事，屈雲，這件事，你不能瞞我，好嗎？」她的嘴唇因爲剛才的運動，開始發麻，血液凝滯，有種鼓脹感。「妳問。」屈雲說著便想走上前來，但悠然抬手做了個制止的姿勢，所以，他停下了。悠然仔細地看著屈雲的眼睛，將每個字都發得清晰無比：「我只想問一句話。那天晚上，你說『因爲我是李悠然』，這是什麼意思？」屈雲的唇依舊抿著，沒有鬆開的跡象，他的表情說明了一切。悠然捂住臉，手套毛茸茸的，觸在臉頰上卻沒有一點感覺。悠然想，如果心也能凍僵，那該多好。

悠然平靜地說：「那天，在你要我之前，對我說了一句話，因爲妳是李悠然……我以爲，我以爲這句話是每個女人夢寐以求的意思，我眞的這麼以爲。你永遠也不知道，我當時聽了這句話後的感受，我甚至覺得，我可以幸福到死了。」屈雲看不見悠然的表情，因爲她的手遮著臉，但她的聲音蒼白無力，繼續說道，「但今天我才知道，你想說的是，因爲我是李悠然……因爲我是古承遠的妹妹，是嗎？我猜，古承遠和唐雍子背叛你的那天，正是你的生日，是嗎？你抓住他們在床上，你受到打擊，你失魂落魄，更甚至你將你的那隻貓給輾死了。你的生日，是你一生中最不願記起的日子，所以，你不願意再開車，甚至不願意告訴別人這個日子。但那個日子還是來了，你便以喝酒來遺忘，你有些醉了。是我運氣不好，是我臉皮太厚，我自動送上了門。你開了門，你看見了我，你想起了古承遠，想起了唐雍子，想起了他們在床上的樣子，你決定，要用我來報復。所以，你和我上了床。酒醒之後，你很後悔，你屈雲雖然不是君子，但也沒有壞到不可救藥的地步，否則，也不會被古承遠絆了那麼大一跤。你後悔了，你覺得對不起我，你覺得用一個小女人來報復是令人不齒的，所以你對我的態度開始改變，千方百計要我留下，買我喜歡的食物給我，買我喜歡的漫畫給我，對我笑……原來這一切並不是因爲你喜歡上了我，你是在……補償我……僅此而已。」悠然在回來旅館的路上，將一切零散的拼圖組合了起來，拼成了完整的眞相。其實難度不高，她早該想到，只是……她不願意去想。悠然一直捂住臉，她不敢看屈雲，她害怕親耳聽見他的承認。她聽見屈雲朝著自己走來，她感受到他用手摟住自己，緊緊的。良久，屈雲低低地說了一句話：「悠然，我愛妳，永遠都不會離開妳。」這曾經是悠然最想從屈雲口中聽到的話，她爲此費了許多心機，最終一無所獲。可是今天，在這個意想不到的時刻，悠然聽見了，輕輕鬆鬆地就聽見了。屈雲用這句話，間接承認了她的猜測。當聽見這句話後，悠然原本微微顫抖的手，平靜了。

房間裡陷入一種寂靜，靜得讓人產生能聽見窗外雪花飄散的幻覺。沒有人能預測時間的流逝，在這樣的情況下，一秒，一小時，彷佛是一樣的。在最安靜的那一刻，在空氣都停止流動的那一刻，悠然突地將屈雲推開。她的力氣大得驚人，那種怒火是凍結的冰，沒有溫度，但威力更甚。在推開屈雲的同時，悠然快速地從羽絨衣口袋掏出一把鑰匙，那把屈雲家大門的鑰匙，那把她以前說什麼也不肯交出來的鑰匙。她用盡自己的全力向屈雲擲去。鑰匙在空中劃出金屬特有的流光，接著，鑰匙的尖端準確地砸在屈雲的眼角上。血，安靜地從傷口溢出，染濕了屈雲的眸子。屈雲沒有閃躲，甚至沒有閉眼，就這麼任由那濃稠的血液進入眼中。他的右眼成了紅色，眞正的血紅。悠然還記得，第一次看見屈雲沒戴眼鏡時的一雙眸子，那時她覺得，他像一隻妖；現在的他，染了血的氣息，妖氣更甚了。

「你傷了我。」悠然在陳述一個事實。屈雲沒有答話，只是用一雙染血的眸子直視著悠然。悠然繼續陳述著：「而現在，我也傷了你。」屈雲的臉，因爲血而更加清雅秀逸，讓人移不開眼神。悠然道：「所以，我們互不相欠。從今以後，再沒有任何瓜葛。」是的，屈雲是妖，而她是凡人，她禁不住誘惑，她惹了他，她受到了懲罰，她累了，她沒有力氣要了。她不要了。屈雲，還有這段似眞似假的感情，悠然都不要了。說完，悠然提起自己的包包，衝出門外。而在樓梯口，屈雲追上了她。

悠然沒看屈雲一眼，還是固執地往前走：「在我沒做出什麼過激的舉動之前，放手。」此刻，她被屈雲拉著，根本無法移動，但她的腳，還在費力地往前走踏。她不要回頭，永遠不要。打從剛才的質問開始，屈雲便是沉默的，他什麼也不說，只是伸手拉著悠然，不放她離開。他額角的傷口還在流血，沿著他的臉部輪廓匯聚到下顎處，滴落。屈雲沒有拿手去擦拭，他的手，用來抓著悠然。他們像在進行一場拉鋸戰，就在走廊上。悠然第二次道：「放手。」屈雲還是握緊悠然的雙臂。悠然第三次做出這樣的要求：「放手。」屈雲一把將她按入了自己的懷中，他的手握住了悠然的脖子，捂住了悠然的臉。「放手，放手，放手！」悠然像是無法忍耐屈雲的碰觸，歇斯底里地掙扎起來。她抓住屈雲的手，狠狠地咬住。她嘴上的力氣很大，牙齒瞬間穿透了皮肉，甜腥液體像潮水般湧入悠然的唇齒間，湧入她的咽喉，讓她窒息。悠然丟開屈雲的手，蹲在地上，難受地嗆咳起來。她不斷地咳著，吐著，落在地上的全是屈雲的血。一隻手在她背脊上輕輕地拍著，悠然知道，那是屈雲的手。悠然忽然脆弱了，像個遭受了很大委屈的孩子，放聲痛哭起來。她的淚水如泉湧般，一滴滴落在地上，混合著那些血跡。悠然大哭著，像是將所有力氣都用在這個動作上，淚水彷彿要將眼珠給沖刷出來，痛漲酸澀。她的聲音在走廊上迴響著，悠然哭著，哭到聲音都沙啞，哭到身體在顫抖，哭到無法分辨周圍究竟發生了什麼。

「你們這樣是不行的，我送她回去……不要固執，屈雲，你不會想看著她哭死在這裡的。她會冷靜下來的，讓我送她……」悠然依稀記得，那是尤林的聲音。接著，她被尤林扶起，扶到了他的車上，他說：「小妹妹別哭了，我送妳回家。」悠然還是哭著，像要窒息般哽咽著，哭到每根神經都不自覺地痙攣。哭到整張臉都浮腫到不像話時，悠然終於累了，她停止了哭泣，靠著車門，靜靜地呼吸著。就這樣，她半死不活地躺了一個多小時，終於積聚起力氣開口：「我要回家。」尤林道：「我們正在回妳家的路上。」他的聲音，很好聽。悠然道：「我不要他跟著。」尤林的聲音有種令人心靜的魔力：「是，我已經將他甩掉了。」悠然道：「我和他，什麼都不是了。」尤林輕搖了一下頭：「妳和他之間，我沒有發言的資格。」悠然用那雙紅腫得像桃子的眼睛盯著尤林：「你是壞人。」尤林說：「因爲我告訴了妳眞相。」

悠然道：「不，因爲你總是在我最狼狽的時候出現。」尤林認眞地道歉：「我該死。」悠然道：「我好蠢。」尤林道：「愛上別人的人都是傻子。」頓了頓，又笑道，「可能，我比妳還要蠢。」悠然問：「爲什麼？」尤林微笑：「我陪著我愛的女人，看著她經歷一個個男人，卻在她身邊扮演一個閒情很多的好友身分。」他的牙齒很白，一笑，將那張不怎麼帥的臉映照得很有味道。悠然問：「爲什麼不告訴她你愛她？」說完，她立即神經質地笑了，「算了，我不能傷害你，看我的樣子就知道這麼做有多慘。」尤林道：「其實，她知道的，妳明白嗎？她知道我愛她，我和她心知肚明，我們誰都不說，共同維持著這個平衡。」悠然問：「這樣做，好嗎？」尤林道：「有些眞相，是應該埋在地底的。」悠然將頭轉向車窗外，用乾澀的眼睛看著那些景物。她想，可是，眞相總是會浮現出來的。

這就是屈雲教給她的第十五課——眞相，終究是會大白的。

戀愛，是會失敗一次又一次的

悠然也不太記得自己是怎麼回的家，但當她回過神來，已經躺在自家床上。悠然想動動手腳，但渾身沒有力氣，彷彿身體罷工，沒有了生存的慾望。但悠然知道，自己是不會死的，她會忘記這件事。就像小學時數學考了五十八分那次，她原本以爲世界塌陷了，可是現在回想起來，卻只是生命中很小的一個黑點。這次的失戀也一樣，在不遠的將來，同樣會成爲她生命中一個小小的黑點，占不了多少位置。而屈雲……也是一樣。雖然這麼想著，但悠然還是處於失戀症候群中，手腳無力，茶飯不思，整日在家死睡昏昏。幸好父母都是開明而有智慧的人，一看便明白女兒的遭遇，也不多說話，只給她足夠的時間空間養傷。只有當受傷之後，人們才會發現，自己的家是最安全、最穩固的，而父母才是永遠也不會背叛傷害自己的人。

這樣躺了將近兩個星期，便是大年三十了，悠然想，再怎麼說，這兩天也要撐起來，不能讓父母連年都過不好。因此這天一大早，悠然第一次從床上爬起，拾掇拾掇了一下，出門買巧克力去。

巧克力是好東西，苯乙胺和鎂元素每次都能讓悠然開心。買了一大袋，悠然一邊吃，一邊走在回家路上，希望能在到家之前讓自己精神振奮。可惜天不從人願，走到自家社區前不遠的建築工地時，她看見了古承遠。他在等著她。悠然問：「是媽叫你來吃年夜飯的嗎？」古承遠答非所問：「原來，那個人，真的是屈雲。」悠然剝開一顆巧克力，放入嘴中：「今天你運氣好，我看媽買了很多菜，大部分都是你愛吃的。」古承遠問道：「你們的事情，我已經全部都知道了，他對你沒安好心。」悠然將那顆巧克力吞下喉嚨：「對了，聽說今晚河邊要放煙火，麻煩你載爸媽去看吧。」古承遠一把抓住了她，眼神帶著一種冷硬：「爲什麼是他？他哪裡值得妳喜歡？」悠然呼出一口氣，語氣帶著一種無力：「古承遠，你夠了。」古承遠扯動了一下悠然的手臂，語氣中帶著慣有的命令：「不夠。回到我身邊，這才會夠。」

悠然將空閒出的那隻手撫上古承遠的臉頰，他的臉，英俊的、硬朗的臉，她的掌心，凹凸的，全都是這男人的弧線。她就這麼摩挲著，掌心帶著千般的溫柔，古承遠的眼神似乎也受到了感染，冰雪化了一些。然而就在下一刻，柔軟的手掌伸出了尖利的指甲，悠然準確地、毫不留情地將它們嵌進古承遠的皮肉，順勢向下一劃。五道劃痕，就這麼出現在古承遠的右臉頰上。有兩道，劃破了皮，泛起了紅腫；有三道，浸出了血珠。悠然彈了彈指甲，清理出裡面的皮膚碎屑：「這幾天，我終於想明白了一個問題，爲什麼你們總是會找上我？那是因爲我天生一張包子臉，怨不得被狗咬。可是，包子裡的餡，說不定也是有毒的，咬了，會鬧肚子。」古承遠看著她，深邃硬朗的輪廓彷彿鍍上了一層華麗的黑。悠然決定在今天把話說清楚：「不要再來考驗我的耐性，從此以後，我不會再相信什麼息事寧人、以德報怨的鬼話。今後也不要再說什麼要我回到你身邊的話，聽一次，我會打你一次。也不要再想掌控我的生活，如果可能的話，請盡量少出現在我面前，免得我看你心煩。」說完，悠然提著一整袋巧克力繼續往前走。

古承遠並沒有放過她：「我想，妳還是在想著屈雲，是嗎？」悠然沒有停下腳步，她繼續前進，風將她的話吹入古承遠耳中：「這和你無關。」古承遠跟隨著她的腳步，皮鞋聲帶著略略的低沉：「妳還愛著他，否則，妳不會這麼受傷。」悠然冷笑：「沒錯，我愛他愛得要死，又怎麼樣呢？」兩人一前一後地走著，悠然步子邁得挺大，但仍舊甩不掉古承遠。古承遠道：「屈雲是爲了報復我，才會和妳在一起，這種人，和我也沒什麼分別，不是嗎？」悠然譏誚道：「你還挺有自知之明的。」古承遠忽然拉住悠然的手臂，用力讓她轉過身子：「既然如此，就忘掉他。」悠然靴子上的流蘇，因爲這一動作瘋狂甩動了一圈。她回頭，一眼看見古承遠臉頰上的傷痕。冷風凝固了血珠，沒有再流血，但傷口紅腫不少，看上去有些瘮人。古承遠重複道：「忘記他，不要再想他。」他用力握住悠然的手，像是要將她體內的某種物質、某個人擠壓出去。悠然的話隨著冷風一起飄來：「我不會忘記。我不會忘記他，就像不會忘記你，就像不會忘記一切傷害過我的人。我不會忘記，我會記得，我會學乖，我會時刻記住你們給予我的教訓，讓自己聰明起來。我還年輕，我的生活還很長，一、兩次失敗沒什麼了不起。我不會讓你們這些不值得的人來繼續污染我的生活，我會快樂，我會找到真正愛我的和我應該愛的那個人。你放心，我不會忘記，但是我會做出比忘記你們更徹底的事情。而現在，」悠然的眼睛在冷風的吹拂下彷彿凍成了一塊冰，看上去清澈明亮，溫度卻低得嚇人，「我要回家。你，也去醫院包紮一下傷口，買點禮物準備回來看爸媽，隨便編個理由哄騙他們，讓他們高高興興地過完這個年，明白嗎？」

大年三十，就在悠然和古承遠的粉飾太平下過去了。接著是大年初一，初二，初三，初四。悠然一直在笑著，每天都盡可能吃很多東西，讓自己有精力開心。有時候，悠然也在想，或許自己是真的復原了吧。可是，在又一次看見屈雲時，悠然才發現她高估了自己的復原能力。那天是初五，父母去參加同事兒子的婚禮，悠然沒那麼大的胸懷，無法在自己失戀時目睹他人的幸福，因此她選擇窩在家裡看電視。一邊吃洋芋片，一邊看那如裹腳布般長的《懷玉公主》，偶然覺得自己墮落到了地獄底端。正在墮落之中，悠然的手機響了，她看也沒看，便接起。而那端居然是屈雲的聲音：「是我。」悠然的第二個動作便是掛斷手機，接著渾身僵硬。手機繼續響，悠然像控制不住自己的手一般，再次接起。「我在妳家樓下。」聽完這句話，悠然再次不受控制地將手機掛斷，又化身為岩石。下一秒，手機再響。「我想見見妳。」掛斷。再響。再接。「我會一直等著的。」掛斷。再響。再接。「悠然，我會一直等著。」像是一句誓言。這次，悠然在掛斷之前，說了一句話：「你再等一會兒吧。」掛上電話，悠然看著電視螢幕，裡面似乎又出現了一場高潮，無數穿清宮服飾的人在大吵大鬧，可是他們的話，悠然一句也聽不見。她就這麼呆愣著，許久之後，才像復活般猛地衝進臥室，開始翻箱倒櫃，找出最適合自己的衣服穿上，接著開始化妝，吹頭髮。悠然努力將自己打扮得光鮮亮麗，她要讓屈雲看看，離開了他，她一樣活得很好。

半個小時後，悠然勉強對自己的形象滿意，再三檢查後，悠然下了樓，準備去面對屈雲。最後拿出小鏡子塗了唇彩，悠然走出去，可是在遠遠看見屈雲的一剎那，她的眼淚，忽然湧出。這個舉動是她從未預料到的。悠然以爲，自己可以很自然地站在屈雲面前，將手插入口袋，淡定地問道：「什麼事？我們不是分手了嗎？你還來做什麼，煩不煩啊？」但只是遠遠望了一眼他的身影，悠然的淚便止不住地往下墜。她趕緊落荒而逃，跑回家。照鏡子，發現眼線都黑了，髒兮兮的一片。悠然拿出眼線筆，再次描著，但是沒有用，因爲眼淚一直湧出，整個眼眶、睫毛都是滋潤的，根本畫不上去。一次次地描畫都毫無結果，就像她一次次對屈雲的努力，到最後，原來是無功。悠然再也忍不住，猛地將筆扔開，趴在鏡子前，哭了起來。她用力地哭著，哭出自己所有的委屈，所有的受傷，所有的不甘，以及所有的絕望。一邊哭，一邊將自己和屈雲在一起的每件事都想了個遍，每一件事都能惹出她的一滴淚。手機再次響起，悠然接過，抽泣著說了一句話：「明天來嗎？明天……我才能見你。」說完，她沒等他回話，便將電話掛斷。屈雲沒有再打來，他發了一則簡訊，上面只有三個字——「對不起。」誰又對得起誰，誰又對不起誰，悠然已經分不清。此刻的她，只想哭，只能哭。

一整天，她都躲在房間裡哭泣著，哭到整個鼻腔都堵塞著，連呼吸都不能。這時，悠然才知道，自己心中的傷並沒有好，稍稍一碰，又開始流血。悠然哭泣著，哭了很久，久到她撐不住，昏睡了過去。朦朦朧朧間，似乎有條手帕輕拭著自己的臉頰。那感覺很溫暖，很舒適，悠然呢喃了一下，翻身再度睡去，直睡到日上三竿，第二天的日上三竿。悠然睜眼，發覺有些困難，眼睛，因為長時間哭泣而腫脹酸澀。一雙溫柔的手撫在悠然的額頭：「醒了？餓了沒？」悠然記得自己小時候生病，母親總是和她睡在一起，醒來後，母親輕聲問的便是這句話。時間像飛速回轉到那時候，什麼都懵懂的時刻。悠然想到自己腫脹的淚眼，忙翻身遮掩住，道：「媽，我沒事，我還想睡。」白苓柔聲道：「我們家樓下，站著一個男人，看起來似乎是在等妳，要下去和他談談嗎？」很多事情白苓都知道，只是，悠然不想和她說，她也不會勉強。悠然背對著母親，隔了許久，終於說出一句話：「媽，為什麼我的戀愛總是不會成功呢？」白苓輕輕拍撫著悠然的背脊，道：「因為，如果現在成功了，那以後真正屬於妳的那份戀愛到來了，該放在哪裡呢？」悠然問：「但是，如果真正屬於我的那份戀愛永遠也不會來，怎麼辦？」白苓答：「那就自己愛自己，愛父母，讓父母愛妳。」母親的手彷彿有種魔力，拍在悠然背脊上的每一下都為她增加了一份力量。悠然忽然翻身，抱住了白苓的腰：「媽，樓下那個人傷了我，我該怎麼辦？」

白苓拿著梳子，細細梳理女兒多日未打理而打結的髮：「我記得我早教過妳的。小時候，妳被欺負時，我告訴妳的那幾點，忘記了嗎？」「沒。」悠然將頭埋在母親腰間，嗅著那幽蘭般的氣息。白苓溫柔地說：「第一，仔細想想，全是他的錯嗎？」悠然在心中搖頭。不，屈雲從沒有強迫自己，從來沒有。是自己主動，主動地要求交往，主動地要求他愛她，主動地做著一切傻事。她和他，都有錯。白苓繼續說：「第二，他道歉了嗎？」悠然在心中點頭。是的，屈雲道歉了，他追到這裡來道歉了。白苓又說：「第三，如果妳實在氣憤，我現在就去熬鍋滾燙的火鍋直接倒在他頭上，可好？」悠然阻止：「不好。」白苓問：「怎麼，捨不得？」「不，用不著費這麼大力氣。」悠然說完，便跳下床，開始梳洗。這次，她沒怎麼用心打扮，只穿了一套運動裝便下樓去。頭上紮個馬尾，腳上套著帆布鞋，如果不是腫得像杏子的兩隻眼睛，悠然看上去應該是很有精神的。遠遠地看見屈雲，悠然沒再流淚，只是很平靜地走過去。悠然道：「我接受你的道歉。放心，我不會出什麼事情，你也不用愧疚。這件事，也算是給我一個教訓吧。」悠然想，從今以後，她不敢再這麼橫衝直撞、無所顧忌，做事總憑一腔熱情了，她要學會保留，學著長大。

屈雲的臉，瘦了一圈，看上去更爲清俊，額角貼著一塊ＯＫ繃，那是她的傑作。他目不轉睛地看著悠然，黑色的睫毛細細柔柔的，精緻美麗；薄如蟬翼的眼瞼下，半裏著深邃又清澈的眼眸，眸中映著她的影子：「悠然，原諒我。」悠然將雙手插入口袋中，道：「我剛才不是說了嗎？我接受你的道歉。」屈雲道：「妳應該明白，我所謂的原諒是什麼。」「我明白，可是我做不到。」悠然聳聳肩，即使將領子豎起來，在寒風的吹拂下她還是冷，所以縮了縮脖子。屈雲看見了，就像過去那樣，他很自然地將自己的圍巾取下，想替悠然圍上。可是悠然後退了，屈雲拿著圍巾的手，僵在半空中，伸不出，也收不回。悠然抿住了嘴，她的嘴角天生有種向上的弧度，像是永遠在笑：「這種親昵的動作不再適合我們了。因爲我們已經分手了，我們之間已經結束了。」屈雲的手緩緩放下，他看著悠然，碎髮偶爾翩飛，像是要落入眸子裡，刺破那片水潤：「可是，我並沒有答應。」悠然忽然笑了，眞正地笑了，她偏轉過頭，看了一眼社區遠處的綠樹，接著轉過身來，語氣平靜：「屈雲，難道你還不明白嗎？爲什麼每次都是你贏，並不是你有多麼厲害，而是……我心甘情願讓你贏。我喜歡你，我愛你，所以我願意讓你贏，願意讓你控制我，願意讓自己處於弱勢。」悠然伸出食指，揉揉鼻梁，繼續道：「可是現在，現在我已經不再愛你，你唯一的籌碼已經失效了，不要再想控制我，永遠都不要再想。」屈雲緩緩地搖著頭，他的臉從任何角度看都是一幅美景：「我只會記得，妳發過誓，說愛我，永遠也不會離開我。」悠然倒退著，慢慢地離開他：「那是在我自認爲你值得我愛的時候，才發下的誓言。可是現在，你已經不再值得了。」悠然一步步地逐漸後退著，她要離開屈雲，她不可以扭頭而走，她要記得離開他的每一步，她要記住自己的每一步都是正確的。在悠然的視線中，屈雲慢慢變小，就像稀釋在水中的墨，漸漸淡去。

就在她以爲自己的第二次戀愛將如此結束時，屈雲忽然快步上前，一把將她捉住。他的動作迅捷異常，根本沒有給悠然一點反應的時間。他緊抱著悠然，握住她的後腦勺，強行地吻了她。這個吻如狂風，如暴雨，如烈焰，毫無溫柔，只是一種占有，一種囚禁，一種擔心。悠然回過神來，立即閃避，可是屈雲來勢很猛，她的唇根本就避不開。後來，悠然回想起，覺得那個吻一點也不美好，就像……章魚的吸盤在吸著自己的唇。當下，悠然口雖不能動，但手還是能勉強行動，於是她急中生智，快速揪住屈雲的皮帶，俐落地解開。光天化日，朗朗乾坤，和諧社會之下，做出脫褲子的行爲是要不得的。爲了不讓褲子褪下，屈雲只能將禁錮住悠然的手拿來救皮帶，並快速地將皮帶重新繫好。就這樣，悠然脫離了他的魔掌。悠然伸手拭去嘴上的濕潤：「不要再吻我，我會找到值得我吻的男人。」屈雲一把握住悠然的手腕，又低又緩地說道：「我隱瞞了妳很多事情，但是有一句話，我沒騙過妳——我已經，愛上了妳。」悠然質問：「所以呢？我應該叩謝皇恩，應該欣喜若狂嗎？你說一句我愛妳，我就要原諒你的一切嗎？」屈雲微垂下眸子：「我不是這個意思。」悠然深吸口氣，讓情緒稍稍平靜些：「屈雲，我不知道該怎麼告訴你。一直以來，我都認爲，只要你愛我，不，哪怕是只要你喜歡我，我就可以放棄一切。那是因爲，我自認爲你身邊沒有其他女人；我簡單地以爲，天地間只有我們兩個，只要我努力，什麼都可以實現。可是我錯了，你怎麼可能沒有呢？而且，是一個我永遠也比不上的女人……」屈雲解釋：「是因爲唐雍子的關係嗎？她和我已經沒有關係了。」悠然低頭，看著自己腳上的帆布鞋：「不只是因爲她。」屈雲問著：「那是因爲什麼？」他一直握著她的手，像在抓著一件稍一放手、就會消失的東西。悠然淡然地答：「我不知道該怎麼說。」

說完這句話，悠然停了許久，像在腦海中整理著很混亂的思緒，終於，她再度開口：「其實，屈雲，在遇見你之前，我從來不曾這麼主動地追求過一個人，從來沒有。我不知道是怎麼回事，和你在一起後，忽然之間，就幹勁十足。我以爲凡事只要努力就可以成功，但沒想到感情卻是個例外。就像唐雍子說的，如果我不是古承遠的妹妹，你根本就不會答應跟我在一起，我對你而言，根本就是路人的水準。現在回想起來，我好後悔，當我一廂情願做著一些傻事時，你的心中是冷笑還是厭惡呢？我再也不敢了，只要一想到這些，我就再也不敢這麼毫無顧忌、像沒有明天一般放肆地活了。屈雲，你說你愛我，就算是真的，我也已經……已經不敢相信了。」戀愛失敗不要緊，可是最害怕的，就是傷了自尊。悠然也知道，依照世俗的眼光，自己確實配不上屈雲這樣的極品帥哥。但是悠然不在意，因爲她以爲屈雲不是這麼想的，否則他怎麼會同意成爲自己的男友呢？怎樣都好，只要屈雲認爲兩人合適那就好，那麼悠然就什麼也不在乎。但事實上，最認爲兩人不般配的，應該是屈雲。如果不是爲了報復古承遠，他根本不會理她。初遇時的那些過招，悠然曾經浪漫地想，或許是因爲那時屈雲已經隱隱地對自己有些好感，所以才會故意惹她生氣。可是現在回想起來，悠然認爲自己簡直是自作多情。屈雲並不是小學中學時期的小男生，喜歡妳才欺負妳；他是個成熟的男人，他看見目標會主動上前，就像當年追唐雍子那樣。原來，一切都是誤會，而這些誤會的解開，足以摧毀悠然所有的自尊，這才是最可怕的。「所以屈雲，」悠然抬起頭來，深吸口氣，「給我們這段感情一個痛快，手起刀落，割斷算了。現在的社會，你待在家裡都可以上網談戀愛，沒有誰離開誰就不能活。是個男人，就放開手。」

可是屈雲沒有理會這激將法，他的手自始至終都將悠然的手腕握得緊緊的：「悠然，原諒我，給我機會。」悠然默默地笑：「給你機會做什麼，補償你拿走我的第一次嗎？屈雲，別這樣，我和你都不是省油的燈，第一次總是要給出去的，給你，給他，都一樣。」屈雲忽然道：「妳還愛著我。」目光帶著鷹一般的凌厲，直接從悠然的眉間穿透，重複道，「妳還愛著我。」悠然淡淡地說：「不，我不再愛你。記得我曾經說過的話嗎，如果你做了很對不起我的事，我就什麼也不做了，不再喜歡你，不再在乎你，不再想你，不再看你……從今以後，我就是這樣。」屈雲清幽的眉目，遙遠而不可測：「我不信。悠然，妳還愛著我。」說完，屈雲又故技重施，忽地上前，想要吻悠然。但是在中途，他停住了，因爲悠然倏地低身，再起來時，她的手上拿著一件東西。那是在花壇中撿的，鮮紅的、方方正正的、堅硬無比的……磚頭。悠然將磚頭舉在頭頂：「我再說最後一遍，我李悠然的嘴以後自有値得吻的男人來吻，你屈雲再沒有資格對我做這樣的舉動。」如果屈雲敢再做出不軌的行爲，她會毫不留情地砸下去。

屈雲的臉，沐在冬日朦朧的光線中，模糊不清，但他的聲音卻清晰地傳來：「悠然，妳還是愛著我的，我知道。」悠然忽然將手中的磚頭往地上一砸，「咚」的一聲悶響，像悠然內心的咆哮。她看著屈雲，說話時聲音像在哭又像在笑：「屈雲，我不是個隨便的女人，我願意把自己交給你，是因爲當時你的那句話，可是，那句話包含的卻是我沒辦法承受的含意。你爲了報復一個人，不，追根究柢，你是爲了另一個女人而和我上床，我永生永世都會記得那一晚，那原本應該是最甜蜜最幸福的一晚，但對我來說，卻是夢魘與折磨。屈雲，我愛你，可是，對不起，我沒有愛你愛到能忍受這種事情的地步，我更愛我自己，我想要擺脫這令我不快的一切。我能做的，只有離開……屈雲，放我離開。」屈雲的眸子，吸入了冬日的霧，灰濛濛的。

悠然使勁地呼吸著冷冽的空氣，讓自己的聲音也染上冰的冷度：「屈雲，我不敢說現在就能馬上忘記你，但是我敢保證，今後的每一天我都會忘記一點，一天一點，要不了多久，你就會完全成為一個淡淡的影子……是的，你只是我生命中的一個影子。」她抬起頭，看著屈雲，做出了一個要求，「屈雲，對我發誓，說，你放我走，再也不會糾纏我。」屈雲的眸子仍舊是霧都的天，所有的東西只剩下輪廓。悠然加重語氣：「屈雲，答應我，答應放我走。」屈雲緩緩搖頭：「我做不到。」悠然伸手，「啪」地給了屈雲一個巴掌：「如果你不答應，我會轉學。」屈雲沒有做聲。悠然「啪」又是一個巴掌，不重，只是為了表明某種決心：「如果你不答應，我會和古承遠聯手，一起對付你。」屈雲還是沒有回應。悠然「啪」地再送上一個巴掌：「如果你不答應，我會隨便找個男人和他在一起，和他做一切曾經與你做過的事情，讓他幫忙消除你留在我身上的痕跡。」此時，社區裡已經有很多人來來往往，大家都在向這對行為異樣的男女行注目禮。悠然再也忍不住，轉身跑上樓去。當所有人都以為她不會再出現時，悠然又下來了，而她的手中端著一個小小的燉鍋。她逕直來到屈雲跟前，用力一潑。裡面溫熱的火鍋底料，就這麼灑在屈雲的衣服上，紅的黑的，油亮晶瑩，一塊塊往下落。悠然轉過頭，背對著他，輕聲道：「砸破你的頭，打了你三巴掌，潑了你一身的火鍋油，屈雲，難道你還不瞭解我要離開你的決心？」接著，她沒再說話，只是靜靜等待著。過了很久很久很久很久，她回轉過身……屈雲，已經不見了。當晚，悠然收到屈雲的簡訊，上面只有一句話——「我放妳走。」黑暗中，悠然閉上眼，而她的手按下了刪除鍵，她刪除了屈雲的號碼。這次的戀愛，眞眞正正地結束了。

這就是屈雲教給她的第十六課——戀愛，是會失敗一次又一次的。

（請繼續閱讀《愛上傲嬌老師2》）

國家圖書館出版品預行編目資料

愛上傲嬌老師（1）／撒空空著；──初版──臺中市：好讀，2013.07

冊；　公分，──（眞小說；35）（撒空空作品集；03）

ISBN 978-986-178-284-3（平裝）

857.7　　102008046

好讀出版

真小說 35

愛上傲嬌老師（1）

作　　者／撒空空
封面插畫／度薇年
總 編 輯／鄧茵茵
文字編輯／簡伊婕
美術編輯／賴維明
行銷企畫／陳昶文
發 行 所／好讀出版有限公司
台中市 407 西屯區何厝里 19 鄰大有街 13 號
TEL:04-23157795　FAX:04-23144188
http://howdo.morningstar.com.tw
（如對本書編輯或內容有意見，請來電或上網告訴我們）
法律顧問／甘龍強律師
承製／知己圖書股份有限公司　TEL:04-23581803

總經銷／知己圖書股份有限公司
http://www.morningstar.com.tw
e-mail:service@morningstar.com.tw
郵政劃撥：15060393 知己圖書股份有限公司
台北公司：106 台北市大安區辛亥路 1 段 30 號 9 樓
TEL:02-23672044　FAX:02-23635741
台中公司：台中市 407 工業區 30 路 1 號
TEL:04-23595820　FAX:04-23597123

初版／西元 2013 年 7 月 1 日
定價／230 元
如有破損或裝訂錯誤，請寄回知己圖書台中公司更換

Published by How-Do Publishing Co., Ltd.
2013 Printed in Taiwan

ISBN 978-986-178-284-3

情感小說 · 專屬讀者回函

書名：愛上傲嬌老師（1）

姓名：________________ 性別：□男 □女 生日：______年______月_____日

教育程度：________________________

職業：□學生 □教師 □一般職員 □企業主管

□家庭主婦 □自由業 □醫護 □軍警 □其他________________

電子郵件信箱（e-mail）：______________________ 電話：________________

聯絡地址：□□□ ____

您怎麼發現這本書的？

□書店 □___________ 網路書店 □朋友推薦 □___________網站／網友推薦

□其他____

買這本書的原因是

□內容題材深得我心 □價格便宜 □封面與內頁設計很優 □其他______________

您閱讀此本小說的原因：□喜愛作者 □喜歡情感小說 □值得收藏 □想收繁體版

□其他____

您喜歡閱讀情感小說的原因

□打發時間 □滿足想像 □欣賞作者文采 □抒解心情 □其他________________

您不喜歡哪類情感小說的情節設定

□人人都愛女主角 □女主角萬能 □劇情太俗套 □太狗血 □虐戀 □黑幫

□其他____

最無法忍受的主角人物關係

□父女 □師生 □兄妹 □姊弟戀 □人獸 □ BL □其他____________________

您最常接觸情感小說的方式

□購買實體書 □租書店 □在實體書店閱讀 □圖書館借閱 □在______________

網站瀏覽 □其他____

您喜歡的情感小說種類（可複選）

□宮廷 □武俠 □架空 □歷史 □奇幻 □種田 □校園 □都會 □穿越 □修仙

□台灣言情 □其他____

推薦你喜歡的情感小說作者或作品（多多益善喔）

____

您這對本書還有其他想法嗎？請通通告訴我們：

____

請填妥後對折黏貼，直接投郵即可，無須貼郵票。

廣告回函
台灣中區郵政管理局
登記證第 3877 號
免貼郵票

好讀出版有限公司　編輯部收

407 台中市西屯區何厝里大有街 13 號

電話：04-23157795-6　傳眞：04-23144188

沿虛線對折